REDEMPTORIS
A SAGA DO CRISTO DESAPARECIDO

CARLOS EDUARDO NOVAES

REDEMPTORIS
A SAGA DO CRISTO DESAPARECIDO

EDITORA RECORD
RIO DE JANEIRO • SÃO PAULO
2011

CIP-BRASIL. CATALOGAÇÃO-NA-FONTE
SINDICATO NACIONAL DOS EDITORES DE LIVROS, RJ

Novaes, Carlos Eduardo, 1940-
N814r   Redemptoris / Carlos Eduardo Novaes. – Rio de Janeiro: Record, 2011.

ISBN 978-85-01-09616-6

1. Romance brasileiro. I. Título.

11-6070.   CDD: 869.98
                                         CDU: 821.134.3(81)-8

Copyright © Carlos Eduardo Novaes, 2011.

Capa: Leonardo Iaccarino

Composição de miolo: Abreu's System

Texto revisado de segundo o novo Acordo Ortográfico da Língua Portuguesa.

Direitos exclusivos desta edição reservados pela
EDITORA RECORD LTDA.
Rua Argentina 171 – 20921-380 – Rio de Janeiro, RJ – Tel.: 2585-2000

Impresso no Brasil

ISBN 978-85-01-09616-6

Seja um leitor preferencial Record.
Cadastre-se e receba informações sobre nossos
lançamentos e nossas promoções.

Atendimento e venda direta ao leitor:
mdireto@record.com.br ou (21) 2585-2002.

*À cidade do Rio de Janeiro,
meu berço, meu túmulo.*

Capítulo 1

O RELÓGIO DIGITAL marcava 5h33 de uma madrugada chuvosa no Rio de Janeiro quando o telefone tocou na mesinha de cabeceira do prefeito. "Lá vem problema!", resmungou ele enquanto tateava no escuro à procura do aparelho. Pensou em deslizamento de terra em favela, pensou no sequestro de uma celebridade, pensou em uma chacina com muitas mortes, pensou em um desastre aéreo, talvez marítimo ou ferroviário, as piores cenas lhe passaram pela cabeça em fração de segundos. Respirou aliviado ao ouvir a voz trêmula de dona Albertina do outro lado.

— Desculpa ligar a essa hora, meu filho. Sei que você trabalha muito, precisa descansar...

— O que houve mãe? — perguntou, atropelando a velha.

— Você sabe que todas as manhãs faço minhas orações voltada para o Cristo Redentor.

— Sim... e daí?

— Daí que não vi o Cristo hoje.

— Foi por isso que me acordou? — respondeu contrariado. — Chove sem parar nesta cidade, mãe. Tem mais de uma semana que ninguém vê o Cristo.

— Mas por um instantinho eu enxerguei o alto do Corcovado entre as nuvens... e a estátua não estava lá.

— Não estava lá? O que você quer dizer com "não estava lá"?
— Ele desapareceu, filho!
— Quem desapareceu?
— O Cristo Redentor!
— Ora, mãe, vai dormir...
— Eu juro, filho! Olhei e não vi nada! Oh, meu Deus! Dá uma espiadinha daí.
— Tô olhando, mãe. Dá para percebê-lo entre as nuvens! — mentiu o prefeito para acalmar dona Albertina, e em seguida cantarolou "Cristo Redentor, braços abertos sobre a Guanabara...". — Agora vai deitar. O serviço de meteorologia informou que o tempo vai abrir e logo você poderá fazer suas preces olhando para o Cristo.

O prefeito desligou o telefone e, ajeitando o travesseiro para retomar o sono, ouviu a mulher resmungar:
— Não tinha outra hora para conversar com sua mãe?
— Ela ligou para dizer que o Cristo Redentor tinha sumido.
— Sumido? Sumido de onde?
— Do alto do Corcovado!
— Dona Albertina está esclerosando — e virando-se para o lado —, qualquer hora dessas vamos ter que interná-la.

Não demorou 30 segundos e o telefone tornou a tocar.
— Atende você — o prefeito pediu à mulher —, se for mamãe novamente, diga que estou no banheiro.

Era Jonas, o eficiente chefe de gabinete, que se desculpou pela ligação àquela hora e pediu para falar com o prefeito. A mulher passou o fone ao marido, que atendeu de mau humor:
— Diga, Jonas. O que é? Espero que não tenha me acordado para dizer que o Pão de Açúcar desapareceu!

— O Pão de Açúcar não, prefeito! O Cristo Redentor!

— Mamãe também falou com você? — Jonas não entendeu a pergunta e o prefeito prosseguiu. — Ela me ligou contando essa história absurda...

— Não é história, chefe. A estátua sumiu de fato. A notícia já está na internet.

O prefeito deu um salto da cama. A informação, partindo de dona Albertina, não era muito confiável, mas seu chefe de gabinete sempre se mostrara um cara equilibrado, meticuloso, e não dava sinais de esclerose. Saiu rodando pelo quarto, sem direção, como um peru bêbado.

— Como é possível uma coisa dessas, Jonas? Sumiu como? Como?

— Não sabemos. Ninguém sabe. Já mandei averiguar. Temos uma equipe da Defesa Civil indo para lá. O acesso está difícil. O trenzinho apresentou um defeito no cabo de energia e a estrada está congestionada por um batalhão de repórteres e jornalistas subindo o morro.

— Não posso acreditar! Não é verdade! Isso é ficção científica!

De repente, como se tivessem combinado, os telefones da residência oficial do prefeito, fixos e celulares, começaram a tocar enlouquecidos, todos ao mesmo tempo. O prefeito contraiu o rosto em uma expressão de desespero, tapou os ouvidos e logo imaginou a imprensa à sua procura com aquelas perguntas embaraçosas de sempre.

— Não vou atender ninguém! — berrou ele, como se estivesse cercado de assessores. — Ninguém!

Sua mulher, Clara, única pessoa presente no quarto, foi desligando os aparelhos, um por um, enquanto o marido ordenava ao chefe de gabinete:

— Jonas, me apanha aqui de helicóptero em cinco minutos!
— O helicóptero não está decolando com esse tempo, prefeito.
— Merda! É sempre assim! Quando a gente mais precisa, as coisas não funcionam. Venha como puder. Rápido!

Correu a enfiar a calça e, saltando em uma perna só, tal um saci, foi para a frente do computador, onde a mulher, de camisola, buscava mais informações. As notícias ainda eram vagas. Os meios de comunicação também tinham acabado de tomar conhecimento do fato através de algumas ligações recebidas por seus plantonistas. Segundo um dos sites, "algumas pessoas juram ter visto, em uma abertura entre as nuvens, o Corcovado sem o Cristo". Quanto às primeiras fotos, veiculadas na internet — e tiradas ao nível do mar —, não passavam de um indecifrável borrão cinza.

— Não é possível! Não é possível! — urrava o prefeito inconformado. — Deve ser ilusão de ótica! Uma miragem coletiva! Não posso acreditar! Só me faltava essa: o Cristo sumir do Corcovado!

A mulher, mais controlada, tentava acalmá-lo injetando um pouco de otimismo.

— Pense positivamente, Fagundes. Ele pode ter apenas desmoronado com essas chuvaradas.

O comentário da mulher não tranquilizou o prefeito, que logo imaginou gigantescos blocos de concreto rolando morro abaixo, uma cena de cinema-catástrofe. Despediu-se da mulher e pediu-lhe que, por via das dúvidas, não saísse de casa até segunda ordem. Pelo visto ninguém sabia ao certo o que se escondia por trás daquelas nuvens. No carro, a caminho do gabinete, sua cabeça girava à procura de uma explicação razoável para o sumiço da estátua. Terá sido um acidente? Um desastre natural? Um castigo divino? Uma ação terrorista? Entre as interrogações que dançavam à sua volta, uma única certeza se impunha: sem o Cristo de braços abertos sobre a Guanabara, sua reeleição estaria perdida.

Capítulo 2

Em outro ponto da cidade, o deputado Maicon Moura, 61 anos, de pijama de seda listrado, dançava em passos de valsa com a namoradinha 35 anos mais nova, em seu apartamento na Avenida Atlântica. Estava exultante:

— Que maravilha! O Cristo Redentor desapareceu! Nem acredito! Acordar com uma notícia dessas parece um sonho!

Suelen surpreendeu-se com a reação do namorado:

— Por que essa alegria toda, benzinho? Eu tô muito chateada...

— Fica não, fofa. Fica não. Sabe o que significa isso? Que minha eleição está no papo. Esse prefeito não se elege mais nem síndico de prédio. Tá vendo? Eu sabia! Algo me dizia que Deus iria apoiar minha candidatura!

Maicon deu um rodopio no meio do salão e cochichou no ouvido da lourinha oxigenada de bundinha empinada:

— Prepare-se para ser a primeira-dama da Cidade Maravilhosa!

A frase bateu fundo na alma da moça, que sorriu e se contorceu dengosa:

— O desaparecimento ainda não foi confirmado.

— Mas vai ser! Espera só até o pessoal alcançar o alto do morro.

— Como é que podem sumir com o Cristo Redentor? — Suelen repetia a pergunta que saltava de todas as bocas despertas da cidade.
— Vai ver Ele se mandou! Não estava mais aguentando tanta incompetência do prefeito! Olhou lá de cima, viu o estado deplorável em que se encontra a cidade... e pediu as contas!
— Sério? — indagou a jovem incrédula.
— Bem, o Cristo Redentor tem currículo para realizar milagres.
— Pra mim ele foi derrubado por algum avião.
— Um ato terrorista? Como as Torres Gêmeas de Nova Iorque?
— É... Não... Quer dizer, foi derrubado sem querer. Um acidente...
Maicon retirou o braço da cinturinha de Suelen e parou no meio do salão irritado:
— Vira essa boca pra lá! Isola! Um acidente absolveria o prefeito. Vamos rezar para que tenha sido roubo ou sabotagem. — A moça permaneceu olhando para ele, que ordenou: — Vamos rezar! Agora!
O deputado fechou os olhos, elevou os braços aos céus e iniciou uma oração ao Padim Ciço, de quem era um fervoroso devoto. Maicon é um paraibano baixinho, atarracado, que veio com a família para o Rio, ainda criança, em um pau de arara. Cresceu na Zona Oeste da cidade, ajudou o pai, pedreiro de profissão, na construção civil e mais tarde foi trabalhar em um posto de saúde, onde iniciou sua vida política. Elegeu-se vereador, fez carreira trocando votos por dentaduras (sua irmã é protética) e hoje controla o maior curral eleitoral da região. Comporta-se como um típico "coronel" nordestino, espécime que ainda sobrevive nos bolsões de miséria dos grandes centros urbanos. Presidente de

honra de uma escola de samba do terceiro grupo, proprietário de uma clínica odontológica, ligado a associações de moradores e — dizem as más línguas — a grupos de milícia, o deputado detém um recorde na Assembleia Estadual: em três legislaturas, mudou de partido seis vezes. Lançado candidato por ele mesmo ao trono da Prefeitura, vem se mantendo em segundo lugar nas pesquisas, apesar de estar sendo investigado pelo Ministério Público pela súbita evolução patrimonial. Seu comitê de campanha procurava por algum fato que pudesse alçar o deputado à liderança na corrida eleitoral. A se confirmar o desaparecimento do Cristo, não precisará mais procurar.

O telefone tocou, interrompendo a reza do casal. À diferença do prefeito Fagundes, que evitou telefonemas, Maicon se jogou sobre o aparelho com sofreguidão, na certeza de que a imprensa — que tanto o maltrata — lhe abriria uma oportunidade de se manifestar junto ao eleitorado. Um radiorrepórter pedia uma declaração sobre o sumiço do monumento.

— Vamos aguardar até que este lamentável acontecimento se confirme — afirmou com voz de velório.

O jornalista insistiu afirmando que, pelas notícias chegadas do Corcovado, não havia mais dúvidas de que o Cristo abandonara seu posto de observação na cidade. O deputado então fez uma pausa estudada, como que se recuperando da notícia, e expressou sua mais sincera opinião:

— Nem sei o que dizer. Ainda estou atordoado. Custo a crer que o Rio de Janeiro tenha perdido seu maior protetor. O que será dessa cidade agora? Uma Godoma? Uma Somorra? Torço para que tudo se resolva na santa paz dos céus e quero declarar de público minha mais irrestrita solidariedade ao prefeito Fagundes. Este é um momento de união, a despeito de nossas convicções políticas. Que Deus abençoe o prefeito, inspirando-o para que recoloque nosso Cristo Redentor no lugar de onde jamais deveria ter saído.

Uma expressão de estranheza foi se desenhando no rosto de Suelen à medida que ouvia as palavras do namorado sexagenário. O homem que, cinco minutos antes dançava jubiloso comemorando o desaparecimento do Cristo, se transformara e falava à rádio num tom compungido como se reunisse toda a dor da cidade.

Apesar de trabalhar no gabinete do deputado há quase dois anos — nomeada para um cargo em comissão depois que começaram a namorar —, Suelen nunca se envolvia nas atividades político-partidárias de Maicon. Limitava-se a ouvir as vantagens que o namorado contava com fingida admiração depois que ele lhe alugou um apartamento na Zona Sul. Reconhecia, porém, a generosidade do deputado, que se vestia de Papai Noel no Natal, distribuía balas para crianças no dia de São Cosme e Damião e se dedicava a cuidar dos dentes da população carente. Quando Maicon desligou e deu um soco no ar, como que comemorando um gol, a moça permaneceu observando-o com o olhar opaco de quem não entendeu nada.

— São os mistérios da política, minha flor — explicou-se o deputado. — Você é muito jovem para entender essas coisas. Acha que eu poderia anunciar em público toda a minha felicidade pelo sumiço do Cristo?

— Pelo menos você seria honesto consigo mesmo.

— A população não me perdoaria. Tenho que dizer o que ela quer ouvir, benzinho. A política tem razões que a própria razão desconhece...

Antes que a jovem prosseguisse com suas incômodas intervenções, Maicon sugeriu-lhe que trocasse de roupa.

Seus assessores logo apareceriam e não ficaria bem para a futura primeira-dama recebê-los dentro de uma sumária camisolinha transparente.

— Vou mandar meu motorista deixá-la em casa. Preciso pensar em uma nova estratégia de campanha. Esse fato muda tudo!

O deputado acompanhou Suelen até a saída, deu-lhe um carinhoso tapinha na bunda e afirmou com indisfarçável satisfação:

— Quero ganhar no primeiro turno!

A moça, que podia ser inexperiente mas não era burra, lançou uma advertência no ar antes que se fechasse a porta do elevador:

— Lembre-se de que o prefeito pode encontrar o Cristo, fofo...

A namorada desceu levando a alegria do rosto de Maicon, que permaneceu paralisado, pensativo, no *hall* dos elevadores. Realmente uma estátua daquele tamanho não poderia ir muito longe, não poderia sumir como se fosse um chaveiro ou um celular. Com uma única frase, Suelen jogou um balde de água fria no sonho do deputado.

Capítulo 3

A CHUVA PAROU. O Corcovado, no entanto, permanecia envolto em um manto de nuvens que não abriu mais brechas, impedindo a visão desde o asfalto e dificultando a movimentação dos helicópteros no ar. Todas as emissoras de televisão interromperam sua programação normal e se concentravam, como podiam, no acontecimento que despertou a cidade mais cedo. As equipes de jornalismo já haviam alcançado o alto do morro, mas a espessa neblina que envolvia o local mal permitia identificar o pedestal do monumento.

— É inacreditável, senhoras e senhores! — berrava o repórter —. Não há nenhum vestígio do desaparecimento. Não há sinais de destruição por perto, o pedestal e a balaustrada não foram danificados, e não se veem pedaços da estátua espalhados pelas encostas, algo que poderia denunciar uma explosão ou desmoronamento. O que temos aqui, à primeira vista, é um fato que escapa à compreensão do senso comum: o Cristo Redentor simplesmente sumiu!

A cidade havia parado muito antes da chuva e a população, arrancada da cama aos sobressaltos, não sabia o que pensar. Todos os olhares convergiam para o topo do morro à espera do momento em que a cortina de nuvens se abriria, revelando a catástrofe anunciada.

Segundo a jovem meteorologista despertada às pressas por um canal de televisão, as nuvens se dissipariam em 28 minutos "caso a frente fria vinda do sul não seja bloqueada pela massa de ar quente estacionada no litoral". Nos edifícios com vista para o Corcovado, famílias inteiras se amontoavam nas janelas e varandas, boa parte das pessoas enfiada em robes e pijamas. Em algumas varandas se abria espaço para lunetas montadas em tripés. Nas calçadas brotavam ambulantes que durante a semana vendiam guarda-chuvas e num piscar de olhos passaram a anunciar binóculos a 15 pratas.

— Quem vai? *Binoclos* importados para ver mais longe! Quem vai? *Binoclos* chineses para procurar o Cristo! Leva três e paga dois!

Jaime Trent percorreu a portaria do seu prédio na Rua Humaitá esgueirando-se pelos cantos para não ser visto pelos vizinhos que, sabendo-o detetive particular, certamente iriam crivá-lo de perguntas. Trent — com "t" mudo — não tinha nada a declarar, tão desorientado quanto o restante da população. Da janela do seu apartamento térreo, de fundos, com marcas de infiltrações, o único cenário que descortinava era um magnífico muro de contenção.

O detetive alcançou a rua sem ser importunado. Seus vizinhos, com cara de sono, se concentravam à volta do televisor do porteiro, onde as emissoras se limitavam a exibir um festival de nuvens, névoas e neblinas. Nas grandes e indefinidas tragédias urbanas, a primeira providência dos moradores de edifícios é correr para o térreo. Rita, mulher de Trent, talvez fosse a única residente a permanecer em sono profundo. Bem que o marido procurou acordá-la, antes de sair, murmurando baixinho no seu ouvido:

— Rita! O Cristo desapareceu!

A mulher abriu um olho, sonolenta, conferiu o crucifixo na parede e resmungou:

— Ficou cego? — ajeitou a coberta e continuou a dormir.

Trent achou por bem não insistir, pelo menos enquanto não confirmasse o fato com seus próprios olhos. Os detetives são como são Tomé. Além do quê, se por acaso fosse um alarme falso, Rita iria pegar no seu pé pelo resto do dia. Trent conhecia bem a mulher com quem dividia a mesa e a cama.

O detetive ganhou a rua caminhando a esmo, queria sentir o que os investigadores americanos chamam de *"talk of the town"*. Observando as pessoas, notava sem esforço uma expressão de absoluta perplexidade marcada em seus rostos. A cada metro de calçada ouvia a frase que se repetia como um disco quebrado: "Não acredito!. Não acredito!" Comentários de outra ordem escapavam de grupinhos que se formavam por aproximação espontânea:

— Estão dizendo que o Cristo rachou com as chuvas e a Prefeitura o retirou para manutenção.

— Retirou como? Sabe qual é o peso daquele monumento?

— Qual o problema? Não botaram ele lá em cima nos anos 30? Por que não podem tirar agora que há muito mais tecnologia?

— Isso é uma jogada de *marketing*. A imprensa deve estar levando grana para criar esse clima. Vocês vão ver! Deixa desanuviar o morro que o Cristo vai aparecer com uma baita faixa esticada entre os braços anunciando um novo celular no mercado.

Os boatos se multiplicavam feito coelho. A imaginação criativa sempre foi um traço marcante da personalidade do carioca e, pelo que noticiou uma emissora de rádio, já havia 42 versões para o acontecimento percorrendo a cidade.

Àquela hora as lojas de eletrodomésticos ainda permaneciam fechadas e talvez por isso os bares e padarias recebiam um público excepcional que se acotovelava diante dos televisores como nos jogos da Seleção Brasileira de futebol. Nos locais de onde era possível ver o Corcovado a olho nu, as cabeças se movimentavam entre a telinha e o alto do morro num ritmo de jogo de tênis. O ruído de meia dúzia de helicópteros girando em torno da montanha acrescentava mais dramaticidade à situação. Só falta um fundo operístico, pensou Trent lembrando-se da cena de um filme sobre a guerra do Vietnã em que uma esquadrilha de helicópteros enchia a tela ao som das Valquírias, de Wagner.

O detetive nunca se ligou em música, muito menos clássica, nem cultivava qualquer outra forma de expressão artística, fosse cinema, teatro ou literatura. Na juventude, dedicara-se aos esportes — remo, basquete, pesca submarina —, o que lhe conferiu um porte atlético e uma massa muscular bem distribuída pelos seus quase dois metros de altura. Era o tipo do cara que ninguém desacataria sem uma arma na mão, ainda que seu rosto exibisse um acento de melancolia e abandono. Chamava-se, de batismo, Jaime Trent de Oliveira, mas, como sabia de muitos detetives e despachantes atendendo por Oliveira, preferiu adotar o sobrenome da mãe, cujos antepassados desembarcaram no Rio na época do Império. Ela vinha de uma família normanda da cidade inglesa de Nottingham — banhada pelo rio Trent —, próxima à floresta de Sherwood, onde viveu Robin Hood. O detetive sentia um prazer especial em se dizer descendente do herói justiceiro.

Trent caminhou até a Lagoa Rodrigo de Freitas, mais por hábito que por escolha. Há 20 anos iniciava seus dias praticando *tai chi chuan* e correndo à volta daquelas águas plácidas sob a bênção do Cristo. A Lagoa tinha mais gente que de costume. Em dias comuns, naquele horário, viam-se apenas atletas, cardíacos e barrigudos entregues aos seus exercícios aeróbicos. Dessa vez, apesar de castigada pelas chuvas, cheia de lama e poças d'água, a Lagoa acolhia um público incomum, gente de paletó e gravata, de macacão, de uniforme escolar, empunhando pastas, mochilas e sacolas. Todos de olhos fixos na montanha, em grupos ou isolados — uma cena semelhante aos momentos que antecedem grandes espetáculos ao ar livre —, à espera de ver para crer o Corcovado sem o Cristo. Três senhoras contritas, de mãos dadas, se entregavam à uma reza coletiva.

Nos restaurantes dentro do parque que circunda a Lagoa, os garçons acrescentavam cadeiras extras e organizavam filas de espera. Tão logo a notícia do sumiço do monumento se espalhou pela cidade, os restaurantes foram abrindo suas portas, um a um, improvisando um serviço de café da manhã para atender a inesperada freguesia. O dono de um deles, depois de lamentar o prejuízo causado pelos muitos dias de chuva, declarava a uma emissora de rádio estar torcendo para que as nuvens tão cedo não abandonassem o alto do Corcovado.

A quantidade de ambulantes também dobrou ao primeiro sinal de um congestionamento promissor que se antecipava ao horário de todos os dias. Insinuavam-se entre os carros oferecendo água, frutas, biscoitos e mais algumas mercadorias adequadas à ocasião, lenços de papel (para enxugar as lágrimas) e imagens de variados tamanhos do Cristo Redentor. Vendedores de milho, pipoca e churrasquinho chegavam às pressas com suas carrocinhas. Por toda a Lagoa havia uma movimentação semelhante à que ocorre na época da árvore de Natal iluminada. A diferença é que dessa vez as pessoas dirigiam seus olhares para **não** ver o que viam todos os dias.

De paletó e gravata, ao lado de um quiosque de coco, Trent sentia-se como se estivesse no Maracanã de *smoking*. Não tinha a menor noção do que poderia ter acontecido com o Cristo, nem se esforçava para especular a respeito. Como todo bom detetive, ele sabia que seria um erro teorizar sem dispor de dados, porque acabaria por deformar os fatos para encaixá-los nas suas teorias. Precisava de elementos concretos para fazer a cabeça funcionar, mas tudo de que dispunha era uma tonelada de boatos e muita conversa-fiada nas rádios, televisões e internet. Além disso, não lhe tocava a menor disposição para queimar seus preciosos neurônios com um caso que estava muito além de seu modesto calibre profissional.

A cortina de nuvens subia lentamente — como que levantada por algum contrarregra preguiçoso — e já deixava à vista três quartos da face sul do Corcovado. Trent olhou o relógio e calculou que teria tempo de sentar num boteco, fazer seu desjejum e voltar antes que se completassem os quatro quartos.

Caminhou com seus passos largos e pesados até a Rua Jardim Botânico e entrou num botequim, mais cheio que vagão de metrô na hora do *rush*. Um pequeno televisor com uma antena retorcida preso no alto da parede exibia "um conjunto de partículas cinza suspensas na atmosfera" segundo o locutor que procurava preencher a falta de imagens com uma detalhada explicação sobre a formação e classificação das nuvens. Sem conseguir aproximar-se do balcão, o detetive se valeu da elevada estatura para pegar a média com pão canoa atravessando os braços sobre as cabeças dos fregueses sentados nas banquetas. Havia um cheiro de café e pão fresco no ar e uma mistura de excitação e nervosismo entre os presentes.

— Porra! Muda de canal! — reclamou o *motoboy* parecendo uma formiga gigante com o capacete suspenso no cocuruto. — Não guento mais ficar olhando pra essas nuvens.

— Tá tudo igual! — reagiu o balconista no mesmo tom, girando o seletor de canais.

A ausência de imagens convincentes aumentava a ansiedade geral. Para piorar as coisas, as emissoras de tevê botavam no ar matérias e entrevistas que não respondiam às aflições da população. Um dos canais exibia a tal meteorologista espetando o mapa da cidade com uma vareta e tagarelando sobre uma tal zona de convergência do Atlântico Sul. Outro canal entrevistava um padre velhinho que, menino, testemunhou a inauguração da estátua nos anos 30 do século passado, e mostrava fotos da época. Um terceiro canal transmitia de uma casinha no subúrbio de Costa Barros onde residia o motorneiro mais antigo do trenzinho do Corcovado (20 anos de batente!). Seus familiares — mãe, mulher e filhos — choravam diante das câmeras, sem que os telespectadores pudessem confirmar se a causa do choro estava no sumiço do Cristo ou na possibilidade de o chefe da família ficar desempregado.

O cara do balcão continuou girando os canais e surgiu na tela a primeira pesquisa de opinião. Alguém gemeu no boteco: "Demorou!" O país incorporou a "síndrome da pesquisa" da cultura norte-americana — como o hambúrguer — e hoje se fazem enquetes até sobre unha encravada.

A pesquisa perguntou a 598 cariocas a que eles atribuíam o sumiço do Cristo Redentor. O resultado apareceu em caracteres.

Milagre — 22%
Extraterrestres — 18%
Ação terrorista — 14%
Venda às multinacionais — 13%
Traficantes nacionais (Complexo do Alemão) — 6%
Jogada política — 6%
Traficantes internacionais (colombianos) — 3%
Fundamentalistas islâmicos — 2%
Jogada de *marketing* — 2%
Máfia Russa — 1%
Não sabe — 13%

Os decibéis bateram no teto do boteco com a discussão que se instalou em torno dos percentuais. Talvez, se tivesse sumido o Maracanã ou o Pão de Açúcar, o resultado da enquete fosse outro, mas o desaparecimento de um ícone cristão exacerbou o espírito religioso do povo carioca e deu "Milagre" na cabeça.

— Milagre?? Que espécie de milagre? — reagiu o *motoboy* folgado. — Sumir com nosso Cristo Redentor pra mim tem outro nome: é sacanagem! Milagre é coisa do bem!

Um cidadão de terno azul-marinho e Bíblia nas mãos pegou a frase no ar:

— Isso mesmo, filho! São muitos os milagres do bem. O milagre da cura de Lázaro e do paralítico e dos dez leprosos e do cego de Jericó e da sogra de Pedro...

O homem foi desfiando os milagres e se empolgando e impondo sua voz cava sobre a zoeira geral e subiu em uma cadeira e abriu o livro sagrado e soltou o verbo:

— Naquele tempo dizia Jesus aos seus apóstolos...
— Peraí, broder! Dá um guento! — cortou o *motoboy*.
— Não tá na hora de ouvir o que Jesus disse aos seus apóstolos.

O homem não se deu por vencido. Ergueu seus braços e clamou do alto da cadeira:
— Rezai, irmãos! Deem as mãos e peçam a Deus que nos proteja porque esse sumiço estava previsto nas escrituras sagradas. É a chegada do filho da perdição! João escreveu em suas Cartas: "Ouvistes que vem o Anticristo!" Pois o filho de Satã chegou e fez descer a água do céu sobre a terra à vista dos homens que profanam a fé e os templos!

O pregador silenciou o recinto, mas não por muito tempo. O tinhoso *motoboy* ergueu a voz e gritou, desafiador:
— Quem é esse Anticristo? Nunca vi a cara dele!
— Nem queira ver! — voltou o pastor. — Nem queira ver, que o Anticristo é a besta medonha com seus dois chifres e fala de dragão que reinará por sete anos e matará a todos que não o aceitarem. Orai, irmãos, orai!

As palavras do homem bateram fundo na alma de alguns presentes, que iniciaram uma reza, mas logo tiveram suas vozes abafadas pelos fariseus do botequim. O burburinho cresceu e um sujeito com uniforme de carteiro perguntou se afinal o Anticristo também fazia milagres.
— Claro que faz — respondeu alguém. — Só que ao contrário!
— O pastor está certo — gritou um barbudo. — O Anticristo vai ocupar o lugar do Cristo no alto do Corcovado e esta cidade vai virar um inferno!
— Vai virar? — reagiu uma senhora gorda com os peitos na barriga. — Para mim o Anticristo já está entre nós há muito tempo!

O vale-tudo de ideias e opiniões prosseguia no tom das melhores discussões de bar até que um senhor de cabeça branca e aspecto respeitável pediu a palavra.

— Posso falar? Vocês me dão licença? Posso falar? — e foi falando. — Eu não acredito em nada disso. O Anticristo é uma bobagem. Pra mim o Cristo foi levado por uma nave espacial!

O empregado do bar, apoiado no balcão, assinou embaixo:

— Tô com o senhor!! Escutei na rádio que só os extraterrestres têm tecnologia para desaparecer com uma estátua daquele tamanho.

O bate-boca logo recrudesceu, dessa vez com os campos bem definidos: de um lado a turma do Anticristo, do outro, o pessoal que acreditava em óvnis, discos voadores, alienígenas, extraterrestres e similares.

— E você, o que acha? — perguntou o aposentado a Trent, que só abrira a boca para tomar seu café da manhã.

— Por enquanto me reservo o direito de não achar nada — disse o detetive, zeloso de suas palavras —, preciso ver para crer.

O pastor reagiu em cima:

— Bem-aventurados os que não viram e creram. João 20; 29.

A massa de nuvens parou de subir e, num movimento coordenado, passou a abrir para os lados, como uma cortina, revelando, afinal, o alto do morro sem o Cristo Redentor. Tudo o que se ouviu no momento da revelação foi um óóóóóó produzido por um coral de milhões de bocas que atravessou a cidade. As pessoas no botequim correram para a calçada a ver o que Trent comparou a um número de mágica. Alguns frequentadores, porém, que acreditam mais na televisão do que na realidade, continuaram de olho na telinha. Na rua a expressão geral era de completo assombro. As bocas permaneciam abertas e muita gente esfregava os olhos, limpava os óculos, girava a cabeça, como que procurando pela estátua em outro pico. A montanha, antes majestosa, surgia das brumas como um morrinho qualquer.

— Amanhã já tem nego levantando barraco lá em cima! — considerou o *motoboy*.

Os comentários fortuitos rapidamente foram engolidos por uma onda de respeitosa submissão que calou a todos. A confirmação visual do que antes circulava pelo imaginário elevou a tragédia a dimensões apocalípticas. O impacto soterrou as interjeições, tornando as palavras pequenas e dispensáveis. Qualquer coisa que se dissesse não estaria à altura daquele inesperado. As pessoas confusas procuravam arrumar suas emoções e Trent, com os olhos pregados naquele imenso pedestal que mais parecia uma broa de concreto, experimentou uma desconhecida sensação de desamparo. Desde que nascera, havia 43 anos, no Andaraí, acostumou-se à presença do Cristo, vigilante, a lhe seguir os passos por todos os quadrantes do Rio. Não foram poucas as vezes em que, perdido pelas ruelas dos subúrbios, procurou por Ele para encontrar seu norte. Também não foram poucas as vezes em que, vivendo situações de perigo por força da profissão, elevou o olhar ao Cristo pedindo uma proteção adicional ou, como dizem os americanos, "*extra protection*". Muito mais do que um símbolo religioso ou uma atração turística, o Redentor se tornou com o tempo uma espécie de amigo, guardião e confidente dos habitantes do Rio de Janeiro. Não havia uma única alma que já não tivesse, em algum momento, apelado para Seus bons serviços. Seu sumiço provocava um profundo sentimento de orfandade que desestabilizava a cidade.

O celular vibrou no bolso do detetive, retirando-o do estado quase cataléptico em que se encontrava, um olhar cristalizado apontado para o alto do morro. Era a irmã Suelen.

— Jaime querido, onde você está?

— Perto do que chamavam de Sovaco do Cristo — disse, melancólico.

— O Maicon quer dar uma palavrinha com você. Liga pra ele.

Trent não fazia ideia do que o aguardava.

Capítulo 4

O PREFEITO ALBERTO Fagundes botou o pé no gabinete e precisou pigarrear alto para que seus assessores se apercebessem de sua chegada. Estavam todos de costas para a porta de entrada, observando pelo janelão o movimento de meia dúzia de helicópteros que rodeavam o Corcovado como moscas à volta do açucareiro.

— Quem ligou? — perguntou o alcaide, que mantinha os celulares desligados.

— A lista é grande, senhor... — respondeu o jovem oficial de gabinete.

— E continua aumentando — acrescentou Jonas. — Já tivemos que substituir uma telefonista que desmaiou por exaustão aí na central que montamos na sala ao lado.

— Ligou o presidente da República, um assessor da Casa Branca, o primeiro-ministro do Japão, o presidente da França, o dalai-lama, a Madonna...

— Tá! Tá! Tá! — interrompeu o prefeito nervoso —, e o que vocês estão dizendo para essa gente toda?

— Que estamos investigando as causas do desaparecimento da estátua.

A clássica resposta de quem não tem nada a informar. O prefeito exalava o pior dos humores, e seus acólitos, pisando em ovos, procuravam falar o mínimo necessário.

— Chegaram também uns *e-mails* — Jonas apontou para uma pilha de meio metro de altura sobre a mesa.

O prefeito sentou-se e passou os olhos por algumas mensagens. A cada *e-mail* que retirava da pilha, aterrissavam outros dez.

— Parece que o planeta inteiro estava de olho no monumento — resmungou ele. — Nunca pensei que o Cristo Redentor fosse tão popular...

— Está circulando uma pesquisa na internet sobre os brasileiros mais populares no mundo. O Cristo está em segundo lugar.

— Que diabo está escrito aqui? — indagou o prefeito, sacudindo um *e-mail*.

O jovem oficial de gabinete reconheceu a mensagem que já havia passado de mão em mão:

— Ninguém conhece esta língua, prefeito. Enviamos o *e-mail* a um tradutor que fala 23 idiomas e ele disse que parece ser tonganês.

— Tonganês? Que porra é essa?

— É o idioma oficial de Tonga, um reino que fica num minúsculo arquipélago no Pacífico. Tem outras mensagens que não conseguimos traduzir. O senhor quer ver?

— Nem pensar! Não vou ler *e-mails* nem atender telefone. Mesmo que seja o papa!

— O papa na linha dois! — gritou uma telefonista metendo a cara na porta.

— Atende aí, Jonas. Diz que não estou...

— Mas, prefeito — ponderou o chefe de gabinete —, é Sua Santidade!
— E daí? Ele vai me encher o saco como qualquer mortal. Só que com aquela vozinha macia dos papas.

Jonas despachou o funcionário do Vaticano enquanto o prefeito se perguntava se não seria punido por ter se recusado a atender o representante de Cristo na Terra. Logo, porém, compreendeu que o castigo se antecipara ao telefonema do papa. Apoiou as mãos sobre a mesa e ergueu-se num gesto brusco:

— Posso merecer alguma informação que me traga um pouco de alento?

Os assessores se entreolharam à procura de um voluntário que dissesse ao chefe que as investigações permaneciam na estaca zero. Era o que o homem precisava ouvir para explodir:

— Estaca zero?? E o que fazem esses helicópteros girando sem parar em volta do morro? E os bombeiros, policiais, Defesa Civil, esses batalhões que mandamos lá para cima? Não descobriram nada? Alguém pode me dizer o que foi feito até agora?

— Bem, senhor, nós interditamos a área do entorno...
— Não há pistas, prefeito — interveio o secretário de governo. — Estamos em contato permanente com o pessoal no Corcovado e o que eles dizem é que não há testemunhas nem vestígios do sumiço. As televisões têm repetido isso a todo o momento. É como se o Cristo tivesse evaporado.

O prefeito enfiou a cabeça entre as mãos, num gesto de desalento:

— Isso é um absurdo! Como é que uma estátua de 30 metros some do alto de um morro e ninguém viu, ninguém ouviu nada, ninguém sabe onde foi parar?

— O morro esteve encoberto pelas nuvens durante nove dias, 18 horas e 43 minutos — ponderou o meticuloso Jonas, tentando justificar as dificuldades.

O prefeito nem ouviu. Permaneceu de cabeça baixa e murmurou entre dentes uma frase feita:

— Que que eu vou dizer ao meu eleitorado?

O jovem oficial de gabinete cochichou no ouvido do alcaide que o comandante do Corpo de Bombeiros havia regressado do Corcovado e trazia com ele um cidadão que "diz ter testemunhado o sumiço do Cristo". Uma luz de esperança se acendeu na cabeça do chefe da municipalidade.

— Mande-o entrar! Rápido!

O comandante se apresentou, bateu os calcanhares e apontou para o senhor ao seu lado, um negro alto, de modos elegantes, terno de linho e sapato bicolor, que se identificou como Toninho Gaveta, apelido que ganhou em razão da mandíbula avantajada, nos tempos de mestre-sala de escola de samba.

— Reviramos cada palmo de terra, prefeito — disse o bombeiro —, e tudo que encontramos foi este senhor, que mora em uma casinha à margem da Estrada de Ferro do Corcovado, pouco abaixo do Cristo.

— Pode me chamar de Gaveta, Excelência.

O prefeito cumprimentou o homem com simpática solenidade, carregou-o para o jogo de sofás onde se sentava apenas com notórias autoridades e lhe pediu que contasse tudo, tudinho o que havia testemunhado. O negro não teve nenhuma cerimônia em demonstrar seu desagrado diante da presença de uns dez assessores olhando para sua cara como se ele fosse um enviado dos céus.

— Podemos ter uma conversa ao pé do ouvido, Excelência?

O prefeito pediu aos presentes que se retirassem e Gaveta perguntou na maior cara de pau:

— Vai rolar algum?

— Claro! O valor vai depender da relevância da informação.

O negão sorriu, exibindo os dentes inferiores, suspendeu as pernas das calças, deixando à mostra suas canelas finas, e fez o tradicional gesto de "deixa comigo!".

— Tem uns cinco dias, doutor. Eram umas quatro horas da madruga e chovia de molhar a alma. Eu saí pra corrigir uma goteira no telhado e percebi uma luz muito forte vinda do alto — fez uma pausa para medir a curiosidade do prefeito.

— O que era? O que era?

— Não deu pra enxergar, Excelência. A luz me ofuscou a vista, mas continuei de olho vivo. De repente, o que vi? — o homem ficou de pé e gesticulou, teatral, com suas mãos enormes. — O que vi, doutor? O Cristo Redentor saindo do pedestal e mexendo os braços feito um pássaro! Ele foi subindo e subindo e subindo e cruzou por cima do telhado da minha casa. Acredita que a goteira parou?

— Você percebeu algo de estranho? — perguntou o prefeito, sem se dar conta da excepcionalidade da situação.

— Tem algo mais estranho do que o Cristo levantando voo, Excelência?

— Quero dizer — consertou Fagundes sem graça —, você escutou algum barulho durante a subida?

— Bem que eu tentei, doutor, mas quem podia ouvir alguma coisa no meio daqueles trovões todos?

O prefeito mal podia se conter.

— Mas como foi? Fala! O Cristo simplesmente saiu voando sozinho?

— E o Cristo precisa que alguém ajude? Saiu que nem uma pipa, Excelência. Pode crer! Leve como uma pipa!

A resposta confundiu o prefeito, que ponderou da impossibilidade de o Cristo ter saído voando como se fosse uma pipa, uma borboleta ou coisa que o valha.

— A estátua é muito pesada — observou.

O negão voltou a sentar, cruzou as pernas, levantou o dedo indicador e argumentou com autoridade:

— Avião também é pesado, doutor.

Fagundes preferiu fingir que não ouviu e continuou perguntando:

— Você observou a direção que ele tomou?

— Quem sabe, doutor? Ele desapareceu! — Gaveta fez uma expressão sofrida, mordeu o lábio superior. — Sumiu na chuva e com um jeitão de quem não iria mais voltar.

O prefeito não sabia o que pensar, completamente hipnotizado pela carga de dramaticidade com que Gaveta desfiava sua história. Repetiu, atônito: "sumiu na chuva?", e comentou num murmúrio de amor perdido:

— Foi embora para sempre?

O negro suspirou fundo, balançou a cabeça afirmativamente e, fitando no fundo dos olhos incrédulos do alcaide, afirmou:

— Sabe aquela luz que me cegou, Excelência? Era a presença de Deus. Ele veio buscar o Filho para ficar ao seu lado!

Foi como se a frase estourasse uma bolha de sabão. O prefeito pulou do sofá e não quis ouvir mais nada. Orientou o secretário de governo para dar 20 pratas ao cidadão e acompanhá-lo até o elevador. Gaveta embolsou a grana e se retirou visivelmente decepcionado com a indiferença do prefeito diante da sua versão dos acontecimentos. Uma história que termina com Deus vindo buscar seu Filho merecia no mínimo 100 pratas.

O prefeito aguardou Gaveta desaparecer no corredor para fazer jorrar sua irritação:

— Deus veio buscar seu Filho!! Perco meu precioso tempo para ouvir isso? Deus veio buscar seu Filho?? Seu Filho está no alto do Corcovado desde 1931. Por que Deus viria buscá-lo justo na minha administração? Por que viria buscá-lo num ano eleitoral? Vocês acham que posso ir à televisão contar essa história? Acham?

Nenhum dos assessores se dispôs a dizer que sim. Apenas Jonas, o chefe de gabinete, companheiro de longa data do prefeito, ousou abrir a boca:

— As pesquisas estão revelando que a população acredita em milagres!

Fagundes contestou de pronto:

— Foram somente 22% dos entrevistados a opinar pelo milagre. O que faço com os outros 78%?

O secretário de governo intrometeu-se para avisar ao prefeito que ele estava meia hora atrasado para a coletiva da imprensa, e os jornalistas não gostam de esperar.

O auditório da Prefeitura no subsolo do prédio fervilhava de gente. Jornalistas de todo o planeta — do correspondente do *New York Times* ao representante da *Tribuna Ufológica de Casimiro de Abreu* — se espremiam no espaço, sentados pelo chão, apertando-se, de pé, nos corredores laterais. Um contingente razoável de retardatários teve de se conformar em assistir ao encontro pelo telão montado na garagem subterrânea. Sobre a mesa, uma bateria de microfones que, segundo os especialistas, só perdia para a entrevista do presidente dos Estados Unidos

no dia em que se dirigiu à nação para declarar guerra ao Iraque.
Diga-se que a princípio o prefeito relutou em enfrentar uma coletiva. Pensou em soltar uma nota oficial, expediente de rotina entre as autoridades públicas quando querem evitar a imprensa. Depois, percebendo o clamor nacional a lhe solicitar uma explicação de corpo presente e avaliando que sua candidatura poderia recuperar alguns votos com uma declaração adequada, aceitou se dirigir aos jornalistas. "Mas sem perguntas", exigiu. Fez o sinal da cruz, gesto que não repetia desde os tempos do colégio marista, e desceu ao auditório seguido por um pelotão de seguranças. Ajeitou o microfone da casa à sua frente, limpou a voz, cumprimentou o público e falou de improviso:

— Neste momento de perplexidade geral, quero dizer a vocês que permaneço em estado de choque como todos os habitantes do meu querido Rio de Janeiro. Como todos os habitantes do meu país. Como todos os homens de boa vontade. Jamais passou pela minha cabeça que um dia o Cristo Redentor fosse desaparecer do alto do Corcovado. Mas a vida não tem efeitos especiais e não há como duvidar do fato. É só olhar lá para cima. Desde as cinco da manhã — hora em que fui acordado pela inditosa notícia — venho mobilizando todas as forças municipais, físicas e espirituais no sentido de encontrar uma resposta para o infausto acontecimento. Quanto maior o empenho, porém, maior a surpresa diante da absoluta ausência de pistas, de um sinal, de uma luz que possa iluminar o caminho das nossas buscas. O local permanece intocado, como se Cristo nunca tivesse feito parte daquela paisagem. Não há uma pedra fora do lugar. A televisão já nos mostrou isso e muitos de vocês que lá estiveram podem comprovar minhas palavras.

"As pesquisas também não dizem muito — continuou. — Elas nos revelam uma multiplicidade de opiniões, que vão desde um fato inexplicável pelas leis da natureza até a possível ação de mafiosos russos. É claro que foram pesquisas realizadas no calor da emoção e do assombro geral. Ainda assim, o que posso declarar à mui leal população desta cidade é que não descartaremos nenhuma das hipóteses levantadas neste instante em que um mar de dúvidas inunda nossas crenças. Só peço ao bravo povo do Rio que nos dê um crédito de confiança e tenha um pouco de paciência porque, como é evidente, se trata de uma ocorrência incomum que transcende o dia a dia da nossa administração. Estamos dispostos a seguir até o fim do mundo, criamos um gabinete de crise e um grupo de trabalho, mobilizamos todo o Serviço de Inteligência, botamos nossos melhores homens nas ruas e não descansaremos um minuto enquanto não trouxermos de volta nosso abençoado Cristo Redentor. É isso que podemos prometer. Aproveito a oportunidade para anunciar que criamos uma central de atendimento aqui no andar térreo para ouvir e recompensar todas as pessoas que nos trouxerem alguma informação relevante. Que Deus nos proteja! Obrigado.

Levantou-se e retirou-se rapidamente, deixando inúmeros braços suspensos no auditório. Alguns jornalistas mais persistentes ainda correram atrás de Fagundes, lançando suas perguntas no ar:

— Prefeito! Em quanto tempo o senhor espera recuperar o monumento?

— E se o Cristo não for encontrado? O que o senhor vai fazer?

— Já pensou em um substituto para Ele?

A porta do elevador se fechou sem respostas. Fagundes retornou ao gabinete, jogou-se em sua cadeira giratória e perguntou aos assessores como tinha se saído.

— Fantástico!
— Maravilhoso!
— O senhor foi genial!!

Os elogios e louvações se sucediam, intermináveis, e o prefeito começava a se convencer de que havia estancado a sangria de votos quando Jonas veio lhe avisar que dona Albertina estava na linha.

— E aí, mãe? — perguntou com o peito inflado pela opinião dos acólitos. — Gostou da atuação do seu filho?

— Péssima! Você não pode pedir ao povo que tenha paciência, filho. Nossos governantes vêm repetindo essa ladainha desde a Proclamação da República!

A expressão orgulhosa desapareceu do rosto do prefeito, que arqueou os ombros e choramingou baixinho:

— Ela nunca liga para me dizer coisas boas!

Capítulo 5

O DEPUTADO MAICON recebeu Jaime Trent no apartamento de Suelen em Botafogo, de onde se descortina uma vista cinematográfica do Corcovado. Ele chegou a pensar em marcar com o detetive em algum restaurante, mas, reconhecendo-se uma figura pública, baixou-lhe o receio de ser flagrado com um sorriso nos lábios ao olhar para o pedestal vazio. Ali, recolhido à casa da namorada, podia se deleitar o quanto quisesse com a visão do morro pelado.

O detetive entrou cerimonioso, conduzido por um segurança que lhe apontou uma poltrona de espaldar alto voltada para a janela aparentemente vazia. Ao ouvir os passos próximos, "a poltrona" perguntou sem rodeios se Trent tinha alguma pista do que havia acontecido com o Cristo Redentor. O detetive viu o deputado afundado no estofado, avaliou as intenções da pergunta e respondeu:

— Não faço a menor ideia, senhor. Mas, para quem não acredita em milagre nem em disco voador, só dá para imaginar que ele foi levado do Corcovado por seres humanos!

O deputado esboçou um discreto sorriso ao receber a resposta que gostaria de ouvir. Como que aprovando a conclusão do detetive, fez um gesto para que ele sentasse e prosseguiu nas suas indagações:

— Que tipo de seres humanos?
— Posso garantir que não foi levado por amadores, por traficantes do Complexo do Alemão, como dizem algumas pesquisas. Foi um serviço de profissionais.

Maicon balançou a cabeça em sinal de concordância, e Trent, sentindo-se avalizado, seguiu em sua linha de raciocínio.

— Também não creio que tenha sido um grupo brasileiro. Até onde sei, não dispomos de estrutura operacional para um roubo dessa envergadura. É obra de estrangeiros.
— A Máfia italiana?

Trent nem pensou para responder:
— Não acredito. Ela já tem não o mesmo vigor do passado. Além disso, é muito católica e não iria mexer com símbolos da Igreja. Prefiro pensar em outras máfias, russa, chinesa, coreana... As máfias do mundo inteiro têm representações no Brasil.

— E os fundamentalistas islâmicos? — o deputado experimentava o detetive —, os americanos juram que foram eles que tentaram explodir a Estátua da Liberdade.

— Não creio, senhor. Os árabes são os bodes expiatórios da vez. Falta-lhes organização para um plano tão elaborado.

Maicon levantou-se e passou a caminhar à volta da cadeira do detetive:

— Pois não me surpreenderia se o Cristo estivesse nesse momento enterrado nas areias quentes de algum deserto no fim do mundo...

Trent seguia os passos do deputado girando a cabeça:
— E por que eles levariam a estátua? — perguntou.
— Essa é a pergunta que me faço, detetive Trent! Roubar o Cristo para quê? Onde vão plantar um monumento

daquele tamanho? Roubam-se joias, dinheiro, coisas que cabem em um saco, uma mala, uma van... Mas o Cristo Redentor! Se ainda fosse de metal e pudesse ser derretido...

Maicon silenciou por um instante, e Trent o corrigiu:

— O Cristo não foi roubado, senhor. Ele foi levado para ser negociado!

— Sequestro?

— Imagina a montanha de dinheiro que os sequestradores podem pedir para devolver o Cristo Redentor à cidade!

Maicon franziu a testa, preocupado:

— Essa hipótese não me serve. Um sequestro o prefeito pagará e minha eleição estará perdida.

— Sinto muito, deputado — disse Trent quase se desculpando. — Mas não consigo pensar em outra hipótese além de sequestro.

O deputado tornou a silenciar, como se estivesse sopesando uma decisão e emendou determinado:

— Vou pagar para ver! Quero que você vá atrás do Cristo!

Imediatamente o coração de Trent acelerou as batidas. Ao ser convocado, imaginou tratar-se de uma investigação de rotina, talvez ligada à Assembleia Legislativa; em nenhum momento pensou que o deputado o chamara para lhe propor uma empreitada de tal magnitude. Até então, o maior caso de desaparecimento que havia desvendado foi o de uma múmia egípcia do Museu Nacional: um faxineiro da instituição a levou do depósito para substituir o corpo do irmão e confortar a mãe desesperada com a notícia de que seu filho mais jovem havia sido carbonizado por traficantes. Trent não precisou de muito tempo para encontrar a múmia sendo velada em uma capela da Baixada Fluminense. O Cristo, porém, com toda certeza não fora roubado por faxineiros do Corcovado, e sua busca exigiria de Trent uma *performance* para a qual não se sentia preparado.

Maicon caminhou pela sala olhando para o chão e falando em voz alta como se estivesse revisando seus planos:

— Quero que você O encontre para mim! Mesmo que o encontre amanhã, nós vamos mantê-lo em segredo até as vésperas da eleição. Só então chamarei a imprensa e anunciarei a descoberta do monumento. — E concluiu em tom de bravata: — Não vai ter para ninguém!

— O senhor já pensou onde escondê-lo até as eleições? — observou Trent. — Não vejo espaços disponíveis na cidade para ocultar um Cristo Redentor.

— Deixa comigo — Maicon desceu a mão sobre o ombro do detetive. — O que me interessa agora é saber se você se sente em condições de encontrar nosso maior eleitor.

— Vivo disso, deputado — disse Trent, procurando aparentar firmeza. — Ao longo da vida tenho encontrado objetos bem menores do que o Cristo Redentor.

Maicon ergueu os dois polegares num gesto afirmativo:

— Ótimo! Pois vá em frente! Eu lhe fornecerei os meios. Faça tudo o que for necessário e não se preocupe com dinheiro. No final, caso tenhamos sucesso, você receberá uma gratificação de 200 mil dólares.

Trent tentou parecer natural diante da proposta. Apertou a mão do deputado e os dois sacramentaram o acordo. Ato contínuo, Maicon começou a retirar pequenas pilhas de notas dos mais diferentes bolsos, jogou-as sobre a mesa e pediu a Trent que as recolhesse, para as despesas iniciais.

— Só mais um detalhe — acrescentou com o dedo indicador em riste. — Se por acaso você for apanhado e me denunciar, vou ter que comprar um vestido preto para sua irmã.

— Quando começo, deputado?
— Quando sair por aquela porta.

Trent ergueu-se da cadeira, tornando visível a enorme e quase caricata diferença de estatura entre ele e o baixinho Maicon. O deputado deu-lhe o braço, arrastou-o até a janela e, depois de um momento de contemplação, comentou:

— Sabe que acho o Corcovado muito mais bonito sem o Cristo?

Trent deixou o prédio com falta de ar e apoiou-se em uma parede para recuperar a respiração. Ainda que se considerasse um detetive frio e analítico, não conseguiu evitar que sucessivas ondas de emoção lhe atravessassem o corpo. Ligou para a mulher.

— Rita! — e não disse mais nada.

— Jaime! Jaime! Onde você está? Estou doida atrás de você! A Lola fugiu! — a mulher gritava entre soluços. — Minha Lolinha, minha paixão! Ela se soltou da coleira, atravessou a rua e desapareceu! Vem pra casa. Você tem que me ajudar a encontrá-la.Vem correndo, Jaime, que eu estou desesperada! Vem, Jaime! Vem!

Trent perdeu o embalo para anunciar a boa-nova. Dizer o quê? Rita não o escutaria nem que ele dissesse que havia ganhado sozinho na loteria. Todos os sentidos da mulher estavam voltados para seu *poodle*. Ele suspirou fundo, ligou o carro e partiu para casa seguro de que nenhuma cachorra do mundo iria detonar a maior oportunidade profissional de sua vida.

— Quero que a Lola *sifu*! — gemeu entre dentes.

Capítulo 6

QUINZE MINUTOS DEPOIS de o prefeito ter prometido um prêmio por "informação relevante" sobre o sumiço do Cristo, já corria célere pela cidade o rumor de que o valor da recompensa era de 2 mil pratas.

Não demorou muito para que o desemprego somado a malandragem e mais a criatividade do carioca formassem uma fila que se enroscava pelo prédio da municipalidade. Tinha de tudo, doutores, médiuns, professores, alquimistas, sambistas, cabalistas, tarólogos, astrólogos, ocultistas, gente que projetava sonhos e inventava fantasias. Entre eles, Toninho Gaveta, que voltava à carga, tentando botar mais uma grana em cima da merreca que havia recebido do prefeito.

O eficiente Jonas transformara rapidamente o saguão do edifício da Prefeitura em um espaço de atendimento onde dezenas de funcionários municipais improvisados em atendentes ouviam sem paciência os informantes que nem sempre levavam informações, muito menos relevantes. A inesperada extensão da fila impunha um ritmo rápido nas entrevistas individuais. Não havia tempo a perder. As pessoas se sentavam diante do funcionário e começavam a se explicar:

— Me dedico a fenômenos sobrenaturais há vinte anos. Sou da Ordem Hermética do Amanhecer Dourado e posso encontrar o Cristo se...

— Próximo!

— Sou alquimista sindicalizado com estudos sobre a pedra fundamental. Se o senhor me arrumar um pouco de sal, enxofre e mercúrio, posso dizer onde está...

— Próximo!

— Faço a interpretação mística da Bíblia, ouço o murmúrio das almas e posso garantir que...

— Próximo!

— Sou cartomante há 25 anos e prometo trazer o Cristo de volta em três dias caso...

— Próximo!

Apareceu uma senhora, com uma miniatura do Cristo Redentor, jurando por tudo quanto era mais sagrado que desenvolvera uma fórmula para fazê-la crescer até ficar do tamanho do monumento.

— Se o senhor der um banho de folhas, à meia-noite, em noite de lua cheia e...

— Próximo!

Búzios, dados, baralhos, bola de cristal, escapulário, galinha morta, mapa astral, reza forte, aparecia de tudo, menos informações relevantes, que a imaginação do carioca não conhece limites quando se trata de ganhar uma nota sem fazer força. Entre as primeiras 100 pessoas entrevistadas, estava o *motoboy* Formiga Gigante, que jurou ter visto a cabeça do Cristo Redentor na janela de um barracão na Cidade do Samba.

— Próximo!

Ansioso, à espera de uma informação que pudesse orientar suas buscas, o prefeito Fagundes acompanhava as entrevistas do seu gabinete e, ao saber da presença de Gaveta, mandou retirá-lo da fila.

— Essa versão eu já conheço!

— As outras não são muito diferentes, chefe — ponderou Jonas.

Fagundes desanimou e reconheceu que, em tempos de crise e desemprego, sua ideia atraiu todo tipo de gente e só serviu para tumultuar ainda mais a rotina da Prefeitura. Aqueles depoimentos delirantes não iriam ajudá-lo em nada, como não ajudou o encontro com a mídia. A frase pedindo paciência ao povo foi-lhe fatal, como previra dona Albertina. A imprensa caiu de pau na sua declaração e os grupos de discussão que se formavam na internet acusavam-no de negligência e incapacidade administrativa, para dizer o mínimo.

Debaixo de uma pressão insuportável, o homem estava vendo a hora em que lhe arrebentariam as artérias. Tomara todas as providências ao seu alcance, fez tudo como manda o figurino, seguindo os padrões internacionais, mas nem assim conseguiu acender uma luz — de vela que fosse — no fim do morro. Os telefones tocavam sem parar, os faxes vomitavam tripas de papel, os e-mails impressos eram empilhados sobre as mesas em ritmo industrial. Como não bastasse, o presidente da República estava na linha:

— Alguma novidade, prefeito?

Um cidadão comum diria simplesmente "não", mas os políticos dominam como ninguém a arte dos subterfúgios.

— Esperamos ter algum dado concreto até o final do dia, presidente. Estamos trabalhando para isso!

— Tive notícias de que cresceu a indignação popular depois de sua coletiva.

— As emoções estão à flor da pele na cidade, presidente.

— Estou preocupado porque essa história já está respingando no governo federal e arranhando a imagem do país junto à comunidade internacional.
— Sinto muito, presidente, mas ninguém contava com esse fato.
— Essa procura poderá se estender por dois, três meses...
— Vamos procurar o tempo que for necessário.
— Sim. Claro. Isso é ótimo! Mas já pensou no desgaste que tal demora pode causar a todos nós? Aquele vazio que ficou no alto do Corcovado provoca um efeito psicológico devastador sobre as pessoas!

O prefeito improvisou a resposta no ato:
— Se em uma semana não encontrarmos o Cristo, vou anunciar a construção de um novo monumento.
— Uma semana? — reagiu o presidente. — Uma semana nesse caso é uma eternidade. Anuncie amanhã a construção de um novo monumento.
— Mas... e se depois encontrarmos o original?
— Prefeito! O senhor não nasceu ontem para a política. O senhor sabe que uma coisa é anunciar, outra é começar as obras. Um anúncio desses vai diminuir a pressão popular.
— Não seria melhor antes ouvir a Arquidiocese, que é a dona do monumento?
— Nem pensar. O senhor sabe como a Igreja é lenta nas suas decisões. Vai querer ouvir os fiéis, depois o Vaticano, depois a voz de Deus... O povo quer ver ação! Antes de qualquer coisa, cubra aquele vazio!

O prefeito devolveu o fone ao aparelho e largou o corpo sobre a mesa, num gesto de completo abatimento. O jovem oficial de gabinete aproximou-se com os resultados de uma nova enquete eleitoral que acabara de ser divulgada.

— Caí para último? — indagou Fagundes, desolado.
— Nada. O senhor ainda está muito bem. Está em segundo. Veja. Só ficou atrás do deputado Maicon.

O prefeito recusou-se a olhar a enquete e virou o rosto como se o funcionário estivesse lhe exibindo um corpo exangue com as vísceras expostas.

— Tira esse papel da minha frente! — ordenou.

Político calejado, ele sabia que eleição não é como Olimpíada, em que o segundo lugar também ganha medalha. A única diferença entre o segundo e o último é o tamanho do esforço a ser feito para ultrapassar o primeiro. De resto, ambos estão derrotados. Naquele momento o prefeito Fagundes se viu esvaziando as gavetas.

Capítulo 7

O SOL FOI se retirando de cena sem anunciar qualquer novidade no horizonte, o que valeu um último desabafo do prefeito ao deixar o gabinete:

— É inacreditável! É inacreditável que não haja uma única pessoa que não tenha visto desaparecer uma estátua de 30 metros de altura que está à vista de todos na cidade!

— Trinta metros e três centímetros! — corrigiu Jonas, ex-seminarista, conhecedor da história do monumento.

— Pior! Quanto maior, pior!

Jonas continuou ilustrando o prefeito, num esforço para distraí-lo e aliviar as tensões.

— O senhor sabia que a cabeça do Cristo está inclinada 32 centímetros para a frente e seu braço esquerdo é 40 centímetros menor que o direito?

Fagundes interessou-se pela conversa.

— Nunca soube que Jesus tivesse um braço atrofiado.

— Não tinha! A redução foi imposta pela necessidade de dar maior estabilidade à estátua exposta aos ventos. — Jonas animou-se. — Duvido que o senhor saiba por que o morro foi chamado de Corcovado.

— Só pode ter sido pelo formato de corcova da montanha!

— Magnífica dedução, prefeito! Mas o nome original da montanha, dado por Américo Vespúcio em 1502, era Pináculo da Tentação, uma alegoria do Novo Testamento. Foi o pináculo para onde Satanás conduziu o Cristo, tentando-o com os pecados do mundo.

Fagundes fez um ar de surpresa e associou as palavras de Jonas à explicação de Toninho Gaveta, que a princípio lhe pareceu absurda.

— Quem sabe o Cristo não sumiu mesmo por um gesto divino? — questionou.

— O senhor acha que Satanás está lá em cima do morro?

O prefeito lançou um olhar indefinido para seu assistente e gemeu:

— Quem sabe? Há rumores...

*

Os telejornais do início da noite consumiam seus minutos fazendo variações em torno do mesmo tema. Sem nenhuma informação relevante, as emissoras de rádio e tevê exploravam o efêmero e preenchiam o tempo ouvindo populares, autoridades em segurança, mestres em estatuária e tudo quanto é tipo de gente que pudesse ter alguma relação — remota que fosse — com o que já estava sendo chamado pela imprensa sensacionalista de "O Mistério do Século!".

No balanço das perdas, o turismo recebia especial atenção. O secretário estadual da pasta se apresentava em um canal público exibindo gráficos que projetavam os enormes prejuízos do setor caso a estátua não retornasse ao seu lugar. Os números do desemprego também não eram baixos. Só entre "flanelinhas", estimava-se que seriam perdidos cerca de 200 postos de trabalho. "Está a caminho uma crise social e econômica de proporções ainda desconhecidas", sentenciou o secretário num tom de tragédia nacional. Os canais internacionais comentavam o desaparecimento do Cristo em vários idiomas. Chegava a ser engraçado ouvir o apresentador da tevê japonesa dizendo "Cocôvadô". A tevê portuguesa aproveitava a ocasião para divulgar suas réplicas do monumento, uma em Lisboa, outra na Ilha da Madeira. Um canal norte-americano informava que, pelos estudos da CIA, o Cristo estaria em um país muçulmano e sugeria ao governo brasileiro que começasse a invadir o Irã. Na França, havia uma sincera consternação pelo desaparecimento. Os franceses se sentiam um pouco donos do monumento, cuja construção só foi possível graças a um escultor franco-polonês que desenvolveu o projeto e esculpiu as mãos e a cabeça do Cristo.

Em um canal de notícias brasileiro, a entrevistada da vez era a decana dos guias de turismo, muito próxima de completar sua milésima visita ao monumento. Uma bela mulher de 60 anos, cabelos grisalhos bem cuidados, expressão altiva, gestos distintos, dona Rosaura se esforçava para conter o choro. O apresentador, por sua vez, fazia de tudo para arrancar alguma lágrima da senhora, que as tevês adoram botar uma choradeira no ar para "esquentar" as imagens.

— E agora, dona Rosaura? O que será desta cidade? — perguntou ele, insinuando que estava "tudo acabado".

— Não sei. Estou arrasada! — apertou os lábios. — Às vezes tenho a sensação de estar vivendo um pesadelo, que vou acordar a qualquer momento e vê-lo lá em cima de braços abertos...

— Quando foi que a senhora esteve com Ele pela última vez?

— Tem duas semanas. Antes de desabarem essas chuvas. Levei um grupo de turistas italianos. O Cristo estava tão sereno, parecia tão bem...
— E no entanto... — reagiu o apresentador, dramático.
— Quantas vezes a senhora já esteve no alto do Corcovado?
— Como guia foram 997, mas estive outras vezes por conta própria — completou. — O Cristo me reconforta, me aconselha, me transmite paz e tranquilidade. Conversamos muito.
— A senhora diria que Sua perda é irreparável?
— É como perder um grande amor. Aliás, meu casamento acabou por causa Dele.
— Não entendi.
— Meu marido morria de ciúmes. Dizia que eu só falava Dele, só pensava Nele. A partir do dia em que durante uma noite de amor gritei "Valha-me, Cristo!", ele nunca mais me procurou...

O apresentador pigarreou e mudou de assunto.
— O que a senhora sugere que seja colocado agora no alto do Corcovado?
— Outro Cristo!!
— O primeiro projeto do monumento, de 1920, mostrava o Cristo carregando uma cruz!
— Não, não! Penso em um Cristo de joelhos, vigilante, mexendo a cabeça de um lado para o outro... Temos tecnologia para isso!
— Uma última pergunta, dona Rosaura, que nosso tempo está esgotado: a que a senhora atribui o sumiço do monumento?
— Estou muito confusa. Ninguém consegue descobrir nada. Acho isso um despropósito. Acho que não estão querendo descobrir. Tem muita gente dizendo que ele foi envolvido em uma negociação milionária.

Rita, mulher de Trent, que assistia à entrevista prostrada na cama, não se conteve e berrou para o televisor:
— Ele foi abduzido, sua idiota! Tá na cara que Ele foi levado por uma nave espacial! Isso era um plano antigo dos habitantes de Órion.

Trent entrou pisando manso, como convém aos detetives, e parou na porta do quarto. A mulher olhou para ele, escorregou discretamente para baixo dos lençóis e perguntou lamurienta:
— Achou?
— Vou botar um anúncio no jornal amanhã. Fique tranquila — disse ele, sentando-se na beira da cama.
— Como é que vou ficar tranquila sem minha filhinha? — reagiu ela, retomando o choro e assoando o nariz. — Não quero anúncio em jornal! Quero que você vá atrás dela! É nessas ocasiões que vale a pena estar casada com um detetive! Você sabe como encontrá-la!

Rita é professora de escola pública, e talvez por isso tenha os nervos tão à flor da pele que quase dá para vê-los em movimento. Magra, agitada, descuidada na sua aparência pessoal, sua voz está sempre uma oitava acima do som fundamental. Casada há 14 anos com Trent, Rita mudou muito — segundo ele — depois que perdeu o filho em um aborto natural e soube que não poderia mais engravidar. Por fuga ou convicção, passou a acreditar em homenzinhos verdes com um olho na testa desde o dia em que jura ter visto uma vaca ser aspirada por um disco voador, na fazenda de seus tios em Varginha. Interessou-se pelas entidades biológicas extraterrestres (EBEs) e começou a frequentar o Centro de Estudos Intergalácticos. Está convencida de que há entre nós milhares de ETs disfarçados de terráqueos e desconfia que a "caixa" de seu banco é uma alienígena só porque vive pingando colírio nos olhos vermelhos. O detetive não compartilha das convicções da mulher, mas se controla para não ironizá-las quando Rita começa a associar a guerra espacial, que diz estar em curso, com a rebelião dos anjos citada na Bíblia.

— Você vai procurar pela Lola? — perguntou ela, fungando mais forte.

Trent a informou, com a fleuma que caracteriza os ingleses e os nascidos no Andaraí, que não iria correr atrás da cachorra, que era um detetive de casos racionais, tinha coisas mais importantes a fazer.

— O que pode ser mais importante do que encontrar minha Lola, seu desalmado? — voltou ela, desafiadora.

— Encontrar o Cristo Redentor!

— Deixa de bobagem! Você não vai encontrar Cristo nenhum! Ele não está mais entre nós! Lembra-se daquela vila de esquimós, de que lhe falei, que desapareceu no século passado? O Cristo foi pelo mesmo caminho!

— Lá vem você com essa mania de guerras nas estrelas e viagens intergalácticas!

— Jaime! Você tem é que procurar pela Lola! O Cristo já era! Vai procurar pela minha filha ou não nunca mais falo com você!

O detetive permaneceu fitando Rita que, percebendo-se observada, fungou mais alto para valorizar seu melodrama. No íntimo, Trent se perguntava onde fora parar a mulher por quem um dia se apaixonou perdidamente e que se transformava a olhos vistos em uma personagem de opereta. Ele não desconhecia que a única característica permanente nas pessoas é a mudança, só que, no seu casamento com Rita, os dois mudavam em direções opostas.

— Ok! Vou dar uma volta por aí e ver o que consigo. Posso levar esta foto? — perguntou, apontando para o porta-retratos na mesinha de cabeceira onde a mulher aparecia em primeiro plano abraçada a Lola com ele ao fundo.

Ao sair à rua, Trent puxou um profundo suspiro do peito, sentindo-se aliviado por não ter revelado à mulher o resultado de sua conversa com o deputado Maicon. Ela já consolidara suas certezas sobre o monumento e certamente iria submetê-lo a uma sessão de tortura com seus argumentos de outros mundos. Trent não tinha mais saco para as convicções da mulher.

Soprava uma brisa quente naquele início de noite e o detetive não demonstrava a menor disposição para suar a camisa atrás de Lola. Mostrou a foto ao jornaleiro, ao entregador de pizza, ao guardador de carros, para algumas pessoas no ponto do ônibus, tudo como se cumprisse uma tarefa burocrática. Sua cabeça estava mobilizada pelo Cristo Redentor. Onde estaria Ele nesse momento? O que fariam Charlie Chan, ou seu ídolo Sherlock Holmes nessas circunstâncias? Por onde começariam a buscar a ponta do novelo? Qualquer um dos dois o aconselharia, como primeira providência, a fazer um minucioso reconhecimento do local do "crime". Trent admitiu que precisava subir ao Corcovado — e já subiria tarde.

Postou-se à beira da calçada atrás de um táxi que o levasse ao seu escritório no Catete, onde recolheria o equipamento necessário para a escalada do morro. Um *motoboy* atabalhoado o obrigou a saltar de banda e quase o atropelou ao estacionar a moto. Trent aproveitou para mostrar-lhe a fotografia.

— Viu esta cachorrinha por aí?

O *motoboy* levantou o capacete, prendendo-o no alto da cabeça.

— Já vi umas dez hoje! O que não falta nesta cidade é cachorro!

— Reparou se alguma delas usava esta coleira prateada?
— Ah, meu camarada, não prestei atenção. *Poodle* não faz o meu tipo.

O detetive pegou a foto de volta e mediu o *motoboy* com o capacete preso no cocuruto.

— Não conheço você de algum lugar?
— Do jeito que rodo por aí, cara, todo mundo me conhece de algum lugar.

Trent lembrou: era o Formiga Gigante, como alguém o chamou no boteco do Jardim Botânico. Um mulato magricela, de cabelo à moicano, cheio de opinião, que se destacou no meio daquele pessoal que discutia o desaparecimento do Cristo. Trent havia gostado do seu jeitão desabrido e aproveitou a coincidência para indagar se ele gostaria de ajudá-lo a encontrar a cachorrinha. O rapaz o olhou desconfiado:

— Não sou bom nisso, cara. Por que eu?
— Você vive circulando de moto. Tem um amplo raio de ação. Além do mais, estou sem tempo para procurar cachorros. Ando envolvido em um trabalho que me exige total dedicação.
— Não parece. Paradão aí na calçada...
— Fui contratado para encontrar o Cristo Redentor! — a frase saiu num esguicho.

Desde que se acertou com o deputado Maicon, Trent vinha sentindo uma necessidade sufocante de dividir com alguém sua missão investigatória, uma missão grande demais para ficar guardada em seu peito. Como a mulher não se mostrou emocionalmente disponível, ele desafogou com o *motoboy*.

— Você é tira? — Formiga Gigante continuava desconfiado.
— Detetive particular. Faço a linha Sherlock Holmes.

— Legal! Também curto investigar coisas. Já descobri dois presuntos dentro da mala de um carro lá na favela. Posso ajudar você a achar o Cristo...

Trent costumava trabalhar sozinho — e nisso diferia de seu ídolo —, mas considerou a proposta do rapaz. A escuridão o assustava desde criança, e a ideia de encarar sozinho uma caminhada noturna pela floresta até o alto do Corcovado não lhe parecia nada agradável. Aceitou a companhia do *motoboy*.

— Ainda tenho três entregas para fazer — disse o rapaz. — Dá para segurar?

O detetive olhou o relógio:

— Marcamos daqui a duas horas lá no boteco!

— Fechado!

— Posso chamá-lo de Formiga Gigante?

— Nem por um cacete! Meu nome é Robson. Robson Farias, o Robinho das Entregas. Já fui parado em 23 blitz da polícia e passei com louvor em todas. É mole?

Um mulato esquelético montado em uma moto dia e noite tinha mesmo que manter a documentação em ordem. Ele entrou apressado no prédio, e o detetive fez sinal a um táxi, esboçando um sorriso de canto da boca. Quem sabe não teria encontrado um ajudante? Nada que lembre o velho dr. John H. Watson, ex-oficial médico do Exército britânico, mas o Rio de Janeiro do século XXI também não guarda nenhuma semelhança com a Londres do século XIX.

Antes de entrar no táxi, Trent lançou um olhar para o Corcovado e percebeu os refletores acesos no alto do morro. Quase deu para ouvir os berros do prefeito que, ao chegar em casa, também observou o morro e teve um ataque apoplético:

— Apaga! Apaga, Jonas! — gritou no celular. — Apaga esses refletores que estão iluminando o nada!

Capítulo 8

TRENT ENTROU NO escritório e foi direto para o computador procurar um caminho que o levasse ao pedestal. Estivera no Cristo Redentor apenas uma vez, aos 18 anos — já se vai um quarto de século —, acompanhando a madrinha que morava no interior. Como bom carioca, não costumava frequentar as atrações turísticas da cidade, muito menos as que podia observar a distância. Uma recente pesquisa informou que, das 700 mil pessoas, que visitam o Cristo todos os anos, somente 9% moram no município do Rio de Janeiro. Não eram poucos os que, depois do sumiço da estátua, lamentavam a oportunidade perdida.

O detetive aceitou desde logo a impossibilidade de optar pela estrada principal do Corcovado, bloqueada por fortes contingentes policiais que, segundo o espírito gozador da população, estavam ali para proteger o pedestal. Poderia usar uma de suas carteiras falsificadas, que utilizava como último recurso para ter acesso a áreas restritas. Trent sabia do valor social das carteiradas e colecionava uma quantidade razoável de documentos frios que lhe abriam portas depois que lançava a frase "sabe com quem está falando?". Dessa vez, contudo, a empreitada exigia que minimizasse os riscos, porque, caso fosse apanhado, teria que mudar de profissão. Talvez de cidade.

Abrindo e fechando *sites*, Trent encontrou enfim uma página de esportes radicais com uma trilha partindo do Parque Lage, na Rua Jardim Botânico, que poderia levá-lo até o trecho final da Estrada de Ferro Corcovado. O entusiasmo pelo achado, no entanto, foi arrefecendo à medida que avançava na leitura. A trilha se estendia por quase 2,5 quilômetros, subindo 704 metros, sinuosa e escorregadia em meio a uma mata fechada, habitada por uma fauna de hábitos noturnos. Só de se imaginar cercado de bichos, insetos e ruídos estranhos na escuridão da noite, Trent começou a transpirar. Para ele, porém, não havia escolha: ou metia o pé na estrada ou deixava o Cristo para os mais corajosos.

Clicou "imprimir" no mapa da trilha e virou-se para as prateleiras de disfarces e dispositivos que ocupavam uma parede inteira da modesta sala, no sobrado de um velho casarão na Rua do Catete. Saiu recolhendo as tralhas: cantil, facão, cordas, capa de chuva, bússola, sacos plásticos, lanterna, *kit* de primeiros socorros, enfiou as botas e mandou um beijo para o pôster do detetive Charlie Chan pendurado atrás da mesa, ritual que repetia toda vez que iniciava uma investigação. O pôster, do filme *Charlie Chan no Rio*, era uma relíquia, entronizada no escritório pelo falecido pai, fã ardoroso dos métodos de dedução do personagem chinês. Na pressa, Trent esqueceu de pedir à farmácia um frasco de repelente.

Antes de bater a porta, lembrou-se de ligar para a mulher:
— Não precisa me esperar. Não tenho hora para chegar!
— Você está procurando a Lola?
— Incansavelmente!

*

O Parque Lage é uma reserva ambiental nas faldas do morro do Corcovado, à feição de uma floresta natural com um intrincado de árvores e arbustos de diferentes tamanhos. As complicações começaram assim que Trent e Robson Formiga pularam o muro do parque. Não havia nenhuma sinalização indicando o início da trilha, e os dois rodaram um bom tempo até encontrar a referência indicada no mapa — uma casinha antiga no fundo do terreno.

— Vamos por aqui — apontou Trent, correndo o facho de luz pela vereda.

A caminhada que leva ao topo é considerada pelos praticantes de *trekking* de dificuldade média: nem tão leve como a do Morro da Urca, nem tão pesada como a da Pedra da Gávea. O primeiro trecho, no entanto, apresentava pouca inclinação, levando o *motoboy* a se gabar de que subiria com um pé nas costas. Trent seguia na frente, fazendo o papel de desbravador, mas volta e meia passava para a retaguarda quando eles enveredavam por um atalho errado — algo que ocorreu várias vezes — e precisavam retornar. De trás observou Formiga, jogando uma embalagem de barra de cereal no mato.

— Isso aqui não é lixeira. Bota o lixo no saco plástico que lhe dei! — pediu baixinho, para não acordar os animais da floresta.

— Não tem ninguém olhando, cara.

— Mas tem suas impressões digitais!

Trent era um profissional atento aos detalhes. Desde que fizera o curso por correspondência do Instituto Baker Street de Londres, aprendeu a desenvolver sua capacidade de observação — "observar é diferente de ver", costuma dizer —, convencido de que um bom detetive vive das pequenas particularidades.

A noite sem lua não favorecia a observação das pequenas particularidades. Os dois caminharam cuidadosos sobre os rastros de luz, como que se equilibrando em uma corda luminosa. O som de gravetos e folhas secas pipocava sob seus pés, alternando com o pio solitário de uma ave insone e o estalido dos tapas na reação ao ataque dos insetos. Trent se dizia adorado pelos mosquitos e se amaldiçoava pelo esquecimento do repelente. De vez em quando o barulho de um gambá em disparada fazia o foco das lanternas tremer e eles se perdiam da trilha. Não eram poucos os habitantes da floresta: iguanas, lagartos, ouriços e muitos macacos. Nos galhos das árvores, alguns pares de olhos espreitavam os invasores.

— Aqui tem onça? — o *motoboy* estava assustado.

— Não há relatos. Mas nunca se sabe... — provocou Trent.

— Pô, mermão! O que eu faço se aparecer uma?

— Conversa com ela. Diga que está só de passagem.

Os dois avançavam com ambas as mãos ocupadas, uma segurando a lanterna, outra estapeando os insetos e desfazendo as teias de aranha que lhes embaraçavam a passagem. Cruzaram um riacho pela terceira vez, e Formiga perguntou se não estariam andando em círculos. Trent parou para consultar o mapa à luz da lanterna.

— É isso mesmo! — confirmou. — A trilha corta por três vezes o riacho. Logo vai aparecer uma cascatinha, e então chegaremos ao pior trecho.

— Pior? Tem pior que isso? — resmungou o motoboy, que já deixara a fanfarronice pelo caminho.

— Agora é que começa a subida. Mas existem umas agarras de cimento que servem de degrau.

— Onde? Não tô enxergando porra nenhuma!

Robson Formiga pediu um tempo para tomar fôlego. Sentou-se sobre um pedregulho, deu mais uma dentada no seu sanduíche de mortadela e enfiou a sobra na mochila.

— Cara! Estou me sentindo na selva amazônica! — exclamou, olhando ao redor.

— E no entanto você está em uma metrópole — emendou Trent. — Está dentro da maior floresta urbana do mundo. O Rio não é incrível?

— Tudo aqui é o maior do mundo! Espero que a gente não encontre o maior animal do mundo pela frente!

O detetive convocou o rapaz a prosseguir sem muita conversa, "que é preciso economizar oxigênio neste trecho".

Robson recolocou a mochila nas costas e seguiu atrás resmungando:

— Você deve estar levando uma boa grana para se meter numa furada dessas!

— Shiiiiii — Trent limitou-se a pedir silêncio.

Não era o dinheiro do deputado Maicon que movia o detetive. Os dólares seriam bem-vindos, é certo, mas em nenhum momento ele pensou em usá-lo sequer para trocar seu velho carro por um modelo do ano. Não tinha ambições materiais nem alimentava sonhos de consumo. Trent cresceu pautando sua vida por uma frase que o pai lhe repetia desde a infância: "Não trouxemos nada para este mundo; não levaremos nada dele." Tudo o que pretendia fazer com a grana — caso encontrasse o Cristo — era uma reforma no apartamento para acabar com as infiltrações e se libertar para sempre do anúncio que publicava todos os sábados nos Classificados: "Detetive Jaime Trent — investigação empresarial, infidelidade conjugal, filmagens, gravações, acompanhamentos — sigilo absoluto." Não aguentava mais lidar com esses casinhos miúdos que se via forçado a aceitar para pagar as contas no final do mês e bancar as viagens da mulher para encontros e congressos de entidades extraterrestres. Talvez por isso encarasse a oportunidade que lhe surgiu através da irmã Suelen como uma compensação do destino.

Ao término de quase três horas de subida, o detetive e o *motoboy* chegaram literalmente se arrastando aos trilhos da Estrada de Ferro Corcovado. Ofegantes, recostaram no largo tronco de uma sumaúma e ali permaneceram por algum tempo recuperando o ritmo respiratório. Robson liquidou o sanduíche de mortadela enquanto Trent fazia um levantamento dos estragos provocados pelos mosquitos, desafiando o *motoboy* a contar as picadas pelo corpo. O detetive venceu por 15 a 3.

— Você não é sangue bom! — gozou Trent, se coçando.

O rapaz, que nunca precisou gastar muita perna — montado eternamente em sua moto —, perguntou se faltava muito para o local escolhido por Trent.

— Estamos próximos — respondeu o detetive, consultando o mapa. — Vamos caminhar mais uma meia hora ao lado dos trilhos, contornar a curva do Oh e logo chegaremos à mata por baixo da escadaria do Cristo.

Ao circundar a curva, os dois depararam com uma cena inesperada: a distância, vários pontos luminosos riscavam a escuridão como um bando de frenéticos e gigantescos vaga-lumes.

— É a polícia! — exclamou Formiga, iniciando a ação de cair fora.

— Claro que não! — Trent o puxou pela jaqueta. — A polícia tem licença para procurar! Não precisaria ficar metida nesse breu!

Protegidos por uma moita, o detetive e Robson tentavam entender aquela estranha agitação que lembrava um desordenado balé de luzes. Um ruído de folhas pisoteadas soou nas costas dos dois e uma voz indagou:

— Trent? Jaime Trent?

O detetive virou-se rápido, jogou o foco da lanterna no rosto oculto e identificou o gordo Lourival, ex-sócio de seu pai no escritório de investigações.

— Está fazendo o que aqui? — perguntou Trent sem pensar.

— Passeando. Adoro passear na mata do Corcovado à noite — o Gordo sorriu e emendou —: O mesmo que você, cara! O mesmo que todas essas lanternas! Nunca vi tanto detetive junto!

— Pelo visto, isso aqui virou a Serra Pelada da categoria! — brincou Trent.

— Qualquer esforço vale a pena, amigo. Já pensou se descubro onde está o Cristo? Nunca mais trabalho! Compro um iate e vou viver no Caribe.

Robson se meteu na conversa e indagou de Lourival se ele já havia encontrado alguma pista.

— Não se faz essa pergunta a um detetive! — advertiu-o Trent. — Isso é segredo profissional.

O Gordo chegara pouco antes dos dois e, pelas marcas de sujeira na roupa, deve ter se perdido e desabado várias vezes — com seus 120 quilos — durante a caminhada. Contou que o pessoal do governo já havia recolhido todo o material que se encontrava disponível nas diversas cestas de lixo, mas Trent não se impressionou, percebendo nas palavras do colega uma intenção velada de desanimá-lo na procura de indícios. A concorrência é grande entre detetives particulares, e não é todo dia que desaparece um Cristo Redentor.

— Não confio nas investigações oficiais — retrucou Trent. — Esses caras são assalariados, mal pagos, mal preparados, que olham sem observar.

O *motoboy* voltou a se intrometer:

— A polícia não consegue descobrir nem a boca de fumo que até minha avó sabe...

— Menos, Robson. Menos — interrompeu Trent.

O Gordo Lourival o alertou:

— Você chegou um pouquinho tarde, amigo. Os coleguinhas já lotearam toda a área.

— Não tem nenhuma sobrando?

— Nada. Nadinha!. Esta área aqui, por exemplo, é minha! — disse o Gordo, apontando para baixo.

— Então só me resta entrar para o movimento dos sem-terra — gracejou Trent, afastando-se na direção da face norte da montanha.

Na verdade, não tinha interesse na área loteada pelos concorrentes, que com certeza já havia sido virada e revirada pela Prefeitura.

— É um terreno plano que não oferece perigo — comentou com Robson. — Vamos nos deslocar 45 graus na direção nordeste porque foi para lá que o vento sudoeste soprou os resíduos nos dias de chuva.

O *motoboy* ouviu admirado o raciocínio do detetive.

Os dois contornaram as estruturas metálicas por baixo das escadarias e se separaram para ampliar a área de rastreamento. A confirmação de que ninguém havia visitado aquele trecho íngreme veio com os sacos plásticos que retornaram carregados, transbordando de ninharias e detritos: embalagem de remédios, pontas de cigarro, caixas de fósforos, pedaços de metal, pilhas, um pé de tênis, guardanapos de papel, palitos de picolés, tampas de refrigerantes, isqueiros descartáveis, copos de plástico e algumas camisinhas.

Quando os dois pularam o muro de volta à rua, o dia amanhecia e cinco viaturas oficiais adentravam o portão principal do parque.

Capítulo 9

UMA NOITE MAL dormida tem suas vantagens. O prefeito não conseguiu pregar os olhos por mais de meia hora, em compensação lhe sobrou tempo para reconhecer o comportamento atabalhoado da véspera. Justificou-se em seu solilóquio noturno, alegando que se viu tragado por ondas de emoções inopinadas que não lhe permitiram botar a cabeça fora d'água para pensar com clareza e descortino. Aconselhado pela mulher a controlar suas reações intempestivas, Fagundes prometeu agir como um administrador racional. Se não encontrasse o Cristo, pelo menos manteria o equilíbrio necessário para evitar desatinos que pudessem queimar de vez sua candidatura à reeleição.

Ao entrar no gabinete, o prefeito encontrou seus assessores e secretários o aguardando sentadinhos à volta da mesa de reuniões, como alunos bem-comportados à espera do professor. Cumprimentou-os sem entusiasmo e anunciou que decidira reunir o secretariado para que juntos estabelecessem um plano de ação. Em seguida, soltou uma frase comum a chefes e líderes quando não sabem que rumo tomar: "Várias cabeças pensam melhor do que uma", e deu início aos trabalhos.

— Vamos tratar de organizar as buscas. Começaremos pelos grandes espaços com dimensões suficientes para esconder o Cristo: silos, hangares, depósitos, ginásios... — e para mostrar sua disposição de não se aventurar mais em decisões voluntaristas, perguntou: — O que vocês acham? As várias cabeças pensantes se movimentaram em sinal de concordância. A tendência dos acólitos é a de acompanhar a sugestão do chefe, seja qual for, embora sempre apareça alguém disposto a abrir uma dissidência, para se exibir ou mostrar serviço. O secretário de governo levantou uma dúvida:

— E se o Cristo foi serrado ao meio? Ou cortado em pedaços para caber em espaços menores? Na sua construção, ele foi levado em blocos para o alto da montanha.

Fagundes rebateu a intervenção:

— Não adianta ficar levantando hipóteses, se isso, se aquilo... Estamos na estaca zero. Temos que partir de algum ponto!

O meticuloso Jonas aproveitou a brecha para uma pergunta oportuna:

— Devo mandar retornar o pessoal que subiu esta manhã para o Corcovado?

— Deixa esses caras lá em cima! — o prefeito estava irritado com o pessoal que não lhe trazia nada de novo, nem pistas, nem esperanças. — Eles não são capazes de encontrar um elefante, mas politicamente é importante mantê-los no alto do morro! Dá visibilidade ao nosso trabalho e mantém a imprensa ocupada.

Jonas pediu licença para se retirar e dar início ao planejamento da operação a que chamou de "Grandes Espaços". O prefeito fez um gesto para que ele retornasse a bunda à cadeira — "ainda não acabei" —, e dirigiu-se aos presentes num tom de deboche:

— Pelo andar da carruagem, suponho que as buscas vão prosseguir até o dia do Juízo Final.

Os secretários abriram um pálido sorriso de apoio às suas palavras. O secretáro de governo, no entanto, mais uma vez não resistiu ao impulso de intervir:

— Tem razão, chefe. As buscas podem demorar indefinidamente! — sentiu que não agradou e procurou corrigir.

— Mas, se Deus quiser, vamos achá-lo antes das eleições!

O prefeito relembrou sua conversa com o presidente da República e acrescentou que à margem das incursões aos grandes espaços havia uma "urgência urgentíssima" em botar alguma coisa naquele vazio sobre o pedestal. O secretário de governo novamente não se conteve:

— É impressionante como agora a gente tem vontade de ficar olhando lá para cima!

O prefeito repetiu a frase que ouvira do presidente da República.

— Psicologicamente, esse vazio provoca um efeito devastador nas pessoas.

— É verdade! — concordou Jonas, antecipando-se ao secretário de governo. — Toda vez que olho para o Corcovado, sinto vontade de chorar.

— Em mim aquele vazio provoca indignação e revolta! — emendou o secretário de governo, disposto a ficar sempre com a última palavra.

Fagundes solicitou aos presentes sugestões sobre algo que pudesse substituir o Cristo — "por pouco tempo, esperamos" —, e em seguida empunhou uma caneta para anotá-las. O representante da Arquidiocese saiu na frente:

— Não poderíamos botar uma cruz? Uma cruz do tamanho do Cristo! É de rápida confecção, custa barato e manteria o espírito religioso do local.

O prefeito adorou a proposta — sobretudo pelo preço —, e anotou "cruz" no papel enquanto seus secretários iniciavam uma saraivada de questionamentos para demolir a ideia do padre, único adventício na reunião.

— Que tipo de cruz? — indagou Jonas, o mais erudito.
— Grega? Latina? Cruz de Malta? Trifólia ou de santo André?
— Feita de que material? Ferro? Madeira? Concreto?
— Por que não pregar logo um Cristo na cruz? — as perguntas se sucediam sem dar tempo de o reverendo pensar.

A tensão cresceu no instante em que Jonas perguntou se a Arquidiocese, dona do monumento, pagaria pela construção da cruz. O padre lhe disse que a Igreja não tinha dinheiro nem responsabilidades na guarda do Cristo e que a obra deveria ser inteiramente financiada pela municipalidade. O chefe de gabinete deu-lhe o troco, afirmando que a Prefeitura tomaria a frente do projeto, "desde que a Igreja abrisse mão dos percentuais de bilheteria". O reverendo preferiu abrir mão da proposta.

O secretário de Cultura saiu de seu mutismo e expressou uma opinião:

— Por que não utilizarmos temporariamente uma réplica do Cristo? Existem tantas espalhadas por aí...
— São 118 estátuas do Cristo ao redor do mundo — completou Jonas, orgulhoso dos seus conhecimentos. — Dessas, 112 estão no Brasil.

O prefeito anotou "réplicas" na sua lista.

— Só que todas são muito menores que a original — retrucou o secretário de Obras, antevendo seu nome na placa de inauguração do novo Cristo.
— Sem problemas! Elevamos a altura do pedestal até onde for necessário! — objetou o secretário de Cultura.

O secretário de Obras não podia concordar com o colega:

— Periga termos uma estátua de 5 metros e um pedestal de 25! — E acrescentou: — Por que não construímos um monumento igual ao anterior?

— E se encontrarmos o original durante a construção? — perguntou o da Cultura.

— Poderemos colocá-la no Morro Dois Irmãos — insistiu o de Obras. — Ou em qualquer outro! O que não falta no Rio é morro!

Jonas aproveitou para espargir mais um pouco de erudição nos presentes.

— A propósito, quando começaram os primeiros movimentos para a construção do Cristo, lá pela década de 1920, pensou-se em instalá-lo no Pão de Açúcar ou no Morro de Santo Antônio.

— E ficaríamos com dois Cristos? — voltou o da Cultura com um risinho sardônico.

— Por que não? Um só não está dando conta — retrucou o de Obras.

— A Igreja é contra — murmurou o padre.

A fogueira de vaidades crepitava e ameaçava lamber a reunião. Jonas acionou seu extintor de incêndio.

— Os senhores não acham que a escolha deveria caber à população? Que tal realizarmos uma pesquisa indagando do povo carioca o que ele gostaria de ver lá em cima? O prefeito se eximiria de qualquer responsabilidade e reforçaria seu espírito democrático.

Fagundes exultou com a ideia, jogou na lixeira o papel onde anotava as sugestões e ordenou com firmeza:

— Jonas! Providencia a pesquisa!

E encerrou a reunião no momento em que o secretário de governo ameaçou perguntar pela posição da Prefeitura caso o povo optasse pelo velho Cristo.

*

No rescaldo da tragédia, a cidade amanheceu de ressaca. Havia um clima de Finados no ar. As ruas pareciam mais desertas, as expressões mais carregadas, os movimentos mais lentos, uma enquete apontaria acentuada queda na taxa de sorrisos. Uma massa de nuvens cinza voltava a rondar as montanhas, emoldurando o quadro de desolação. Nas calçadas, o olhar das pessoas parecia dominado por um impulso irresistível de se fixar no alto do Corcovado. Gente que antes talvez nem se lembrasse da existência do monumento erguia a vista a cada segundo, como se a qualquer instante o Cristo pudesse ressurgir sobre o pedestal. Por que não? Se um milagre o levou, outro milagre pode trazê-lo de volta, anunciavam os cristãos mais fervorosos.

Na medida em que as autoridades não revelavam competência para satisfazer as expectativas da população, os partidários das diferentes versões para o desaparecimento se organizavam na busca de respostas. Os bons cristãos se mostravam conformados com o sumiço do Cristo — Deus sabe o que faz —, ainda que implorassem por uma satisfação divina. A Arquidiocese solicitou a todas as igrejas do município do Rio que repicassem seus sinos por um minuto ao meio-dia e programou uma missa na Catedral, de onde os fiéis partiriam em procissão até o sopé do Corcovado. A proposta original incluía um "abraço" no morro com todos se dando as mãos, ideia descartada pelos organizadores ao tomarem conhecimento de que a montanha é parte da Serra Carioca e agrupa 46 favelas nas suas encostas.

Por outro lado, a turma que acredita que não estamos sós no universo tratou de organizar às pressas um Encontro Extraordinário Intergaláctico em Casimiro de Abreu, município fluminense famoso por seus óvnis. Havia entre os ufólogos muitas dúvidas a serem dissipadas. De certeza apenas que a estátua fora aspirada por uma nave espacial. Que tipo de nave, qual o ano, marca e modelo, de onde viera, para onde levou o Cristo, ninguém se sentia em condições de responder (ainda que as especulações fossem muitas).

Uma das várias correntes do pensamento cósmico atribuía a abdução do monumento aos guerreiros de Órion, uma constelação que, dizem eles, vive em pé de guerra com o planeta Terra. Há relatos de que os "órions" desapareceram no século passado com uma aldeia inteira de esquimós às margens do Lago Anjikuni. Muitos seguidores dessa corrente — entre eles Rita, mulher de Trent — ainda comentam que, em 1974, um lenhador do Arizona passou cinco dias em alguma estrela da constelação (Rigel ou Betelgeuse?) respondendo a um interminável interrogatório sobre o modo de vida dos terráqueos. Três garotas goianas juram ter visto saindo do banheiro de um posto de gasolina um ser castanho de pele viscosa, olhos vermelhos e três protuberâncias na cabeça, exatamente como são descritos os habitantes da belicosa constelação. Órion é um gigante brutal, caçador, que se veste com pele de leão e segura uma clava e uma espada nas mãos. No verão nasce de frente para o Cristo. Olho no olho.

Para os ateus, céticos, agnósticos e pragmáticos, o monumento não desapareceu nem por obra de extraterrestres nem pela graça de um milagre. Ele foi objeto, isso sim, do mais espetacular roubo que as modernas tecnologias podem produzir. O que esses materialistas se perguntavam era: "como foi roubado?", "por quem foi roubado?" e "por que foi roubado?". Na falta de informações substantivas que lhes clareassem as ideias, os céticos seguiam um raciocínio de rotina para responder ao menos a terceira pergunta. Por quê? Ora por quê! Porque se rouba tudo nessa cidade!

*

Com seu jeito introspectivo, Jaime Trent examinava uma por uma as peças recolhidas nas matas e espalhadas em uma toalha de banho estendida sobre a mesa do escritório. Apanhava algumas com as mãos enluvadas, outras — como camisinhas — com uma pinça, observava-as sob uma lupa, cheirava, apalpava, colocava contra o sol, um trabalho cuidadoso e paciente que certamente mereceria os maiores encômios do minudente Sherlock Holmes. Deteve-se em algumas pontas de cigarro e logo percebeu — pelo cheiro do fumo — que não se tratava de produto nacional. Sua tese de que o Cristo teria sido levado por bandidos estrangeiros estaria 100% confirmada, não fosse a quantidade de gringos fumantes que visita diariamente o monumento. Jogou as guimbas no lixo.

O detetive havia seguido direto do Parque Lage para o Catete sem passar em casa. Ao entrar no escritório encontrou a luz da secretária eletrônica piscando por sete chamados da mulher. Não precisou aguardar muito para atender a oitava ligação.

— Onde é que você se meteu, Jaime? — berrou Rita. — Estou procurando você a noite inteira! Onde é que você se meteu?

— Estava atrás de sua queridinha — mentiu Trent.
— Precisava desligar o celular? Precisava?
— A missão me exigia silêncio.

A mulher insistiu em saber dos passos de Trent, que como bom detetive e mau marido já havia montado o enredo desde a subida do Corcovado, na certeza de que seria submetido a um interrogatório.

— Foi uma longa jornada, Rita — deu um tom de cansaço à voz. — Estive percorrendo a vizinhança, depois fui à Associação dos Proprietários de Poodles e atravessei a noite no depósito da Sociedade Protetora dos Animais. Sabe quantos cães abandonados tive que conferir? 760! E de lanterna em punho, pois a sociedade não tem dinheiro nem para pagar a conta de luz!

— Achou a Lola?
— Nem sombra!

Rita esperava por essa resposta para demonstrar seu gênio irascível.

— Então não precisa procurar mais! Não quero mais saber dela! Quero mais é que ela se dane!

— Estou vendo umas fotos na internet de cães encontrados na rua e...

— Não precisa — atropelou Rita. — Só gosto de quem gosta de mim! Se ela fugiu é porque não estava feliz na minha companhia... Aquela cachorra é uma cadela!

Trent, que nunca se entendeu com Lola, ameaçou elogiar a decisão da mulher, mas recuou, receoso de que desse modo ela mudasse de opinião. Os dois nunca estavam do mesmo lado. Degustou em silêncio a satisfação de se ver livre da cachorra e informou — para coroar suas mentiras — que iria se demorar no escritório, pois lhe surgira um intrincado caso de espionagem industrial.

— Estou saindo agora para um encontro em Casimiro de Abreu — disse a mulher sem ouvi-lo. — Vamos discutir o desaparecimento do Cristo! Um senhor que mora no Morro do Corcovado jura ter visto o monumento ser tragado por uma nave com 100 metros de diâmetro. Vamos ouvir seu depoimento!

— Se você viajar para Órion, me avisa — espetou Trent.

Rita espumou de raiva e reagiu com a clássica resposta sempre na ponta da língua de ufólogos e assemelhados:

— Saiba que limitar nossa atenção a questões terrestres é restringir as possibilidades do espírito humano! — e bateu o telefone.

Trent tem um suspiro pronto para as ocasiões em que se vê livre do peso da mulher. Retomou sua pesquisa auxiliado por Robson, que se disse impressionado com o talento do detetive para contar mentiras.

— Mentiras não! — corrigiu Trent. — Inverdades! Mentiras são ditas por motivos fúteis. As inverdades nascem de uma profunda razão de ser!

A pirâmide de entulhos úmidos ainda estava pela metade quando o detetive teve sua atenção despertada para uma caixa de fósforos, dessas de propaganda, que trazia o nome de um restaurante de Angra dos Reis. Apalpou-a seguidas vezes:

— Onde foi que você a encontrou, Robson?

— Estava debaixo de umas folhas...

— Isso explica por que não está molhada. Parece lixo recente.

O detetive aproximou a lupa, passou o dedo indicador suavemente na dobra que se forma no fundo da caixa e percebeu pequenas partículas de um pó branco esverdeado. A mesma cor das pastilhas de pedra-sabão que revestem o Cristo Redentor!

— Tenho uma leve desconfiança de que encontramos algo, meu caro rapaz — disse, observando o pó na ponta do dedo indicador. — Vamos! Vamos conferir!

O detetive pulou na garupa da moto de Robson, que saiu ziguezagueando entre os congestionamentos até a Fundação Oswaldo Cruz, onde o detetive tinha um conhecido — os detetives têm sempre um conhecido a lhes facilitar as investigações — que trabalhava no laboratório de análises minerais. Entregou-lhe a caixinha e sentou-se na antessala para aguardar o resultado do exame. Robson aninhou-se na cadeira, pretendendo recuperar uns minutinhos do sono perdido nas matas do Corcovado, mas mal desceu as pálpebras, seu celular soou como um despertador. Uma ligação da empresa onde trabalhava lhe pedia para buscar um documento na sede da Prefeitura.

— Na sede da Prefeitura? — repetiu Trent.

— Fazemos muitos serviços para eles...

— Aproveita e vê se descola alguma informação importante. Deve estar rolando muita conversa pelos corredores.

O laboratorista retornou com o laudo:

— É um pó de rocha metamórfica de baixa dureza.

— ???

— Esteatita! — prosseguiu —, uma variedade compacta de talco.

— ???

— Popularmente chamada de pedra-sabão!!

As interrogações explodiram no ar como fogos de artifício. Trent abraçou o amigo agradecido, pegou a caixinha de fósforos de volta e, apontando para ela, bradou:

— Daqui vamos nós, meu Cristo!

Capítulo 10

A EXPEDIÇÃO EXPLORADORA que subiu ao Corcovado pela manhã não voltou de mãos vazias, como vaticinara o prefeito. Trouxe o que o minucioso Jonas chamou de um precioso indício para dar rumo às investigações: um pedaço de pulseira de relógio onde era possível ler "... ade in Ch...".
— Creio que encontramos um ponto de partida — disse o chefe de gabinete, colocando o fragmento cuidadosamente sobre a mesa do alcaide.
Fagundes observou aquele pedaço de plástico imitando couro de jacaré à sua frente:
— O que é isso?
— Veja! — Jonas apontou o dedo para as letrinhas miúdas: "...ade in Ch...". — Pode ser um sinal da presença da máfia chinesa!
O prefeito não se entusiasmou com a explicação:
— E por que a máfia chinesa iria roubar o Cristo? A China está se convertendo ao catolicismo?
— Negócios, chefe! A máfia chinesa está se tornando a maior organização criminosa do planeta! Ela cresce na proporção do PIB da China!
— Ora, Jonas, pode ser apenas de um turista chileno. Ou de Chipre! Ou da Chechênia! — brincou o prefeito. —

Ou do Brasil mesmo! Os produtos chineses estão por todo canto. Aposto como você está usando agora alguma coisa "made in" China! Jonas virou a gravata e enrubesceu ao ver a etiqueta no verso.

— De qualquer modo, não custa averiguar — sugeriu o assessor sem a animação inicial.

— Esquece, Jonas! Não vou correr o risco de ser ridicularizado pela imprensa. Já me desgastei demais!

O jovem oficial de gabinete veio avisar que a diretoria da multinacional que havia marcado audiência já se encontrava na antessala. Jonas perguntou ao prefeito se deveria se retirar.

— Fica aí! Não sei o que esses caras querem.

— Veio a diretoria em peso! — informou o jovem. — Inclusive o presidente da empresa, que chegou esta manhã de Chicago.

O prefeito ajeitou o laço da gravata, armou um olhar superior e aprumou-se na cadeira, pronto para disputar uma queda de braço. Apesar de ignorar as razões da visita, de uma coisa ele tinha certeza: as multinacionais não brincam em serviço e qualquer negócio que venham a propor será mais interessante para elas do que para a cidade. Autorizou a entrada do grupo.

Feitas as apresentações e após os comentários de praxe do CEO americano sobre as belezas do Rio, o presidente da filial brasileira lançou a pergunta que todo carioca gostaria de fazer:

— Como estão as buscas do Cristo Redentor?

— Estamos avançando nas investigações — respondeu o prefeito, fingindo convicção.

— Foi um roubo?

— Tudo indica que sim!
— Isso é um absurdo! Roubarem o maior símbolo religioso do país — vociferou o gringo em inglês. — Esses ladrões deveriam ser fuzilados em praça pública!
— Não temos pena de morte — observou o prefeito.
— É uma pena! — voltou o americano.
Os quatro diretores da multinacional de refrigerantes distribuíram-se pelo jogo de sofás à volta de Fagundes. Jonas e o jovem oficial de gabinete permaneciam de pé. O garçom serviu um suco de cupuaçu, seguindo uma tradição das autoridades brasileiras, que muito apreciam surpreender os visitantes com o típico e o exótico entre as coisas da terra. Sempre ajudam a descontrair a conversa. Dessa vez, porém, os executivos nem perguntaram que diabo era cupuaçu.
— Estamos torcendo muito para que vocês encontrem logo o monumento! O Rio não merece essa tragédia — afirmou o gringo.
— Aliás, soubemos que o senhor está interessado em colocar algo lá em cima — emendou o diretor de marketing da filial, como se os dois tivessem ensaiado o texto
— É verdade. Estamos com uma pesquisa nas ruas para ouvir a opinião do povo — concordou o prefeito. — Faremos o que o povo quiser!
— Nada mais acertado! — elogiou o presidente tupiniquim. — Mas, caso o resultado da pesquisa não satisfaça os interesses da Prefeitura, estamos dispostos a oferecer nossos serviços.
Fagundes fez uma expressão de estranheza, sem atinar com a relação entre uma multinacional de refrigerantes e o Cristo Redentor. Lançou um olhar interrogativo para o gringo, que não titubeou em revelar, sem meias palavras, a razão da sua visita:

— Gostaríamos de botar uma garrafa do nosso principal produto sobre o pedestal do Cristo!

Fagundes engasgou com o suco de cupuaçu. Jonas, que fazia as vezes de tradutor, supôs não haver compreendido corretamente as palavras do americano e buscou confirmação:

— O senhor disse uma garrafa de refrigerante?

— Perdão — emendou o americano. — Creio que não me fiz entender. Falo de uma garrafa exatamente do tamanho do Cristo. Trinta metros de altura!

— Sem nenhum custo para a Prefeitura! — acrescentou o executivo brasileiro — Inclusive já temos a garrafa, que construímos para uma feira comercial em Atlanta. Em 24 horas ela estará aqui e, tão logo desembarque, poderemos iniciar a montagem.

— Tudo por nossa conta! Transporte, montagem e iluminação — afirmou outro diretor.

— E o dinheiro arrecadado com as visitas ficaria todo para a Prefeitura — concluiu o gringo cheio de si. — Tudo o que pretendemos é colaborar com o povo dessa maravilhosa cidade.

O prefeito permaneceu mudo, digerindo o impacto da proposta. Sabia que as multinacionais eram ousadas, mas nem de longe imaginou que chegassem a tanto: propor instalar uma gigantesca garrafa de refrigerante no alto do Corcovado? Seu primeiro impulso foi o de repetir o que fizera com Toninho Gaveta: levantar, virar as costas e mandar alguém retirar o grupo do gabinete. Havia uma diferença, porém, entre a visita do gringo e a do ex-mestre-sala de escola de samba. O negão o forçou a tirar um troco do bolso, ao passo que aqueles brancos engravatados se mostravam dispostos a cobrir-lhe de dólares da cabeça aos pés. Passada a indignação inicial — e passou rápido —, o prefeito se concedeu um tempo para entender melhor a proposta do gringo.

Foi nesse momento que a porta do gabinete se abriu e apareceu o rosto folgado de Robson Formiga. Ao notar os olhares convergindo na sua direção, pediu desculpas e deu um adeusinho para o prefeito, explicando que havia errado de sala. Trancou-se no banheiro do corredor, contíguo ao gabinete, e ali ficou, determinado a aguardar o tempo que fosse necessário para ouvir alguma inconfidência. Banheiro público é uma espécie de confessionário por onde transitam intrigas e confissões sigilosas. Robson sentou-se no vaso e iniciou um *game* no seu celular.

Os diretores da multinacional permaneciam em silêncio, aguardando a resposta do prefeito Fagundes, que levou alguns minutos para encontrar as palavras adequadas:

— Eu agradeço muito o interesse dos senhores, mas não sei como o povo carioca receberia a presença desse novo monumento sobre o pedestal do Cristo.

— Caso o senhor ache que a população não vai reagir bem — disse um dos diretores —, pode retirar o pedestal.

— O carioca adora nosso refrigerante — afirmou o presidente brasileiro. — Temos uma pesquisa que comprova que eles são nossos maiores consumidores no país.

— Não duvido — atalhou o prefeito —, mas creio que eles adoram beber e não olhar para o refrigerante no alto do Corcovado!

O grupo interpretou as considerações reticentes do prefeito como sinal de indecisão e, exibindo a agressividade característica dos executivos, permaneceu no ataque:

— O senhor alugaria aquele espaço lá em cima?

Antes que o prefeito pudesse abrir a boca, o gringo disparou a proposta com aquela objetividade que marca os empresários americanos:

— Um milhão de dólares é um valor razoável? Faríamos um contrato de aluguel de 500 mil, e com o restante financiaríamos sua campanha à reeleição.

Fagundes engoliu em seco e sinalizou com os olhos para Jonas deixar a sala e levar com ele o jovem oficial de gabinete. A conversa tomava um rumo que dispensava testemunhas. Os dois foram direto fofocar no banheiro, enquanto na sala o gringo subia o lance:

— Dois milhões de dólares!

— Não sei... Uma garrafa de refrigerante no lugar de uma das Sete Maravilhas do Mundo? — resmungou o prefeito, pensativo.

O americano viu uma certa encenação no resmungo de Fagundes e melhorou a proposta:

— Vamos fazer o seguinte: 2 milhões de dólares e nós nos comprometemos a construir outro Cristo igualzinho ao anterior.

Fagundes coçou a cabeça. Seus miolos davam cambalhotas. Bastava pronunciar três letras, três letrinhas — sim! — para garantir a eleição e o sustento da família até seus tataranetos. A ideia de construir um novo Cristo tornava o negócio mais exequível.

— Os senhores arcariam com todas as despesas do projeto?

— Certamente!

— E colocariam o Cristo no Corcovado sem ônus para a Prefeitura?

O gringo reagiu:

— Quem falou em Corcovado? A Prefeitura teria que destiná-lo a outro local. No Corcovado ficaria nossa garrafa!

O prefeito encerrou a audiência. Não haveria argumento capaz de convencer o carioca da importância daquele garrafão todo iluminado lá em cima do morro. Agradeceu o interesse do grupo em colaborar, acrescentou que a proposta era bastante original, que poderia fazer o maior sucesso, que pessoalmente não tinha nada contra, mas que a decisão caberia ao povo da cidade. Para demonstrar sua boa vontade, ainda acrescentou:

— Se o povo decidir por uma garrafa...

Os diretores lamentaram que o prefeito desperdiçasse "essa oportunidade de ouro" para tornar a cidade ainda mais bela e fizeram questão de deixar um cartão de visita "para caso o senhor mude de ideia".

Sozinho na sala, Fagundes ligou para a mulher e lhe relatava o encontro quando o jovem oficial de gabinete entrou e perguntou:

— O senhor atende o diretor de uma multinacional de hambúrgueres na linha dois?

Capítulo 11

TRENT ENTROU NO apartamento e respirou fundo para absorver aquele ar desprovido de poluição sonora. Em seguida abriu os braços — imitando o Cristo Redentor — e gritou para si mesmo: "Enfim só!!". Não tinha lembrança da última vez em que havia sentido o prazer de encontrar a casa posta em silêncio. Ou era recebido pela voz estridente de Rita esbravejando contra o mundo — e outros mundos mais — ou pelos latidos neuróticos da cachorra ou pelas duas elevando os decibéis ao mesmo tempo.

— A palavra é de prata, mas o silêncio é de ouro — disse para as paredes, repetindo uma das muitas frases que ouvia do pai.

Gostou do que acabara de dizer e, estimulado pela sensação de liberdade, ligou para o restaurante da esquina atrás de um filé com fritas, prato que Rita eliminara sumariamente do cardápio da casa por excesso de toxinas. Enquanto aguardava, foi encher a banheira para descansar o corpo suado e cansado da longa jornada. Banho de banheira era algo impensável na presença da mulher, que vivia advertindo-o de que o mundo iria acabar por falta d'água. O detetive estava sujo, tresnoitado, mal alimentado, mas de bem com a vida. A descoberta da caixinha de fósforos revitalizou-lhe o espírito deixando-o excitado para dar a boa-nova ao deputado Maicon.

A comida demorava — sempre demora quando a fome é grande —, e como não dispunha de muito tempo para relaxar, resolveu se enfiar na banheira. Bastou tirar a roupa para a campainha tocar. Enrolou-se na toalha, abriu a porta e deu de cara com a vizinha do andar de cima carregando Lola no colo. Uma dupla surpresa para quem aguardava um bife com batatas. Num gesto instintivo, recuou para trás da porta — como se estivesse pelado — e desculpou-se pelos trajes ou pela falta deles.

— Pensei que fosse o restaurante — disse sem jeito.

Lola imediatamente começou a latir feito uma condenada. A moça largou-a no chão e a cachorra disparou para dentro de casa, ignorando o detetive.

— Encontrei-a na pracinha — explicou ela. — Desconfiei que havia fugido ao ouvir os gritos desesperados de dona Rita.

Trent não tinha dúvidas de que dona Rita levara ao conhecimento de toda a vizinhança o sumiço da cachorra. O que ele não imaginava era que Lola reapareceria nos braços da mais bela e sensual moradora do prédio. Plantou seu melhor sorriso no rosto e arriscou perguntar a ela se "queria entrar".

— Obrigada — respondeu, cordial. — Tenho que correr! Estou cobrindo o desaparecimento do Cristo para o Canal Trois da França.

Trent exibiu uma expressão de agradável surpresa, mesmo sabendo que a moça de olhos cálidos era uma jornalista *freelancer* que costumava fazer coberturas para televisões estrangeiras. Na verdade, ele sabia mais do que ela poderia supor. Sabia que ela se chamava Laura, que era viúva, que tinha um filho jovem estudando em Paris, que morava sozinha e que entregara uma cópia da chave do seu apartamento a um jornalista casado, editor de telejornalismo da TV Apolo.

— Alguma novidade sobre o desaparecimento? — perguntou ele, aproveitando-se da informação.

— Por enquanto nada! Está todo mundo perdido nessa história! O governo federal se ofereceu para entrar forte no caso, mas o prefeito recusou com medo de que a União fique com os créditos de um possível sucesso e ele saia dessa história com fama de incompetente.

As palavras da moça entravam por um ouvido e saíam pelo mesmo ouvido, nem chegavam ao outro. Trent tinha os olhos pregados nos lábios carmim e carnudos de Laura, mais interessado em encontrar um meio de dar sequência àquele encontro inesperado. Não podia deixar escapar a oportunidade, que lhe caía dos céus, para se aproximar da mulher que dominava seus sentidos todas as vezes que se cruzavam pelo prédio. Seus contatos com Laura jamais foram além de cumprimentos formais entre vizinhos.

— Amanhã talvez possa lhe oferecer um furo de reportagem! — disse ele, tentando manter viva a conexão.

— É mesmo? Que legal! Você está trabalhando no caso?

— Por que a pergunta?

— Bem, todos no prédio sabem que você é detetive.

Trent preferia que ela tivesse dito a frase na primeira pessoa: "Sei que você é detetive." Demonstraria uma posição particular. De qualquer modo, sentiu-se gratificado ao tomar conhecimento de que ela retinha alguma informação a seu respeito. Falou que estava trabalhando por conta própria como vários outros detetives e completou:

— É o tipo do caso em que vale a pena investir. Pode ser uma Mega Sena! Excitada com a promessa do tal furo de reportagem, a moça mordeu a isca e perguntou se ele gostaria de ficar com seus telefones.

Era tudo o que Trent queria da vida. A moça remexeu a bolsa e entregou-lhe um cartão de visitas enquanto a cachorra reaparecia latindo a plenos pulmões. Lola havia procurado pela "mãe", pela água, pela ração, e não tendo encontrado nada, voltou à porta para reclamar. A conversa entre Laura e Trent tornou-se impossível, atravessada por aquele berreiro canino. Aos latidos somou-se a musiquinha do seriado *Missão impossível* no celular do detetive, e Laura achou melhor dar meia-volta e subir para seu apartamento. O detetive ainda elevou a voz, tentando marcar seu interesse:

— Você é uma pessoa maravilhosa!

— Tenho certeza de que dona Rita faria o mesmo se a cachorra fosse minha — e desapareceu pela escada.

O elogio de Trent saiu pela culatra. Ele o disse com uma intenção, ela interpretou de outro modo. Faltava ao tímido detetive a presença de espírito dos galanteadores para dizer a coisa certa com a inflexão exata. Atendeu Robson no celular e ouviu, incrédulo, as informações da conversa que o *motoboy* escutara no banheiro da Prefeitura.

— Pode crer, Sherlock. Eu vi os homens da multinacional com o prefeito! Só não sei se eles se acertaram...

— Isso nós vamos saber se uma garrafa aparecer lá em cima.

O detetive se dirigiu ao banheiro especulando em que morro a multinacional instalaria o Cristo. Soltou a toalha da cintura e, mal enfiou um pé na banheira, ouviu tocar o interfone. Resmungou um palavrão e desistiu do banho. O filé, pedido ao ponto, parecia passado a ferro, e a batata frita aparentava estar de plantão desde o almoço, mas a fome era tanta que ele se debruçou à mesa e comeu na própria embalagem. Sentada no soalho, Lola o olhava com a cara esfomeada de quem passara o dia em jejum. Entre uma garfada e outra, Trent voltava-se para ela, mostrava-lhe a carne espetada no garfo e regalava-se:

— Hummmmm. Tá bom!

*

Na pesquisa de opinião encomendada pelo deputado Maicon, sua vantagem sobre o prefeito aumentara mais 0,5 ponto percentual. Ele encomendaria uma enquete a cada meia hora, caso os institutos não cobrassem tão caro para botar meia dúzia de funcionários nas ruas a ouvir pedestres e transeuntes. O deputado sentia uma satisfação quase orgástica em ver seu nome na liderança da corrida eleitoral.

— Essa é minha e ninguém tasca! — bradava para quem quisesse ouvir.

Recostado em sua cama *big king extra-large size*, ele assistia a quatro canais em quatro televisores diferentes. Ao seu lado a namorada, deitada de bruços, folheava revistas de moda à procura de inspiração para o vestido com que seria coroada primeira-dama da Cidade Maravilhosa. Quando os dois se conheceram, Suelen trabalhava como divulgadora em uma firma de assessoria de imprensa, e não precisou de um segundo encontro para ganhar um cargo em comissão de presente. Pela função estava obrigada a acompanhar o deputado a todos os lugares, mas como Maicon somente a solicitava em seu apartamento, nunca ninguém viu a cara de Suelen na Assembleia Legislativa.

— O que você acha deste modelito, fofo?
— Lindo! Lindo! — respondia ele, sem sequer olhar para a revista.

Maicon mantinha os olhos grudados nas telinhas. A cada entrada de um plantão de notícias fazia figa e rogava ao Padim Ciço para que não permitisse novidades no caso do Cristo. A história do tal pedaço de pulseira com os dizeres "... ade in Ch..." havia transpirado, e ele receava que a peça fosse a pista necessária para Fagundes encontrar o monumento. A grande imprensa, no entanto, minimizou a importância do achado, ainda que os institutos de pesquisas logo se agarrassem à oportunidade de perguntar ao carioca o significado daquele "Ch". O resultado apontou para a China.

— Por que China? Só porque está na moda? — reagia o deputado com irritação. — Não pode ser Chile ou Checoeslováquia ou Chingapura?

— Chingapura é com "S", benzinho — gemeu Suelen, umedecendo a ponta do dedo para virar a página.

Trent chegou atrasado 15 minutos, o que não lhe era habitual. Se alguma coisa incorporou dos costumes britânicos no curso por correspondência, foi o respeito pela pontualidade. Infelizmente teve que dar uma parada na farmácia para fazer um curativo na perna provocado por um dente de Lola que lhe pegou de raspão.

O detetive sobraçava o laudo laboratorial do Instituto Oswaldo Cruz, mas, convencido de que Maicon não iria ler e se lesse não entenderia, optou por mostrá-lo mais tarde. Preferiu relatar sua pesquisa na internet sobre a pedra-sabão usada no revestimento do Cristo.

— É a mesma que Aleijadinho utilizou para esculpir as estátuas dos profetas em Congonhas do Campo.

— Aleijadinho? — reagiu o deputado. — Quem é esse Aleijadinho? Estamos tratando do meu destino político e você vem me falar de deficientes físicos?

Trent achou melhor esquecer essa parte e ir direto ao assunto.

— Tenho nas mãos uma pista que me conduz a Angra dos Reis.

— O que está esperando, oxente? Vai atrás! Tá precisando de dinheiro? — o deputado retirou um bolo de notas dos bolsos.

— O senhor não quer saber qual é a pista?

— Quero saber é se você vai me trazer o Cristo!

O deputado se dirigia ao detetive de olho nos quatro televisores. Trent entendeu que sua presença era dispensável e desistiu de entregar o laudo. Elogiou um modelo de vestido que a irmã lhe mostrou e ao sair repassou ao deputado, apenas por curiosidade, as informações que Formiga ouvira no banheiro da Prefeitura sobre a proposta da multinacional de refrigerantes.

Dois dias depois a cidade amanheceu coberta de cartazes em preto e branco em que se via o desenho do morro do Corcovado com a marca de uma montadora de automóveis no lugar do Cristo. Embaixo, uma frase: "Quem dá mais por esse espaço?".

Capítulo 12

O PREFEITO ORDENOU uma imediata varredura no seu gabinete. Sentou-se no sofá e permaneceu emburrado de braços cruzados, acompanhando a movimentação dos técnicos e funcionários que circulavam de gatinhas pelo carpete atrás de algum aparelhinho suspeito. Fagundes queria ter certeza de que não havia telefones grampeados nem minicâmeras ou micromicrofones escondidos pelos cantos de sua sala. Impressionava-o como suas conversas vazavam e impressionava-o muito mais a velocidade do vazamento.

— Só pode ter sido algum diretor da multinacional que abriu o bico para os jornalistas de plantão na porta da Prefeitura — afirmou Jonas, o fiel servidor.

Os cartazes levantaram uma nova onda de indignação na cidade, engrossando as desconfianças de que o sumiço do Cristo envolvia grandes acertos financeiros. Dona Albertina quase teve um ataque do coração ao saber dos rumores e foi pessoalmente ao gabinete do filho — que nunca podia atendê-la ao telefone — declarar em alto e bom som que, se aparecesse qualquer coisa no alto do Corcovado que não fosse o Cristo Redentor, o prefeito iria receber "umas boas chineladas".

— Se você é uma autoridade — vociferou na frente dos assessores —, eu sou a mãe da autoridade!

A velha deixou o gabinete do filho e se meteu em uma manifestação na Cinelândia onde ONGs, sindicatos e partidos de oposição exigiam do prefeito um compromisso público de que o espaço do Cristo jamais seria ocupado por interesses privados. À noite Fagundes levou um susto ao ver a mãe na telinha da televisão esbravejando no meio da praça, o que levou sua mulher Clara a sugerir o imediato internamento da sogra. Diante dos protestos — que poderiam crescer como bola de neve —, Fagundes achou por bem botar a cara na reta para esclarecer que de fato recebera propostas de muitas empresas, inclusive de telecomunicações, mas rechaçara todas "com indignação e veemência!".

— Esses cartazes foram espalhados na calada da noite por ateus, covardes, comunistas tardios interessados em implantar o caos na cidade! — acrescentou.

Em cima de sua mesa Fagundes encontrou um e-mail do deputado Maicon Moura lhe prestando a mais irrestrita solidariedade e lamentando a falta de ética dos seus adversários políticos.

*

Na pesquisa sobre o monumento que os cariocas gostariam de ver no lugar do Cristo deu... Cristo! Foi como se a população do Rio tivesse combinado a mesma resposta, quase uma unanimidade (99,7 por cento). Os meios de comunicação saíram atrás de alguns representantes do 0,03 por cento, encontrando apenas o rabino David Swartzmann, que admitiu preferir uma menorá de 30,04 metros no alto do morro. No centro da cidade multiplicavam-se as camisetas com os dizeres "O Cristo ou nada!".

A pesquisa alternativa — em que a opção Cristo foi eliminada — indicou o Padim Ciço (padre Cícero Romão Batista), cujo monumento arrasta multidões em romaria a Juazeiro do Norte, Ceará. A seguir veio uma réplica da Estátua da Liberdade, em terceiro lugar, São Sebastião, padroeiro da cidade, e em quarto, o Rei Momo. Frei Galvão, o primeiro santo brasileiro, também foi lembrado. Ele partiu na frente da enquete, mas seus votos minguaram quando o povão tomou conhecimento de que havia nascido em Guaratinguetá, São Paulo. Os cariocas jamais botariam a estátua de um paulista em cima do Corcovado.

À procura de uma solução, Jonas se propôs entrar em contato com o prefeito de Juazeiro para saber da possibilidade de a estátua do Padim Ciço ser emprestada por algum tempo à Cidade Maravilhosa.

— Pelo amor de Deus, Jonas! O que tem a ver o padre Cícero com o Rio de Janeiro? — gemeu o prefeito Fagundes.

— Ele também é um símbolo da fé católica. Além do mais, a estátua é quase da altura do Cristo, tem 27 metros, e há mais um detalhe — Jonas fez um ar de quem descobrira a pólvora. — A base em que está assentado mede os mesmos 8 metros do pedestal do Corcovado!

— Você quer trazer aquela romaria de mais de 1 milhão de pessoas para o Rio? É isso que você quer? Acha que cabe? Acha que temos poucos problemas?

Jonas não havia atinado para esse pequeno detalhe. Enquanto procurava um novo argumento para justificar sua ideia, o prefeito adiantou-se:

— Essa pesquisa foi feita na Feira dos Paraíbas!

Um ponto de interrogação brotou na cabeça de Jonas e o prefeito explicou que "em cidades tão social e economicamente desiguais, como o Rio, os resultados refletem as áreas onde as consultas são realizadas".

— Ou você acha — continuou — que uma enquete feita no centro da cidade, apinhada de contínuos e motoboys, vai mostrar as mesmas respostas de Ipanema, frequentada por dondocas e socialites?

Dito isso, o prefeito atirou todas aquelas tabelas no chão. A enquete fora uma ideia tão inútil quanto a tal da informação relevante. Os dois permaneceram em silêncio por alguns minutos como que ruminando sobre os próximos passos.

— O senhor tem um plano B? — indagou Jonas.

— Mete uns andaimes lá em cima! Procura fotos da época em que o Cristo estava sendo montado e tenta reproduzir algo parecido. Precisamos cobrir aquele vazio!

— A população vai querer saber do que se trata.

— Diremos que vamos construir um novo Cristo.

— E vamos???

— Se o original não aparecer e você quiser continuar na Prefeitura, vamos ter que construir!

Jonas saiu para tomar as providências, e o prefeito pediu um analgésico para dor de cabeça.

*

Não era preciso ser detetive para concluir que o governo andava mais perdido do que cego em tiroteio. Trent fez um exame da situação e decidiu adiar sua ida a Angra dos Reis, permanecendo mais uns dias no Rio sob o pretexto de que não tinha com quem deixar Lola. Suelen, sua irmã — e única parente viva —, não gostava de cachorros, e gostava menos ainda da cunhada. Ele poderia entregá-la aos cuidados de Robson Formiga, que morava com a avó, não fosse Lola uma cachorrinha cheia de vontades e hábitos burgueses que certamente iria infernizar a vida daquele lar proletário no Morro da Babilônia.

A alternativa seria um hotel para cães, mas tal decisão dependeria de uma palavra de Rita, que, para satisfação de Trent, permanecia incomunicável no município fluminense de Casimiro de Abreu. Estivesse a mulher com o celular ligado e o detetive tinha certeza de que ouviria aquela voz esganiçada o orientando para instalar Lola na suíte presidencial do melhor "cinco estrelas" canino. Por ele a cachorra iria para um canil público com vira-latas sarnentos, ideia que não levou adiante por medo das pulgas que Lola depois depositaria em sua cama. No íntimo Trent manipulava argumentos, sabendo desde sempre que o motivo real para postergar a viagem era outro. Laura não lhe saía da cabeça.

Durante dois dias ele retirou, várias vezes, o cartão de visitas de Laura da carteira e ameaçou telefonar. Olhava os números, chegou a teclar alguns, mas não concluía a ligação, preocupado com a promessa do tal furo de reportagem, uma inverdade que se voltava contra ele, um tiro no pé. Sua consciência piscava em vermelho, dando sinais de alerta e advertindo-o a não avançar pelo caminho das mentiras que poderiam torpedear um relacionamento promissor com a "musa do prédio".

Trent interpretara que a aparição da moça batendo em seu apartamento — justo na ausência de sua mulher — era muito mais do que uma coincidência: foi uma mãozinha dos deuses abrindo-lhe os portões do Éden. Admitiu que precisava agir rapidamente antes que a serpente voltasse de

Casimiro de Abreu e bloqueasse sua passagem. Os deuses não costumam oferecer uma segunda oportunidade. Empurrado pelo tempo que se esgotava, Trent jogou para o alto seus métodos analíticos, esqueceu suas inibições e se atirou ao telefone como um camicase. Simplesmente ligou e convidou-a para jantar.

— Se importa de comermos alguma coisa lá em casa? — propôs ela no celular.

Uma sensação de bem-estar percorreu a espinha de Trent. A reação de Laura foi além do esperado. Imagina se iria se importar! Bastaria a ele subir um lance de escadas para alcançar o paraíso. Agradeceu aos deuses e entrou num tremendo barato, um estado de excitação como não experimentava desde sua primeira transa com Rita. Tão eufórico que chegou a fazer um cafuné em Lola.

Adepto, porém, do princípio profissional das emoções contidas, Trent tratou de baixar a bola da euforia. Recompôs o racional e passou a pensar nas implicações de um jantar a dois entre quatro paredes. Ele detinha um punhado de informações a respeito da moça, mas desconhecia o principal: como funcionava seu interior? Um primeiro encontro nas circunstâncias propostas tanto poderia sugerir intenções ocultas como representar apenas um convite informal de uma vizinha simpática. Preparou-se para ambas as possibilidades, torcendo, contudo, para que ela não destruísse suas fantasias insinuando algo para além do jantar. Ao contrário da maioria dos machos, o detetive preferia agir sem pressa por acreditar que a expectativa do sexo quase sempre é melhor do que o próprio sexo. Tomado por incertezas, bateu à porta segurando uma braçada de flores do campo.

Laura abriu seu sorriso de Marilyn Monroe, agradecendo o mimo, e Trent patinou alguns segundos sobre o capacho como que escolhendo a perna para ingressar na bem-aventurança. Mentalmente fez o sinal da cruz enquanto Laura gesticulava oferecendo-lhe a casa com o clássico comentário: "Não repara a bagunça." Em seguida ela caminhou até o computador e curvou-se sobre a telinha anunciando que estava de olho nos seus *e-mails* e de ouvido nos seus telefones. Trent interpretou a informação como sendo o motivo para o encontro em casa e, aliviado, deletou a hipótese de vir a rolar algum amasso. A aparência da moça — recém-chegada do trabalho — também reforçava a alternativa da vizinha simpática. Ainda assim, se houvesse alguma dúvida pairando no ar, Laura a derrubou com um tiro certeiro:

— Dona Rita está viajando? — perguntou.

As entrelinhas de tal indagação sugeriam a Trent que o jantar a dois poderia ter sido a três. A pergunta fez com que o detetive eliminasse a possibilidade de ter despertado algum interesse em Laura no dia em que se conheceram pessoalmente. Duvido — pensou ele — que ela já tenha perguntado ao amante pela sua mulher.

O detetive sentiu o golpe mas não perdeu a linha e contou que a esposa, interessada em ufologia, estava participando de um congresso no interior do estado do Rio, onde se discutia "a possível abdução do Cristo". O comentário final saiu num tom zombeteiro que Laura ignorou, relatando que nas suas entrevistas para o canal francês ficou espantada com a quantidade de gente que acreditava na ação de extraterrestres.

— Encontrei um homem na manifestação da Cinelândia que chegou a me dar detalhes da nave espacial. Depois pediu uma grana para uma bateria mirim de escola de samba. Um negro alto, bem-falante, cheio de meneios... Uma figura!

Os dois dividiam uma lasanha, dessas compradas prontas, acompanhada por uma saladinha básica que Laura preparou às pressas.

— Vai desculpando — disse ela. — Não tive tempo de fazer nada!

— Está ótimo! Tudo o que eu queria era uma lasanha!

— A alface está meio murcha...

— Adoro alfaces murchas!

— Não costumo cozinhar só para mim. Detesto comer sozinha!

— Eu também! — concordou ele. — As pessoas sozinhas em restaurantes me parecem tão solitárias...

O papo fluía fácil, percorrendo as generalidades que vão pavimentando os diálogos entre estranhos. Falaram do tempo, dos problemas do prédio, das características dos vizinhos, das eleições municipais e, quando a conversa chegou ao Cristo, Laura manifestou curiosidade pelo furo de reportagem que ele anunciara.

— Furou! — respondeu Trent na galhofa.

— Mas o que era? — ela insistiu.

— Não era nada!

— Nada?

— Nada — baixou os olhos. — Foi apenas uma mentirinha para tentar encontrar você novamente.

Com um lance de ousadia, Trent reverteu uma situação que parecia perdida, mas Laura não entrou no seu jogo. Atarraxou um sorriso de relações-públicas, dirigiu-lhe um olhar de doce repreensão e saiu pela tangente:

— Quer um pouco mais de salada?

Trent não queria mais salada: queria um buraco para se enfiar ao sentir a moça esquivar-se como um toureiro, deixando sua frase passar batida e se esborrachar na parede. Percebendo o "clima" que ameaçava se instalar entre os dois, Laura pegou a palavra e começou a falar do seu espanto com a quantidade de cachorros nos apartamentos. O tema não aliviou o desconforto do detetive, que viu nele uma mensagem subliminar para incluir Rita na conversa. Trent foi se sentindo sufocado por aquele falatório insípido e, entre uma garfada e outra, pegou a palavra para sugerir a Laura que contasse um pouco de sua vida. Soube então que ela havia nascido na França, filha de um exilado político dos tempos da ditadura militar no Brasil. Cursou Comunicação na Sorbonne, viajou o mundo, foi ativista política filiada ao Partido Socialista Francês e mudou-se para o Brasil depois que o marido, também jornalista, morreu em um acidente aéreo em Angola. Fez uma breve referência ao filho, estudante de teatro em Paris, onde mora com a avó, e não teve nenhum constrangimento em revelar seu namoro com um homem casado.

— Ao que parece jornalista só namora jornalista — disse Trent, experimentando certo desconforto.

— Ossos do ofício — retrucou ela. — É que nós, jornalistas, somos jornalistas 24 horas por dia. Sempre temos muito a conversar e isso cria a ilusão de afinidades também em outras áreas.

— Pensei que seu namorado fosse estar aqui — disse Trent, dando o troco à pergunta inicial de Laura sobre Rita.

A moça vacilou para responder. Apanhou uma migalha de pão sobre a toalha da mesa e botou na boca enquanto pensava o que dizer.

— Não estamos nos vendo — disse. — Resolvemos dar um tempo.

— Tem tempo que vocês deram tempo ao tempo?

Laura demonstrava um visível incômodo diante do assunto.

— Vem cá! Vou ficar falando de mim a noite toda? — perguntou, elevando a voz. — No meu imaginário os detetives têm uma vida excitante, cheia de histórias e aventuras. Fala um pouco de você!
— O que você quer saber?
Laura não teve tempo de dizer. Seu celular tocou, ela atendeu com a rapidez dos mocinhos sacando seus revólveres e Trent permaneceu observando seu belo rosto se contraindo em seguidas expressões de espanto. Ela desligou e falou:
— Ligaram para o prefeito anunciando o sequestro do Cristo.
— Eu já desconfiava! Pediram quanto pelo resgate?
— Não falaram em dinheiro.
Laura ergueu-se agitada, pegou sua bolsa, andou de um lado para o outro procurando ordenar as ideias e explicou que precisava fazer algumas ligações.
— Acho melhor você ir! — sugeriu.
Trent acatou a sugestão a contragosto. Antes de sair pensou em perguntar quando eles se veriam novamente, mas recuou temeroso que ela voltasse a lhe oferecer mais salada. Animou-o, porém, a certeza de que mais cedo ou mais tarde os vizinhos sempre se esbarram nas dependências do prédio.
Um bom pedaço de lasanha permaneceu abandonado nos pratos. O jantar não chegou ao fim.

Capítulo 13

TRENT DESCEU A escada e, ao fazer a curva, deu de cara com Rita puxando sua mala de rodinhas. Parou congelado.

— Jaime! Que susto! Onde você estava?

Antes que o marido pudesse improvisar uma inverdade, a cachorra ouviu a voz da "mãe" e começou a latir e arranhar a porta com as patinhas. Rita arregalou os olhos e buscou confirmação.

— Lola???

O detetive confirmou com a cabeça e a mulher jogou os braços à volta do seu pescoço.

— Jaime, meu amor! Você conseguiu? Você é demais! É o maior detetive do mundo!

Deu-lhe um beijo seco, abriu a porta e se entregou de corpo e alma a Lola, deixando o marido parado do lado de fora.

Trent deu dois passos à frente, fechou a porta e permaneceu um bom tempo imóvel, contemplando aquela comovente e exuberante manifestação de amor recíproco. Rita trazia sempre uma lembrancinha para a "filha" das suas viagens. Dessa vez, sem esperar vê-la em casa, teve que improvisar, e entregou-lhe um chaveiro com um disco voador de borracha, distribuído no evento da Federação Intergaláctica Espacial. A cachorra abocanhou a peça e foi se divertir a um canto.

— Vamos! Me fala! — Rita exibia uma alegria rara e genuína pelo reencontro, com a cachorra, bem entendido. — Onde você a encontrou?

Trent teve ímpetos de contar à mulher uma história fantástica com lances de emoção e correria, mas logo brotou na sua cabeça a cena de Rita e Laura se esbarrando na portaria.

— Na verdade foi uma moradora do prédio que achou Lola — disse, meio sem jeito.

— Onde?

— Na pracinha.

— Nessa pracinha? Do outro lado da rua? Debaixo do nosso nariz? E você passou uma noite inteira procurando por ela sei lá onde! Que tipo de detetive você é, Jaime?

Rita voltou a ser a mulher de sempre e Trent se arrependeu de não ter mentido.

— Quem é a moradora? — voltou ela.

— Não tenho a menor ideia — Trent preferiu proteger seus interesses.

— Não sabe o nome dela? O número do apartamento?

— Não perguntei.

A mulher olhou duro para ele:

— Às vezes penso que você não regula bem, Jaime! — girou o dedo ao lado da fronte. — A vizinha vem trazer a Lola e você a trata como se fosse o entregador da farmácia? Como é que vou agradecer?

— Já agradeci!

— Mas quem tem que agradecer sou eu! — Rita elevou a voz. — Lola é minha filha! Vou cruzar com a vizinha no prédio e passar por mal-educada por sua causa!

— Vou procurar saber quem é!

Rita retirou-se para o quarto resmungando:
— Se você vai procurar por ela como procurou pela Lola...
A mulher emendou os assuntos — como era de costume — e anunciou que precisava de um banho, reclamando da viagem de ônibus, das estradas esburacadas, do motorista mal-educado, do depoimento do negro de sapato bicolor, do encontro que não chegou a nenhuma conclusão e de mais algumas outras coisas que Trent não ouviu porque, quando Rita disparava sua metralhadora, ele acionava um mecanismo de autodefesa que lhe bloqueava os tímpanos.

Ligou a televisão à procura de notícias do sequestro, ainda que seu pensamento permanecesse voltado para o céu, no andar de cima. Sobrepondo-se às imagens da telinha, Trent via o sorriso luminoso de Laura emoldurado por um par de lábios carnudos e sensuais, que se aproximavam e se afastavam em movimentos contínuos de *zoom*. Talvez não se sentisse tão mobilizado caso a moça lhe tivesse dito que continuava firme com o namorado, que estava tudo bem, que os dois prosseguiam remando no mesmo barco do amor. Mas o fato de Laura ter dado um tempo na relação, permanecendo sozinha no barco, lhe soava aos ouvidos — e ao coração — como mais um sinal dos deuses para que ele se atirasse na água e assumisse os remos.

Rita retornou à sala esfregando os cabelos molhados.
— Não quer saber como foi o encontro? — indagou, ácida.
— O Cristo foi mesmo abduzido! — respondeu sem pensar.
— Você já soube??
— Não se fala em outra coisa na cidade! — ironizou. — Quem levou o Cristo?

— Não se chegou a um consenso. O congresso rachou! Uma parte suspeita dos zeta greys que vivem nas vizinhanças de Órion. Outra parte acha que foram os enormes órion greys que vivem em uma base aqui na Terra, nas ilhas Aleutas.

— Você ficou de que lado? — a voz de Trent não revelava a menor curiosidade.

— Para mim foram os órion greys! Eles querem eliminar nossos símbolos e dominar o planeta. O próximo monumento a desaparecer será a Torre Eiffel. Pode escrever! Os órions dispõem de uma tecnologia superavançada e fazem coisas que para nós, humanos, parecem impossíveis!

— Alguém testemunhou o roubo? — Trent resolveu dar corda na mulher.

— Muita gente! Inclusive o tal senhor negro que jurou ter visto o Cristo sendo aspirado por uma nave que irradiava intensas luzes azuladas como as de um maçarico. Mais tarde recebemos informes de que um óvni havia sido avistado no interior da Argentina.

— Essa notícia não circulou pela mídia!

— Nem vai circular — rechaçou Rita. — Ninguém tem interesse em discutir a guerra intramundos. Nem a mídia nem as autoridades nem a Igreja, até os pilotos das aeronaves estão proibidos de falar por questões de segurança nacional!

A televisão botou no ar, ao vivo, uma declaração de Jonas, chefe de gabinete do prefeito, confirmando o sequestro, e Trent, de sacanagem, apontou a telinha para Rita. Antegozava a cara de decepção da mulher ao tomar conhecimento da notícia.

— Eu já sabia — disse ela, impassível. — Ouvi no rádio do táxi. Esse é o plano dos órion greys. Vão pedir muitos milhões de dólares pelo resgate e depois não devolverão o monumento.

— O dólar é a moeda corrente em Órion? — Trent se fez de imbecil.

Rita o fuzilou com o olhar, botou Lola debaixo do braço e foi se deitar. Antes de fechar a porta do quarto, cobrou do marido a explicação que lhe faltava.

— Você ainda não me disse o que estava fazendo na escada...

— Fui levar uma correspondência do 302, que entregaram aqui por engano — respondeu ele com a maior naturalidade.

A mulher trancou-se com a cachorra e Trent exalou seu tradicional suspiro de alívio e liberdade. As câmeras da tevê continuavam diante da Prefeitura e o detetive apurou o olhar à procura de Laura em meio àquela movimentação de jornalistas, curiosos e ambulantes.

O prefeito soube do sequestro quando se encontrava no *foyer* do Teatro Municipal ao lado da mulher e outras autoridades, na abertura da temporada lírica. Uma voz grave e pastosa, parecendo um tenor fora de rotação, anunciou no seu celular:

— Se quiser o Cristo Redentor de volta, vai ter que pagar por ele!

A sede da municipalidade recebia centenas de telefonemas todos os dias, de gente anunciando sequestros e impondo condições para a devolução do monumento ou oferecendo pistas em troca de recompensa. Jonas chegou a criar um "Disque Cristo". De vez em quando, porém, as ligações caíam no gabinete do prefeito, e ele mesmo atendeu três ou quatro e desligou ao perceber o trote. Dessa vez, contudo, a voz distorcida capturou sua atenção e ele manteve o aparelho no ouvido:

— Quem está falando? — perguntou, afastando-se do grupo.

— É o Sombra — disse a voz gracejando —, quer meu CPF e identidade?

— Não brinca. Qual é o valor do resgate?

— Quanto o senhor acha que vale o Cristo Redentor?

— Ele não tem preço!

— Então não tem acordo — retrucou a voz. — Passe bem!

— Peraí! O que me garante que vocês estão com o Cristo?

— O senhor vai receber uma prova.

— Uma prova?

— Vamos enviar uma orelha do Cristo — disse a voz pastosa, abrindo uma sinistra gargalhada.

— Pelo amor de Deus, não me quebrem o monumento!

— Só um pedacinho — e desligou.

O prefeito demorou alguns minutos para se refazer do choque contemplando seu celular, transformado em uma batata quente. Ligou para Jonas, que confessou ter atendido a ligação e fornecido o número pessoal de Fagundes, por exigência da voz pastosa.

— Tive uma intuição, prefeito. Fosse um trote ele não se daria ao trabalho de adulterar a voz.

Fagundes voltou ao grupo e, sem revelar o conteúdo do telefonema, pediu licença para se retirar enquanto o público retornava à plateia para o segundo ato de *Os Palhaços* de Leoncavallo.

O carro oficial entrou direto pela lateral do prédio, sem dar aos repórteres a menor chance de aproximação. Jonas o aguardava na garagem:

— O mundo inteiro já tomou conhecimento do sequestro!
— Porra! — exclamou Fagundes num rompante. — Vamos precisar manter a imprensa afastada!
— Duvido muito — retrucou o chefe de gabinete.
Não tinha jeito. Não haveria como pedir à mídia para manter distância durante a fase de negociações, que prometia ser complicada. Tal afastamento certamente seria respeitado se fosse para preservar a vítima, o que não era o caso. Uma estátua não corre perigo de vida. Além disso, a novela do desaparecimento se arrastava em monótonos capítulos, e toda a imprensa — nacional e estrangeira — andava sequiosa por um fato novo que produzisse manchetes e empolgasse a opinião pública. O que poderia ser melhor do que um sequestro?

O prefeito entrou saltando por cima dos fios que cruzavam sua sala. O diligente Jonas já havia providenciado uma equipe de técnicos, convocada no meio da noite, que instalava a aparelhagem necessária — binas, grampos, gravadores etc. — para captar o próximo telefonema da voz pastosa.

— A única pessoa autorizada a negociar com os sequestradores sou eu! Mais ninguém! — bradou o alcaide, sentando-se na cabeceira. — Está entendido?

De certa forma a notícia do sequestro diminuiu o peso das costas do prefeito, ao livrá-lo da acusação pública de incompetência nas buscas. O sumiço do Cristo deixava de ser um mistério e, revelando-se em toda sua extensão, permitiria ainda a Fagundes descartar outras hipóteses que lhe embaralhavam as ações e a cabeça.

— Jonas, pode suspender as operações de busca! — ordenou.

Nunca uma notícia de sequestro foi tão bem recebida. O prefeito recuperou o bom humor e a conversa no gabinete adquiriu o tom descontraído que andava ausente do Executivo municipal. Jonas chegou a propor que todos fossem comemorar em uma churrascaria o aparecimento do Cristo. Sabia-se agora que Ele estava preservado, embora alguns membros do gabinete temessem pelo tipo de prova a ser enviada pelos sequestradores. Seja lá onde fosse o cativeiro, era voz geral que a retomada do monumento dependeria apenas de uma negociação adequada. Alguém lembrou o elevado QI do prefeito (130), um negociador nato, e todos concordaram que logo o Cristo estaria de volta ao alto do morro.

Os técnicos encerraram seu trabalho e o chefe da equipe escalou dois deles para permanecerem de plantão e controlar a aparelhagem. Mal os funcionários deixaram a sala, o telefone tocou, como sempre acontece quando a situação pede algum suspense. Os olhares se cruzaram interrogativos — quem atende? —, enquanto a campainha do aparelho adquiria uma estridência exagerada. Jonas adiantou-se, pegou o fone e a voz deu o seu recado.

— Aqui é da Confederação Galáctica Espacial! Diga ao prefeito que o Cristo não foi sequestrado. Ele está viajando para a constelação de Órion.

— Como é que você sabe?

— Os detalhes custam caro.

Jonas desligou.

— Era a voz pastosa? — indagou o prefeito.

— Me pareceu a voz do tal Toninho Gaveta.

Fagundes abriu um largo bocejo, rodou o corpo na cadeira giratória e anunciou que iria para casa tentar reduzir seu déficit de sono. Permanecer no gabinete olhando para os telefones só lhe aumentaria a ansiedade. Ele não desconhecia que, pelas regras internacionais de sequestro, cabia aos bandidos mexerem a próxima pedra. Tanto poderia demorar 24 horas como uma semana.

*

Trent não tinha sono. A noite o envolveu em intensas emoções e ele se sentia tolhido pelas paredes do apartamento com marcas de infiltração. Entreabriu a porta do quarto, cuidadoso como um detetive em serviço, e ao se certificar de que Rita dormia — abraçada à cachorra —, saiu na ponta dos pés ao encontro de sua musa.

Àquela hora, já não havia muita gente diante da Prefeitura. Além dos repórteres de plantão, apenas algumas carrocinhas de vendedores e uns poucos catadores de latinhas remexendo as lixeiras. Trent não teve dificuldades em localizar Laura conversando em uma roda de jornalistas estrangeiros. Aproximou-se por trás.

— Quer uma pipoca?

A moça virou-se, sorriu surpresa e retirou uma única pipoca do saquinho.

— Pega mais — disse ele.

— Você só me ofereceu uma! — respondeu ela, sem desfazer o sorriso.

— Alguma novidade?

— O prefeito acabou de sair. Disse apenas que os sequestradores não tornaram a ligar.

— Eles são profissionais. Conhecem o jogo. Vão demorar a fazer contato para quebrar o ânimo do prefeito — afirmou o detetive.

— Você já trabalhou com algum caso de sequestro? — Laura perdeu a cerimônia e compartilhava as pipocas de Trent.

— Dois. É um jogo de xadrez, pesado, sofrido, cerebral, quase uma ciência. Ainda bem que o Cristo não tem família!

— Não tem família? Sua família é esta cidade inteira. Algumas pessoas estão sofrendo como se lhe tivessem sequestrado o pai.

A pipoca acabou, Trent fez uma bolinha com o saco de papel e encestou-a na lixeira, recordando seus tempos de jogador de basquete. O local recendia a fim de feira, não havia mais nada a fazer ali, as luzes da Prefeitura foram se apagando, o grupo de correspondentes foi se dispersando e, antes que Laura também escapasse, o detetive tratou de puxar conversa para mantê-la em sua companhia:

— Esteve com seu jornalista?

— Falei pelo telefone. Ele não pôde sair da emissora. A notícia do sequestro enlouqueceu a redação.

— O tempo que vocês se deram... já se esgotou? — indagou num tom casual.

— Tão rápido assim? Não. Tratamos de assuntos profissionais. Pedro é um excelente jornalista e sempre me ajuda nas matérias que preciso enviar ao exterior.

Trent não gostou de saber que a ligação entre os dois não se rompera completamente. O jornalismo mantinha aberto um canal de comunicação que a qualquer momento poderia servir a outros propósitos. O detetive sentiu-se em franca desvantagem.

— E agora? — indagou Laura, meio sem rumo. — O que você sugere?

Trent conteve a vontade de responder: "Liga para o Pedro e pergunta!" Pensou duas vezes e considerou que, ao pedir uma sugestão, a moça lhe dava um crédito de confiança. Evitou mentir.

— Vai para casa e espera. Não tem jeito. Você vai ter que esperar, eu vou esperar, o prefeito vai esperar, o mundo inteiro vai esperar pelo contato dos sequestradores. Essa é a pior fase do processo. Quer uma carona?
— Como você sabe que vim de táxi?
— Vi seu carro na garagem!

Os dois caminharam em silêncio pela brisa da noite na direção do carro do detetive. Trent ruminava um jeito de continuar auscultando o coração de Laura, que, parecendo adivinhar as intenções do detetive, se antecipou e voltou a falar de cachorros.

— Quando saí de casa, ouvi a Lola latindo sem parar.
— A mãe chegou de viagem! O reencontro das duas foi coisa de cinema!
— Você disse à dona Rita que eu havia encontrado a cachorrinha?
— Mais ou menos!
— O que significa "mais ou menos"? — Laura sorriu.
— Disse que tinha sido uma vizinha que eu não sabia o nome nem o número do apartamento.
— Que mentira!!!
— Mentira não! Inverdade! Tive minhas razões para evitar identificá-la.
— Posso saber?
— Pode! Estou apaixonado por você!

Capítulo 14

A DECLARAÇÃO DE Trent fez Laura estancar o passo. Uma inesperada ventania começou a varrer a madrugada e a moça ganhou um tempo para se refazer da surpresa prendendo os cabelos. Um leve sorriso de descrença apareceu em seu rosto:

— Você não pode estar apaixonado por mim, Jaime!
— Quem disse?
— Você não me conhece. Trocamos meia dúzia de palavras...
— Minha paixão antecede as palavras!

Antes que Laura pudesse reagir, Trent abriu as comportas e deixou correr confidências represadas. Confessou que havia tempos ela já deixara de ser uma anônima e desconhecida vizinha. Seus olhos a vigiavam e a perseguiam como a um suspeito, brincou. Contou que toda vez que a via, no prédio, no mercado, nas calçadas do bairro, seu coração acelerava as batidas. Contou mais: quando passava pela portaria e notava o elevador parado no "2", disfarçava e puxava conversa com o porteiro na esperança de vê-la desembarcar no térreo.

— Sempre que entro na garagem, meu primeiro olhar é para o seu carro — continuou. — Toda vez que o vejo ganho ânimo para entrar em casa esperando pela sensação de senti-la circulando sobre minha cabeça. Cheguei ao ponto de planejar esvaziar um pneu, ficar aguardando você e aparecer me oferecendo para trocá-lo. Quer saber? Já segui você até Ipanema num domingo de praia. Estacionei o carro, fiquei observando-a na areia, e acabei perdendo um compromisso profissional hipnotizado pelo seu corpo dentro de um maiô preto e branco. Você ainda tem esse maiô?

Laura ampliou o sorriso, entre estupefata e lisonjeada, ouvindo aquele homem de quase 2 metros de altura se abrindo como um adolescente.

— Eu... eu nem sei o que dizer — reagiu ela, reticente.

— Não diga nada. Só contei essas coisas porque você está transbordando pelos meus poros!

Laura correu os dedos entre os cabelos num gesto típico de mulher, franziu a testa e escolheu as palavras:

— Estou vivendo um momento muito complicado.

O detetive abriu a porta do carro para ela:

— Se algum dia sua vida descomplicar — disse, sereno —, estarei esperando por você. Isso parece frase feita, mas é verdade. Pode acreditar.

Ela tornou a sorrir e meneou a cabeça num sinal de agradecimento. Trent entrou, ligou o motor e os dois seguiram sem se falar até que a moça lhe pediu que a deixasse na esquina. Alegou que não gostaria que eles fossem vistos chegando juntos ao prédio "a esta hora da noite".

— Está preocupada com o porteiro?

— Estou preocupada com você. Eu não sou casada! Me deixa aqui!

Trent parou o carro, virou-se para ela e permaneceu admirando-a. Laura, sentindo-se observada, continuou voltada para a frente, evitando encarar o detetive. Talvez estivesse sem saber o olhar que deveria usar.

— Não sei se você é mais bonita de frente ou de perfil — disse ele tocando suavemente o queixo de Laura e virando seu rosto na sua direção.

Ela o fixou com firmeza:

— Não quero me envolver mais com homens casados, Jaime! É uma situação embaraçosa, desconfortável e sem esperanças. Meu pai viveu na clandestinidade política. Eu não pretendo viver na clandestinidade afetiva. Quero amar alguém de peito aberto, sem limitações, sem ter que me agarrar às sobras nem ter que ouvir as mentiras de sempre. Prezo muito a honestidade dos meus sentimentos para viver trapaceando com eles. Decidi que não quero mais ser o vértice de um triângulo!

Por pouco o detetive não aplaudiu de pé o desabafo da moça, que lhe revelava uma nobreza de atitudes até então desconhecida. A considerar a autenticidade das palavras de Laura, o rompimento com o amante casado era definitivo, e Trent não pôde deixar de sentir uma ponta de satisfação ao se ver livre da concorrência.

Ele pensou no que dizer, sentiu-se na obrigação de dizer alguma coisa. Poderia prometer que largaria tudo por ela, mas naquele momento tais palavras soariam tão falsas quanto promessa de político. Poderia informar que seu casamento estava chegando ao fim, se isso não fosse um chavão dito e repetido por todos os amantes. Preferiu procurar um comentário que não o jogasse em uma vala comum. Anos de investigação lhe ensinaram evitar o óbvio.

— Meu coração não estava enganado! — exclamou, admirado. — Se existisse um medidor de paixão, você veria o tanto que meu amor aumentou depois do que acabou de dizer!

— Pois deveria diminuir!
A voz de Laura saiu um tom acima e coincidiu com a batida da porta do carro. Ela se curvou na janela, desejou-lhe boa sorte e partiu caminhando devagar. Trent percorreu seu corpo com os olhos e admirou-lhe o bumbum balançando ao compasso de um andar firme e ondulante. Avançou com o carro, passou por ela lentamente e parou na entrada da garagem à espera de sua aproximação na esperança de que houvesse algo ainda por ser dito. A moça, no entanto, controlou o passo e entrou no prédio com um casal de moradores. Trent e Laura se cumprimentaram, formais, sem qualquer promessa de um novo encontro.

*

— Onde é que você está?
A pergunta foi suficiente para Trent notar que a voz de Maicon Moura perdera a inflexão vencedora de outras conversas. O detetive informou que estava em casa, tinha acabado de acordar e via o noticiário da televisão.
— Já esteve em Angra?
— Estou saindo para lá agora! Retardei a viagem ao ser informado que iria estourar uma bomba! — mentiu.
— Essa bomba explodiu nos meus sonhos — gemeu Maicon, lamuriento.
O detetive fingiu não entender o simbolismo da frase:
— Como assim, deputado?
— O prefeito pagará o sequestro! Nem que tenha que vender a mãe! Vai recolocar a estátua no alto de Corcovado e receberá uma votação consagradora nas eleições. — Fez uma pausa. — Vou desistir da candidatura.

Maicon estava à beira do suicídio político. Seu temperamento maníaco-depressivo o jogara no fundo do poço, onde rastejava movido pelo mais completo desânimo. Trent procurou colocá-lo de pé:

— O senhor não pode desistir, deputado. É o líder nas pesquisas! Mais de 20 por cento da população da cidade apoia sua candidatura. O senhor não pode decepcionar essas pessoas!

— Não vou ter a menor chance...

— A negociação do sequestro vai demorar. Fique certo disso. Nesse meio-tempo, podemos descobrir o cativeiro do Cristo!

— O governo, com essa multidão de agentes, não encontrou nada! Você sozinho vai descobrir?

— Bem se vê que o senhor nunca leu histórias de detetives — Trent engrenou uma marcha de força. — Nós vamos encontrar o Cristo! O senhor informará o local para a imprensa e vai disparar nas pesquisas. Vai vencer as eleições no primeiro turno!

O esforço de Trent para recuperar algum entusiasmo do deputado se revelava inútil. Maicon parecia desejar a morte, prostrado na mais profunda depressão.

— Esquece. Não vai dar certo. Meu Padim Ciço me abandonou. Passa aqui mais tarde para acertarmos as contas desses dias de trabalho — e desligou.

A frase final bateu nos ouvidos do detetive como uma demissão sumária. Ele sentiu na boca o gosto da impotência e desabou sobre o sofá da sala como um prédio implodido. Em poucos minutos tudo fora ao chão. Não lhe doía perder a bolada acertada, nem ter de continuar botando anúncio nos Classificados. O que lhe queimava a alma era ver desmoronar o plano que acabara de construir: deixar Rita, alugar um apartamento e recuperar a liberdade de morar sozinho. Passara a noite em claro amadurecendo tal decisão depois de ouvir Laura afirmar que nunca mais se envolveria com homens casados.

*

Diante do sequestro o noticiário deixou de ser especulativo e a mídia voltou à carga contra o prefeito. Os jornais perguntavam por onde andavam os guardas do monumento que não impediram a ação criminosa. Uma ação certamente prolongada — todos concordavam —, porque sumir com uma estátua de 30 metros de altura do alto de uma montanha exige muito mais tempo e trabalho do que o sequestro de um cidadão de carne e osso ao rés do chão.

A resposta veio na voz do chefe de gabinete da Prefeitura, que, assediado por jornalistas, explicou que o contrato da firma encarregada da segurança do monumento fora cancelado por conter inúmeras irregularidades, e não foi assinado outro "porque não há registros de roubos à volta do Cristo nos últimos quarenta anos". Depois da casa arrombada, no entanto, um batalhão da Polícia Militar armado até os dentes passou a guardar a área do Corcovado. O carioca não perdoou e se perguntava: Será que querem evitar o roubo do morro?

*

Trent desligou a televisão e, ao baixar a cabeça, pensativo, viu as sandálias de Rita estacionando debaixo dos seus olhos. Aquelas unhas malcuidadas, com restos de esmalte, não o incentivavam a levantar a vista. Trent alimentava um fetiche por pés femininos que vinha do berço — diz ele —, de onde observava os pezinhos da imagem de Nossa Senhora pisoteando a serpente. Justificava sua veneração dizendo que os pés são a única parte do corpo em contato com a Terra — "é por eles que sobe toda a energia telúrica que ilumina a mulher". Os pés de Rita eram bonitos, dedos proporcionais, alinhados até o mindinho, que se ajustava ao conjunto sem rebeldia, mas com o correr dos anos ela os foi abandonando à própria sorte, como de resto, ao próprio corpo. A mulher aguardou que o marido olhasse para ela e, como ele não o fizesse, soltou a voz:

— Preciso de dinheiro! Vou levar Lola ao veterinário e passar no mercado.

O detetive tirou duas notas de 100 pratas do bolso e entregou-as, sem encarar a mulher.

— Por que você dormiu na sala? — voltou ela.
— A cama estava cheia! — ele levantou a cabeça.
— Que novidade é essa? Lola nunca perturbou seu sono.
— Eu é que não quis perturbar o sono dela! — ironizou.
— A televisão disse alguma coisa sobre o sequestro?
— Não.
— Que está acontecendo, Jaime? Algum problema?
— Não. Nenhum.

A mulher fez uma cara de fastio, largou a cachorra no chão e foi saindo:

— Vamos, meu amor. Vamos antes que o caldo entorne. Seu pai dormiu com o ovo atravessado — e bateu a porta.

Trent permaneceu na mesma posição. Não havia por que se mexer. Não sabia o que fazer. Precisava reorganizar a vida depois que o deputado o deixou dependurado na broxa, mas sentia-se sem forças para iniciar qualquer movimento, físico ou mental. Apanhou no bolso a caixinha de fósforos com restos de pedra-sabão e ameaçou atirá-la pela janela. Não tinha dinheiro para bancar uma incursão a Angra dos Reis atrás de uma pista duvidosa. Tudo o que gostaria naquele momento era de aconchegar-se nos braços de Laura, por um minuto que fosse, para recuperar o prazer de viver. Estava separado da moça por uma única camada de concreto, e por um instante sorriu ao imaginar o piso se abrindo e ela caindo em seu colo. Em seguida pensou em chegar a ela de um modo mais convencional — através dos 22 degraus —, mas controlou-se, admitindo que não havia o que acrescentar à conversa da véspera. Dizer o quê? Que sua paixão estava se tornando insuportável? Ela iria rir na sua cara. Aquilo era frase de conquistador barato.

Ligou para a irmã e convidou-a para almoçar. Suelen aceitou no ato. Convivia com uma disponibilidade de fazer inveja a um turista em férias. Desde que não estivesse com Maicon — algo pouco frequente durante a campanha eleitoral —, podiam chamá-la para qualquer coisa — de briga de galo a velório —, a qualquer hora do dia ou da noite, que ela estava sempre pronta. Era uma alma solidária e gostava de ajudar os outros, ainda que sua aparência não sugerisse gestos de grandeza.

Tinha um jeitinho meio vulgar que encorajava os homens a olhá-la sem discrição e um bronzeado permanente de quem batia ponto na praia diariamente. As roupas — todas de grife — pareciam costuradas na própria pele, de tão justas, realçando as muitas curvas do seu corpinho *mignon*. Os decotes sugeriam mais preocupação com o umbigo do que com os peitos, um banquete de silicone. Chamava a atenção em qualquer lugar. Ninguém diria tratar-se da irmã do discreto detetive.

Trent, por sua vez, era um colosso atlético de pele muito branca — como seus ancestrais normandos —, que mais parecia uma figura de Michelangelo talhada em mármore. Homem de emoções contidas, seu rosto exibia um repertório mínimo de expressões. Tinha um nariz fino e delicado, sinal de franqueza; olhos pequenos e perscrutadores, próprio dos curiosos; um par de orelhas de correta proporção entre o lóbulo e o pavilhão e uma boca um tanto irregular pela má formação dos dentes, que clamavam por um aparelho ortodôntico. Sobressaíam-lhe as sobrancelhas, que, caídas nas extremidades externas, o deixavam com um ar permanente de tristeza e desamparo. Dedicado à prática esportiva desde menino, formou-se em Educação Física, sonhava aperfeiçoar-se nos Estados Unidos e já estava com a passagem nas mãos quando seus projetos sofreram uma reviravolta inesperada. O detetive Átila, seu pai, morreu fulminado por um enfarte durante as investigações sobre desaparecimento de uma múmia egípcia do Museu Nacional. Trent cancelou a viagem, assumiu o caso e acabou por desvendá-lo com a ajuda do Gordo Lourival. Entusiasmado com a experiência e estimulado pela noiva Rita — que sempre se opôs à viagem para a América —, Jaime Trent mudou o rumo de sua vida, decidido a se tornar um competente investigador. Fez um curso por correspondência, destrinchou o Código Penal artigo por artigo, devorou compêndios de psicologia, criminalística e medicina legal, leu e releu *Um estudo em vermelho* — onde foi apresentado a Sherlock Holmes — e somente quando se sentiu seguro colocou o nome na porta do escritório do Catete.

Jaime e Suelen eram meio-irmãos. Dona Margarete Trent, Met para a família, mãe do detetive, morreu em um acidente de trânsito quando o filho tinha sete anos de idade. O pai nunca mais se casou, mas manteve por longo tempo um caso com sua secretária, que acabou resultando no nascimento de Suelen, por ele perfilhada. Apesar das diferenças de sangue e idade, os dois sempre mantiveram uma estreita e afetuosa convivência até Rita entrar em cena. Desde o instante em que as mulheres se conheceram — Suelen ainda uma adolescente —, instalou-se entre as duas uma solene e recíproca antipatia. Por mais que Trent procurasse convencer Rita de que a atitude da irmã não passava de uma ciumeira boba, ela jamais sorriu para Suelen. O detetive utilizou todos os seus panos quentes para aquecer a relação entre elas, mas, à medida que Suelen crescia, crescia também a aversão de Rita pelo jeito desinibido da moça, a quem chegou a chamar de "putinha desvairada".

Os olhares masculinos acompanharam os movimentos do traseiro de Suelen caminhando entre as mesas do Lamas, restaurante secular da cidade, onde o irmão a aguardava. Chegou desculpando-se pelo atraso.

— O salão estava cheio e a manicura custou a me atender.

Suelen frequentava o salão com a mesma assiduidade com que ia à praia, ao shopping, à academia e às aulas de dança. O deputado só lhe proibia discotecas, festas raves e bailes funk, onde ela se esbaldava disfarçada de peruca e óculos escuros. Trent contou-lhe da conversa com Maicon.

— Ele está muito mexido desde que soube da notícia do sequestro — ponderou ela. — Noite passada pensei que fosse ter um troço. Trincou os dentes, revirou os olhos, foi ficando vermelho, xingando todo mundo...

Trent aparteou:

— Com razão. Tiraram-lhe o pão da boca. Ele podia ter morrido!

Suelen ajeitou-se na cadeira e sorriu:

— Adorei o sequestro! Tomara que o prefeito pague o resgate e bote o Cristo lá em cima de novo. Sinto tanta falta dele!

— Você disse isso ao Maicon? — Trent assustou-se.

— Até parece que você não me conhece, Jaime! Não sou idiota! Eu me faço de idiota porque me convém. Diante dele exibi a maior cara de chateação — fez uma pausa. — E agora? O que você vai fazer?

— Dar um tiro na cabeça!

— Na sua ou na do Maicon?

— Se tivesse coragem daria na minha! Estou me sentindo o último dos homens — as sobrancelhas de Trent pareciam ainda mais caídas. — De repente minha vida entrou pela contramão. Ainda por cima, sofro a dor de uma paixão não correspondida.

Suelen ia levando o garfo à boca e estancou a ação:

— Você apaixonado? Não acredito. Cadê aquele homem frio, analítico, que controla as emoções o tempo todo?

— Morreu de tédio!

— Quem é ela?

— Uma vizinha.

— Solteira?

— Viúva, mas tem um cara!

— Não quer dizer nada! Toda mulher tem um cara. O que não a impede de trocá-lo por outro. Posso fazer alguma coisa para ajudar? Adoraria ver você largar aquela megera!

— Isso estava nos meus planos... até levar esse chute na bunda!

— Quer que eu fale com Maicon?

— Vou estar com ele agora. Vou pegar meu dinheiro. Deixa ver se consigo fazê-lo pensar melhor e manter a candidatura.

— Se quiser eu falo. Não me custa nada!

O celular de Trent tocou. Era seu assistente eventual, Robson Formiga:

— E aí, Sherlock? Já descobriu quem sequestrou o Cristo?

— Satanás! — Trent respondeu pilheriando.

— Quando é que a gente vai a Angra?

— Não vou mais. Estou saindo do caso.

— O quê??? Você pirou! Com essa caixinha de fósforos nas mãos? Porra! Então é melhor deixar de ser detetive e virar corretor de imóveis.

Trent riu da observação de Formiga e perguntou:

— Por que corretor de imóveis?

— Se é para ficar imóvel... — Formiga deu uma gargalhada.

*

O detetive encontrou o deputado ressonando, afundado em sua poltrona, sob efeito de sedativos. Com um gesto de mão ele cumprimentou o quase cunhado e apontou para o envelope em cima da mesinha. Trent enfiou o envelope no bolso, sem abri-lo, olhou para o deputado, como que esperando alguma palavra, mas viu apenas o homem aproveitar a mesma mão dos gestos anteriores para um aceno de despedida. Maicon não emitiu um único som e Trent não se sentiu à vontade para retomar o assunto do Cristo. Na rua, ao entrar no carro abriu o envelope e confirmou a generosidade do deputado, tão proclamada por Suelen: havia muito mais dinheiro do que lhe era devido. Talvez fosse um prêmio de consolação, pensou.

No volante, Trent recebeu ajuda dos congestionamentos. Tinha o hábito de aproveitar o trânsito infernal da cidade para refletir sobre seus casos. Acostumara-se a procurar por engarrafamentos quando tinha nas mãos um trabalho de difícil solução, e já desvendara vários dirigindo em primeira marcha. Dessa vez o tempo retido lhe amadureceu a decisão de viajar a Angra dos Reis. Por que não? Recebera do deputado dinheiro suficiente para saber se aqueles fósforos da caixinha iluminariam sua vida. Teria, no entanto, de agir com presteza, antes que o prefeito e os sequestradores concluíssem suas negociações. Uma jogada de risco, mas como dizia seu pai, "para quem está perdido, todo mato é caminho". Tanto poderia voltar pedindo carona na estrada, como dirigindo uma BMW zero quilômetro.

— Formigão, meu chapa! Arruma a mochila! Vamos para Angra!

O rapaz uivou do lado de lá e Trent sentiu um sopro de animação lhe atravessando o corpo. Passou em casa para pegar alguma roupa e tinha a mala aberta sobre a cama quando ouviu as patinhas de Lola arranhando o assoalho. Rita entrou no quarto e assustou-se ao ver o marido dobrando camisas.

— Que houve? — perguntou de olhos arregalados.

Trent, rápido, ligou a cena à seca conversa matinal entre ambos e resolveu dar continuidade ao susto da mulher.

— Estou saindo!

— Saindo para onde?

— Vou dar um tempo!

— Dar um tempo? Que você quer dizer com isso?

— Quero dizer isso! Que vou dar um tempo!

— Não, senhor! Quero saber o que está acontecendo. Temos 15 anos de casados! Você não pode ir saindo sem dar satisfações, como se estivesse fechando a conta de um hotel.

Trent abriu um sorrisinho sem graça e recuou antes que ela se jogasse patética contra a porta, impedindo sua saída.

— Vou fazer uma viagem. Tenho um caso para resolver.

Rita teve ímpetos de socá-lo pela brincadeira de mau gosto mas se conteve, entendendo que o momento era de manter a calma:

— Quando é que você volta?

— Quando solucionar o caso.

Trent fechou a mala e caminhou na direção da porta. Rita foi atrás:

— Encontrei com a moça que achou a Lola, na portaria — ele parou para ouvir. — É a vizinha aqui de cima! Aquela jornalistazinha que recebe o amante em casa.

O detetive fingiu desinteresse, mantendo uma frieza profissional. Resmungou um "tenho que ir" apressado e foi contido pela mulher:

— Não vai me dar um beijo?

Trent não beijaria a mão de um bispo com tanta indiferença. A mulher fechou a porta e ele permaneceu estático, contemplando a escada de serviço. Os degraus pareciam convidá-lo a subir ao segundo andar. Poderia alcançar o céu em menos de um minuto com suas pernas compridas engolindo dois degraus de cada vez. A prudência lhe pedia para recusar o convite, mas no embalo da excitação pela viagem resolveu ignorar a advertência da razão. Uma subidinha rápida, só por um segundo, só para se despedir e admirar o sorriso de Laura, nada mais. Tocou a campainha, aguardou e, quando um homem abriu a porta, improvisou rápido.

— É aqui que mora dona Rita?

Capítulo 15

TRENT E FORMIGA instalaram-se em uma pensão barata no centro da cidade, dessas com banheiro no fim do corredor. A grana que o detetive tinha no bolso daria para hospedá-lo em um hotel três estrelas, mas, sem saber o que viria pela frente, precavido, preferiu trocar o conforto pela parcimônia. Pediu um quarto para dois e falou grosso quando a senhoria perguntou se queria cama de casal ou de solteiro.

— De solteiro! Completamente separadas!

Angra dos Reis vem dos tempos do Descobrimento, e deve seu nome aos reis Magos. Suas características a fazem única entre as cidades litorâneas do país. Estudos geológicos afirmam que há cerca de 13 mil anos houve um afundamento do bordo oceânico, as águas subiram e arrodearam os morros, que viraram ilhas. São 365, tendo à frente a Ilha Grande, uma espécie de abelha rainha entre elas. Maior cemitério de navios da costa brasileira, a baía de Angra foi no passado um reduto de piratas e aventureiros que envolveram a cidade em lendas e enigmas insondáveis. Era nesse cenário de mistério e fantasia que o detetive sairia à procura das "pegadas" do Cristo Redentor.

Trent entrou no quarto, observou a posição da janela e, como patrocinador da viagem, se concedeu o direito de escolher a cama. Pressionou o colchão com os dedos, largou a mala e sem abri-la e foi atrás do endereço do restaurante Pingo Verde, indicado na caixinha de fósforos. Antes, liberou Formiga para comprar sabonetes e recolher mapas e prospectos nas agências de turismo. Sabia pouco sobre a cidade, não teve tempo de pesquisar na internet e o *notebook* ainda não estava ao alcance de suas posses. Trent precisava conhecer o terreno que iria esquadrinhar.

O restaurante, a quatro quadras da pensão, permitiu ao detetive uma caminhada pelo centro comercial, onde as ruas de paralelepípedos atestavam a idade de Angra dos Reis. Passou direto pelo endereço, parou, conferiu o número na caixinha, voltou e deu de cara com um tapume de obra. Enfiou o olho em um buraco do madeirame e viu uma casa em processo de demolição. O vigia confirmou-lhe que ali havia um restaurante até uma semana atrás, informação que robusteceu no detetive as suspeitas de que o Pingo Verde de alguma forma estava ligado ao sumiço do Cristo. Ao interrogar o vigia, porém, não obteve nenhuma resposta que fosse além de um "sei não senhor" nordestino. Entrou na funerária contígua à obra, o agente aproximou-se sorridente sobraçando o catálogo de caixões, mas antes que pudesse oferecer o esquife de peroba-do-campo que estava em promoção, ouviu o detetive perguntar o que havia acontecido com o restaurante ao lado.

— O filho do português morreu, o velho resolveu vender o negócio e voltar para Portugal. — E concluiu, orgulhoso: — Nós lhe proporcionamos uma bela despedida.

— Ao velho?

— Não. Ao filho!

Trent indagou sobre algum ex-empregado da casa e o agente indicou o garçom Zeca Gipoia, que fora trabalhar em uma pizzaria no shopping da cidade.

Àquela hora da tarde, o movimento ainda era pequeno e o detetive pôde sugerir ao garçom que se recolhessem a uma mesa de canto para uma conversa sem pressa.

Gipoia era filho da terra — seu apelido vinha do nome da ilha onde nasceu —, simpático, meio gago, foi logo se propondo a colaborar sem reservas. Esteve por quase dez anos no Pingo Verde, fez inúmeras amizades, conheceu muita gente, turistas e técnicos estrangeiros que vinham à cidade trabalhar com a Petrobras e nos estaleiros da região. Não se lembrava de ninguém, em passado recente, que tivesse lhe chamado a atenção por atitudes estranhas. Trent mostrou-lhe a caixinha de fósforos e Gipoia lhe disse que era cortesia da casa, entregue aos clientes da área de fumantes junto com a conta. Mal acabou de falar, esboçou um sorriso e comentou:

— Havia um gru-grupo de chineses que sempre me pedia mais de uma caixinha. Eles fu-fumavam adoidado! Um dia me ofereceram um ciga-garro de ginseng.

Trent recordou a quantidade de pontas de cigarro de cheiro estranho que havia encontrado na mata do Cristo e interessou-se pela informação.

— Como é que você sabia que eram chineses? — perguntou.

— O chinês disse que era chi-chinês.

— Eles falavam português?

— Tinha um que fa-falava e traduzia para os outros. Fa-falava po-português de Portugal. Eles apareceram umas poucas vezes e desapareceram de repente. Sentavam sempre na mesma mesa e ficavam co-cochichando entre eles — Gipoia abriu um sorriso. — Co-como se alguém fosse entender o que estavam co-conversando!!

— Lembra-se de alguma característica deles? Lembra-se se algum puxava de uma perna? Tinha um olho de vidro? Uma mancha no rosto?

Gipoia franziu a testa, como que rememorando o grupo, e acrescentou que o tradutor usava óculos, "desses de lelente de fundo de garrafa: tinha que encostar o na-nariz no cardápio para ler".

Animado pelo interesse do detetive, o garçom continuou descrevendo os tipos que frequentavam a casa sem que Trent se sentisse à vontade para encerrar a conversa. O movimento no restaurante começou a aumentar e um cara atrás da caixa registradora chamou por Gipoia.

— Talvez você possa se informar melhor lá no ca-cais — disse o garçom, se afastando. — Eles devem ter feito um pa-passeio de barco. Todo estrangeiro que vem a Angra quer co-conhecer as ilhas.

O sol já se escondia e Trent deixou o cais para a manhã do dia seguinte. Um entardecer ao som da *Ave-Maria* de Gounod, que lhe chegava aos ouvidos, o inspirou a uma ação mais lírica. Sentou-se em um quiosque no calçadão da praia do Anil, e embalado pelo crepúsculo que cobria a baía de Angra dirigiu seus pensamentos para Laura.

Tentava se persuadir de que o encontro casual com o amante da moça não lhe trouxera nenhuma apreensão a mais além do susto pela surpresa. Laura o convencera de que não queria mais saber de homens casados, mas como ela já dissera, o jornalista resistia à separação. Desse modo, concluiu, a presença dele no apartamento dela não representava nada além de uma investida para tentar fazê-la mudar de ideia. Trent esforçava-se para raciocinar com a frieza de um detetive analítico, mas no fundo, por trás dessa carapaça racional, corria-lhe pela espinha o temor de que a moça esquecesse as palavras ditas no carro e acabasse por ceder aos apelos do ex-amante. Seu pai sempre lhe dizia que o amor é como a guerra: fácil de começar e difícil de terminar.

A caminho do hotel o detetive teve sua atenção despertada para a televisão de uma lanchonete onde um porta-voz da Prefeitura do Rio declarava que, "diante da confirmação do sequestro, o prefeito não só suspendera as buscas como não via mais razão para manter o projeto de construção do novo Cristo, na certeza de que recuperaria o monumento para a cidade".

Fagundes mandou reabrir os caminhos do Corcovado e o deputado Maicon imediatamente qualificou o gesto como manobra eleitoreira. Uma reportagem exibiu imagens de uma tumultuada peregrinação ao alto da montanha, com muita gente pagando promessas, caminhando de costas, de joelhos, carregando cruzes, ainda que a maioria subisse sobraçando apenas câmeras e celulares para registrar a mais nova atração turística da cidade: o pedestal do Cristo Redentor.

Os sequestradores mantinham silêncio, uma estratégia — como reza o manual dos sequestros — para enfraquecer a posição dos negociadores e aumentar a aflição dos aflitos. Para compensar a falta de notícias, os jornais publicavam seguidos editoriais metendo o dedo na ferida das autoridades competentes: "Para onde esses senhores dirigiam seus olhares que não viram desaparecer uma estátua monumental sem deixar rastros?" A população da cidade deu a resposta: "Para a campanha eleitoral."

As emissoras de televisão, por sua vez, enchiam a telinha com imagens do Cristo ilustrando matérias e reportagens comoventes, quase sempre pontuadas por depoimentos lacrimejantes. Uma revista de frivolidades lançou um número especial com fotos antigas de celebridades ao lado do monumento. Os institutos de opinião também se empenhavam em manter o assunto aquecido.

Uma pesquisa indagando a população sobre os meios utilizados pelos bandidos para sumir com o Cristo apresentou um resultado surpreendente: a resposta vencedora foi "não sei" (48,7 por cento); 20 por cento responderam "zepelim"; 18,8 por cento apontaram o próprio trenzinho do Corcovado e 9,2% assinalaram "disco voador (ou similar)", revelando que uma fração da população ainda mantinha a crença de uma ação alienígena. Um percentual desprezível respondeu que o Cristo fora retirado da base por um processo apagógico experimental.

O detetive encontrou Robson Formiga ajoelhado no chão do quarto, debruçado sobre a cama, deslumbrado com o que lia nos folhetos de Angra dos Reis.

— Incrível, Sherlock! Sabia que os portugueses estiveram aqui em 1502? Sabia que Angra tem uma usina nuclear? Sabia que o Comando Vermelho nasceu num presídio que havia na Ilha Grande?

Trent recostou-se na cama, braços cruzados sob a nuca, e permaneceu observando o rapaz tagarelando e revirando as páginas dos prospectos, entusiasmado com as próprias descobertas.

— A história desta terra é uma loucura! — anunciou Formiga, excitado. — Teve um frade que foi assassinado pelos índios, um pirata que virou amante da filha, um aviador alemão que viveu com uma macaca! Tem um monte de navios debaixo d'água! Tem até um tesouro enterrado numa ilha chamada Jorge Grego. Pô, Sherlock! Se não acharmos o Cristo, a gente pode correr atrás desse tesouro pra não perder a viagem...

O detetive ria da empolgação do assistente eventual:

— Há muita lenda nisso...

— Onde tem fumaça tem fogo, cara. Essa cidade maluca tem tudo a ver com o sumiço do Cristo. Se duvidar, ele está escondido dentro da usina nuclear. Já viu o tamanho dela? — o rapaz mostrou a foto de um prospecto. — Olha só!

Trent brincou com Formiga:

— É uma hipótese! Por que você não investiga?

— Amanhã vou dar uma geral nesta cidade.

— Aproveita e vê se encontra algum fumante chinês míope falando português!

— Como é que é??? — reagiu Formiga, franzindo a testa. — Chinês? Você acha que tem chinês na parada?

Trent não respondeu. Deitado, olhou para o teto e buscou o pai em algum ponto do passado. Fez uma longa pausa, como se precisasse arrumar as emoções, e contou que na adolescência sonhava seguir os passos do velho:

— Depois achei que não chegaria aos seus pés e resolvi cursar Educação Física. Inconscientemente, procurei uma atividade que fosse o oposto do trabalho cerebral que se exige dos detetives. Quando ele morreu, porém, retomei o antigo sonho e assumi o escritório para continuar seu trabalho.

O rapaz o interrompeu, cuidadoso, porque Trent parecia viajar nas turbulências da máquina do tempo sem cinto de segurança.

— Escuta, Sherlock. Tô curtindo esse papo sobre seu pai, mas deixa eu fazer uma perguntinha: o que ele tem a ver com os chineses?

O detetive pareceu despertar, sorriu e comentou que seus pensamentos haviam entrado por um atalho e ele acabou se perdendo do que pretendia dizer. Pretendia dizer que o pai era um detetive que seguia a linha humanista de investigação de Charlie Chan, seu modelo inspirador. Chan — explicou Trent — era um detetive de ficção que fez grande sucesso no cinema nas décadas de 1930 e 1940.

— Papai viu todos os filmes de Chan, sabia alguns diálogos de cor. Devorou os livros que foram traduzidos e, a partir dessa admiração, passou a se interessar pela China. Leu os ensinamentos de Confúcio, adotou a filosofia de Lao-Tsé e tornou-se budista. Foi um grande conhecedor da China milenar. Aprendi muito com ele ouvindo as histórias que me contava na varanda depois do jantar. Aprendi que, diferente dos japoneses que miniaturam a vida, os chineses sempre trabalharam com grandes volumes. O túmulo do imperador Shi Huang Di é uma pirâmide de 75 metros de altura, mais que o dobro do Cristo Redentor. Já ouviu falar no exército de terracota de Xian? Tudo na China é monumental. A Muralha da China é a única obra feita pelo homem que pode ser vista da Lua! Os chineses estão acostumados a lidar com obras gigantescas. Entendeu aonde quero chegar?

— Aonde? — o rapaz se perdera no meio de tantas referências.

— Nenhum outro povo na face da Terra detém tantos conhecimentos para lidar com a monumentalidade.

— Você está querendo dizer que só os chineses poderiam sequestrar o Cristo?

Trent reagiu com uma expressão interrogativa — quem sabe? — e Robson Formiga permaneceu fitando o detetive com um olhar inquisidor, como se precisasse ouvir mais alguma coisa para conectar os chineses ao Cristo Redentor. Trent lembrou-lhe o pedaço da pulseira de relógio onde se lia "... ade in Ch..." encontrada no matagal do Corcovado. O prefeito a desprezou e alguns jornais a ridicularizaram em notinhas, mas o detetive manteve a peça no seu arquivo mental, associou-a aos chineses relatados pelo garçom gago e desse modo reforçou seus pressentimentos.

— Agora fechou, Sherlock! — exultou o rapaz.

O detetive escutou o estômago roncar e comentou que não havia comido nada desde o café da manhã.

— Vamos encarar um frango xadrez? — sugeriu Robson.

— Nem pensar. Não herdei do velho o gosto pela comida chinesa. Nada de *yang zhou* nem *shong shu* — disse ele, se exibindo. — Vou pegar leve. Tomar uma canja.

O rapaz fez cara de nojo, comentando que pobre só come canja quando está doente. O celular de Trent tocou e a voz de Rita ressoou pelo quarto, mais esganiçada do que nunca:

— Jaime! Jaime! Acabei de sair de uma reunião do meu grupo intergaláctico. Parece que encontraram um pedaço do Cristo Redentor na Argentina.

— Onde? — o detetive pensou não ter escutado direito.

— Na Patagônia! — berrou a mulher — Naquela região que é o corredor de saída para Órion. Nossos colegas argentinos estão indo para lá e...

— Agora não posso falar, Rita.

— Espera! Onde é que você..?

Trent cortou a ligação e desligou o celular. Assustou-se com o próprio gesto, abrupto, intempestivo. Sempre se considerou um homem de comportamento sóbrio e educado que aprendera ao longo dos anos de casado a suportar com equilíbrio as diatribes da mulher, sem jamais levantar a voz — por mais que às vezes tivesse vontade de afogá-la na banheira. Procurou uma explicação para aquela atitude inesperada e constatou que a interrupção da conversa continha um significado que ia além do teor do telefonema. Na verdade ele estava rompendo o cordão sentimental que o prendia a Rita. Uma constatação que fazia ali, naquele momento, e que lhe dominou tão intensa quanto incômoda.

A mulher que por tantos anos cativou seu coração, dona de uma voz original, de uma cachorrinha fofa e de um jeito engraçado de ver ETs por todos os cantos, se transformara em uma caricatura, de voz estridente, apegada a uma cadela neurótica e com uma intolerável fixação em outros mundos. Ao sentar no restaurante, enquanto aguardava o garçom se aproximar, confrontou-se com uma dúvida: será que deixara de amar a mulher ao se interessar por Laura? Ou interessou-se por Laura porque já sentia Rita tão distante quanto Órion? Saboreou a segunda hipótese antes da canja.

Capítulo 16

Dia seguinte, Trent se pôs em movimento na direção do cais com os chineses na cabeça. Lembrou-se de um pensamento de Mao Tsé Tung na Longa Marcha, que seu pai sempre repetia ao iniciar uma investigação: "Para caminhar 10 mil quilômetros é preciso dar o primeiro passo." Abriu a perna para dar o primeiro passo, propositadamente mais largo que o normal, e tentou calcular o quanto precisaria andar para concluir sua missão. Gostaria de não ser obrigado a marchar tanto quanto o autor da frase.

Nem bem se aproximou do embarcadouro, viu-se cercado por um punhado de barqueiros oferecendo passeios turísticos cujos preços variavam em função do roteiro e do tipo de embarcação. Havia desde barquinhos com motor de popa a traineiras coloridas e saveiros de grande porte. O detetive observou os rostos à sua volta, abriu passagem e dirigiu-se ao que parecia ser o decano dos barqueiros. Cabelos e barbas brancas, pele curtida de sol, o homem, sentado em um toco de amarração, apreciava o assédio ao "turista" com a indiferença de quem estava com a vida ganha. Trent o cumprimentou, apresentou-se como sociólogo, ouviu seu nome — Ernesto — e perguntou se ele também realizava passeios turísticos.

— É só o que faço! — respondeu o velho, dando uma baforada no cachimbo. — Trabalho para uma agência de turismo.

— Estou realizando um estudo sobre a vida dos chineses nos trópicos. Já levou algum chinês em seus passeios?

O velho capitão nem precisou puxar pela memória. Havia uns seis meses conduzira cinco chineses pelas ilhas e recordava bem daquele dia porque soprou um sudoeste, o mar encrespou e os "amarelos me vomitaram o barco inteiro".

— Lembra-se do roteiro?

— Claro que lembro! Uma coisa de doido! Ficavam de um lado para o outro discutindo entre eles e perguntando pela profundidade das águas. Me fizeram voltar várias vezes à costa oceânica atrás dos navios naufragados. Não pareciam interessados em fazer turismo...

— Percebeu se algum deles usava óculos?

Ernesto lançou um olhar de desconfiança para Trent:

— O senhor é sociólogo ou investigador? O que tem a ver os óculos dos chineses nos trópicos?

— Nossos estudos estão dirigidos exclusivamente para chineses com algum tipo de deficiência visual.

Ernesto respondeu-lhe meio a contragosto:

— Tinha um deles que usava óculos de vidros grossos. Conferia os mapas de pertinho e reclamava da água do mar respingando nas lentes. Era o único que falava português!

O detetive iluminou-se: o grupo que saiu a passeio era o mesmo que andou pelo restaurante Pingo Verde. As informações do barqueiro batiam com as do garçom.

— Tornou a estar com eles?

— Não. Cruzei uma vez com eles na baía. Estavam numa lancha da Petrobras. Depois nunca mais os vi...

— Como você sabe que era da Petrobras?

— Tinha o nome no casco — fez uma pausa aborrecida. — Faz o seguinte: dá um pulinho no hotel Green Tree. É lá que a Petrobras costuma hospedar seus clientes e fornecedores. Talvez o senhor possa colher mais dados para seu estudo sociológico.

Trent retirou-se remoendo o encontro com o velho capitão e admitiu que a repentina aparição da empresa de petróleo embaraçou sua linha de raciocínio. Ninguém que pretenda sequestrar o Cristo vai desfilar pela baía de Angra dentro de uma lancha da Petrobras. Provavelmente aqueles chineses eram simples funcionários da China Oil Co., que havia arrematado três áreas de prospecção de petróleo na bacia da Costa Verde. De qualquer modo, custava-lhe muito pouco fazer uma incursão ao hotel Green Tree.

O gerente puxou no computador as fichas de entrada dos hóspedes chineses nos últimos 12 meses e os nomes desceram em cascata, enchendo duas telas. Trent desprezou os hóspedes mais recentes e os mais antigos e correu o cursor à procura dos que haviam estado no hotel havia cerca de seis meses. Encontrou Chong Miao, 38 anos, engenheiro calculista, casado, nascido e domiciliado em Guangzhou, na província de Guangdong. Ele permanecera cinco dias no hotel e, no item motivo da viagem, assinalou: "negócios". Uma ficha como dezenas de outras que o detetive só não desprezou por um pequeno detalhe: em Guangzhou está a sede da Sun Yee On, que com seus 56 mil membros é a vertente mais poderosa da Máfia chinesa.

Trent perguntou se o gerente se lembrava da cara do hóspede e ouviu um comentário comum entre os ocidentais:

— Esses orientais são todos parecidos!

Nada mais foi dito nem lhe foi perguntado. O detetive deixou o Green Tree com a cabeça mais confusa do que quando entrou. As peças que de início prometiam se encaixar — com a constatação de que os chineses do passeio pelas ilhas eram os mesmos do restaurante — acabaram sendo atropeladas pela lancha da Petrobras e submergiram na recepção do hotel. Ainda que Chong Miao não estivesse hospedado por conta da Petrobras, o fato de o chinês morar na capital da Máfia não fazia dele necessariamente um suspeito. Além do quê, se eles formavam um grupo de cinco, onde foram parar os outros quatro?

O detetive retornou à pensão sentindo-se mais frio do que um cadáver na neve, como ocorria nas brincadeiras de sua meninice, quando se distanciava do chicotinho queimado. Para se manter à tona d'água, agarrou-se à única tora de certeza que lhe restou: a caixinha de fósforos, absolutamente convencido de que os ladrões do Cristo tinham estado em Angra dos Reis. Àquela altura, porém, já não sabia mais dizer se eram chineses, chilenos ou chechenos.

Atirou-se na cama, deslocou o foco do seu pensamento para Laura e dormiu molestado pela decepção de não ter saído do lugar na partida de sua "longa marcha". Acordou no meio da noite e estranhou a ausência de seu assistente eventual. Acendeu a luz e só então notou um bilhete espetado no travesseiro:

Tenho novidades. Amanhã a gente se fala. Fui conhecer as "mocinhas da cidade". Robson.

Capítulo 17

TRENT DESPERTOU às primeiras horas do amanhecer sem planos para começar o dia. A marcha atrás dos chineses se perdera no inconcluso desfecho de suas investigações. Decidiu sair para queimar algumas calorias enquanto pensava no que fazer. Desde o desaparecimento do Cristo só exercitava a mente, e o corpo reclamava por atividades físicas. Vestiu um calção, camiseta, tênis, enfiou um boné, mas a curiosidade plantada pelo bilhete de Robson Formiga o segurou no quarto. De qualquer modo, acordar o rapaz foi uma prova de esforço.
— E aí? Quais são as novidades? — pediu o detetive, mal contendo a impaciência.
— Fala você primeiro — retrucou o rapaz sonolento. — Deixa eu acabar de acordar!
— Não tenho nada para falar — disse Trent de mau humor. — Perdi a pista dos chineses...
— Ah é? Pois eu encontrei uma e vou te entregar na bandeja, Sherlock.
Os dois tomavam o café da manhã no bar defronte à pensão. Robson emendou uns três bocejos seguidos e começou narrando sua incursão à Ilha Grande logo pela manhã em uma barca de transporte regular. Abriu um parêntese

para registrar a quantidade de estrangeiros na embarcação e prosseguiu dizendo que seu objetivo era seguir rumo à Ilha Jorge Grego, a tal do tesouro enterrado. Um objetivo que se desfez na nota preta que os barqueiros da Vila do Abraão lhe pediram pela viagem.

— Resolvi então ficar pela vila — continuou o rapaz.

— De bobeira, sentei no bar, pedi uma cervejinha e puxei conversa com uns nativos. Eles curtem ficar contando mil histórias sobre naufrágios e, no meio do papo, sabe o que me disseram? Que uma equipe da televisão chinesa tinha estado na costa oceânica para filmar navios naufragados!

— O que tem isso a ver com o Cristo, cara?

— Peraí, Sherlock. Não acabei de falar. Eles alugaram uma casa na ilha!

— Você acha que essa casa é o cativeiro do Cristo? — ironizou. — Acha que Ele está lá amordaçado? Dormindo num colchonete? É isso?

O motoqueiro não gostou da ironia e reagiu com aspereza:

— Se você vai ficar me gozando, não vou falar mais nada!

Trent amenizou o tom:

— Vai, garoto! Conta! Os chineses alugaram uma casa na ilha... e daí?

Robson mergulhou o pão no café e passou a contar sobre a parte da novidade que não incluíra no bilhete: seu contato com as profissionais no Anjo Azul, o puteiro mais antigo da cidade.

— Daí? Daí que à noite eu soube que esses mesmos chineses estiveram "molhando o biscoito" no Anjo Azul meses atrás.

— Foram estreitar as relações Brasil-China! — brincou Trent, mais tranquilo.

— As meninas me disseram que eles apareciam quase todos os dias. Teve um inclusive que se apaixonou pela cafetina e quis levá-la para morar com ele na China.

— Não me surpreende. Chinês adora uma puta!

— Agora vem o melhor. Elas contaram que os chineses fumavam um cigarro de cheiro esquisito e deixaram por lá várias caixas de fósforos do Pingo Verde. — Robson sorriu, superior. — Isso não lhe diz nada, Sherlock?

Trent deu de ombros, desdenhoso:

— Diz! Diz que todos os chineses que andam por Angra fumam e frequentam o mesmo restaurante!

Robson engoliu o último pedaço do terceiro pãozinho francês, limpou a boca com as costas da mão e afirmou cheio de si:

— Pois eu aposto que os chineses do puteiro são os mesmos que estiveram filmando na Ilha Grande. Tanto as meninas como os caras da ilha me disseram que eles eram cinco!

Trent balançou a cabeça, desapontado:

— Era essa a novidade que você tinha para contar? Isso não significa nada, Robson! Absolutamente nada! Esses cinco chineses que fumam cigarro de cheiro esquisito e usam fósforos do Pingo Verde são os mesmos que andaram desfilando pela baía de Angra dentro de uma lancha da Petrobras. Eles não têm nada a ver com o sequestro. Se duvidar, nem sabem da existência do Cristo Redentor!

Robson murchou, exibindo sua decepção, mas não se deu por vencido:

— Por que não tentamos descobrir a casa que eles alugaram na Ilha Grande? Pode ser o início da sua longa marcha...

Trent acatou a sugestão. Mesmo sem acreditar na empreitada, considerou que não tinha nada melhor para botar no seu lugar. Ligou para a associação dos barqueiros à procura de Ernesto. O velho capitão estava saindo com um grupo de turistas e só teria o barco disponível no final da manhã. Acertaram um horário e antes de desligar o detetive perguntou onde poderia alugar um equipamento de mergulho.

— Você vai passear ou mergulhar? — perguntou Ernesto.

— As duas coisas!

— Onde você vai mergulhar?

— Na costa oceânica!

— Aquela área não é para iniciantes. Você tem curso de mergulho?

— Comecei, mas abandonei — mentiu Trent.

— Então vamos ter que chamar um profissional para acompanhá-lo. O mar na costa oceânica é traiçoeiro, as águas são profundas e há muitos destroços de navios. Conheço um bom mergulhador.

— Não precisa, capitão. Meu amigo Robson Formiga é um exímio conhecedor das profundezas — mentiu mais uma vez, piscando um olho para o rapaz, que, ao ouvi-lo, mudou de cor e gaguejou:

— Mas... Mas... Nós não vamos procurar pela casa dos chineses?

— Quem sabe a casa não fica no fundo do mar? — brincou o detetive.

Capítulo 18

O CAPITÃO ERNESTO ligou o motor do seu saveiro e acelerou rumo à Ilha Grande. Habituado com a rota turística, embicou a proa na direção do interior da ilha e o detetive mais do que depressa ordenou que virasse a boreste e seguisse em frente, contornando o litoral para alcançar a costa oceânica. O barqueiro se apressou em perguntar:

— Não quer dar uma olhadinha na Vila do Abraão?

— Quero saber é dos naufrágios em mar aberto! — respondeu Trent com rispidez.

Formiga aboletou-se junto às cordas da âncora e ofereceu o rosto à brisa, revelando sua excitação com a aventura exploratória. O saveiro prosseguiu costeando a ilha ao largo das enseadas e, antes de contornar a ponta de Castelhanos, o capitão indicou um ponto no mar.

— Ali dorme um pesqueiro que naufragou em 1952, o *Márcia*. Ele está de cabeça para baixo, a uns 20 metros de profundidade. Quer dar uma olhada?

— Já estamos na costa oceânica?

— Só depois do farol de Castelhanos.

— Então toca o barco!

O saveiro entrou em mar aberto e cruzou à frente da praia de Lopes Mendes, a mais extensa da ilha, deixando

Trent extasiado diante da densa vegetação das encostas. Ernesto iniciou uma longa explanação sobre a praia e, acreditando que o detetive estava a passeio, propôs uma parada para ele se banhar naquelas águas de um verde transparente, aproveitando o vento leste e as ondas baixas. Robson levantou-se entusiasmado, pronto para mergulhar, mas Trent recusou a sugestão alegando que ficar dando braçadas ao léu não estava entre suas diversões favoritas. O falatório interminável do barqueiro cansava o detetive.

Na praia de Santo Antônio, Ernesto reduziu a velocidade do barco para mostrar a discreta enseada de Caxadaço, uma área deserta, acidentada, sem trilha e de difícil acesso por terra. O detetive interrompeu abruptamente as contínuas explicações do barqueiro reiterando seu interesse pelos naufrágios. Onde haveria outro navio naufragado? O velho percebeu que não estava agradando, tornou a acelerar e mais adiante abriu os braços na direção da saída da enseada de Dois Rios:

— Ali está! Ali dorme o Comandante Manoel Lourenço, um cargueiro a vapor que afundou em 1927. Os chineses se interessaram muito por ele — fez um gesto com a mão, ofertando-o a Trent. — É todo seu!

Não havia o que ver à superfície do mar. Trent desviou o olhar para a terra e impressionou-se com o cenário de desolação: o vilarejo de Dois Rios lembrava uma cidade-fantasma. Pouco mais de meio-dia, sol a pino e o único sinal de vida vinha de uma cabra que pastava entre as ruínas do lendário presídio da Ilha Grande — "a nossa versão de Alcatraz", disse o barqueiro, que não resistiu em exibir seus conhecimentos acrescentando que a prisão fora implodida nos anos 90 do século passado. Trent permaneceu com os olhos fixo nas casinhas amarelas e não lhe pareceu impossível que o grupo de chineses tivesse alugado uma delas para vasculhar o cargueiro naufragado.

— Vai mergulhar ou vai descer? — perguntou Ernesto.

— Tem alguma alma viva neste vilarejo? — retrucou o detetive.

— Com certeza! — afirmou o barqueiro. — Posso levá-lo para tomar um café na casa do mais antigo habitante da ilha. Uma figura incrível!

— Quantos naufrágios têm por aqui, além deste?

— Na costa oceânica só o cargueiro *Parnaioca*. Tem também o *Califórnia*, um vapor de roda que afundou em 1866 — apontou o dedo na direção sul —, mas fica lá na enseada de Araçatiba.

O detetive aceitou a sugestão de Ernesto:

— Vamos provar o café dessa figura incrível!

O capitão desligou o motor do saveiro e aportou suave no rústico atracadouro. Trent permaneceu algum tempo de pé na quilha da proa observando o contraste da paisagem que combinava a exuberância da natureza com os escombros do presídio. O barqueiro explicou que eles haviam desembarcado nos fundos do vilarejo, cuja frente estava voltada para o interior da ilha, "ao final de uma estradinha de barro de 12 quilômetros que vem desde a Vila do Abraão". Trent desceu, sentindo-se um colonizador diante das ruínas de alguma civilização pré-colombiana.

Ernesto conduziu os dois através do arruamento de casas mal alinhadas. Robson caiu na besteira de perguntar sobre a tal figura incrível, e o barqueiro retomou sua verborragia de guia turístico. Disse que Lupércio era um antigo detento, pescador, negro e analfabeto que aprendeu a ler com os presos políticos que começaram a chegar ao presídio depois do golpe militar dos anos 60. Fugiu, entrou para a organização Var-Palmares, participou do sequestro do embaixador alemão, trocado por quarenta presos políticos, foi preso novamente, torturado, tornou a fugir e — grande ironia — voltou para Dois Rios, escondendo-se em um casebre atrás do presídio. Nunca foi encontrado.

— Ele fundou o Comando Vermelho junto com outros detentos — continuou —, mas largou a bandidagem depois que os presos políticos fizeram sua cabeça.

Os três chegaram ao centro do vilarejo, e Trent confirmou a impressão de terra arrasada. O mato se alastrara, tomando conta de tudo, e poucas coisas se mexiam além das folhas dos coqueiros que margeiam o final da estradinha de 12 quilômetros. O capitão bateu no último dos casebres amarelos sem nenhuma certeza de encontrar seu morador vivo. Lupércio abriu a porta, firmou a vista enfraquecida e, percebendo os três vultos masculinos à sua frente, estendeu os braços à espera das algemas, resmungando:

— Por que vocês custaram tanto a me achar?

Ernesto identificou-se e Lupércio jogou-se sorridente em seus braços. Nas poucas vezes em que conduzia excursões a Dois Rios, o barqueiro sempre recolhia uns trocados dos turistas para presentear o negro que os americanos diziam ser a cara do Pai Tomás. Lupércio tinha o corpo arqueado, apoiado em uma bengala, os olhos cobertos pela película clara do pterígio, os cabelos brancos lembrando uma plantação de algodão, mas a voz não envelhecera e permanecia tão poderosa como nos tempos em que cantava a todo pulmão o hino da Internacional. O capitão introduziu Trent:

— É um sociólogo famoso que está estudando a influência dos trópicos nos olhos dos chineses — depois apresentou Lupércio. — Vocês estão diante do último comunista deste país! — e o negro abriu sua boca de caçapa.

Trent o cumprimentou reverente, ainda que não tivesse noção do que representasse ser o último comunista do país. Sentou-se na cadeira de fórmica descascada e sem esperar que o anfitrião desse início à conversa foi perguntando se ele sabia o local da casa dos documentaristas chineses. As reações do detetive às vezes soavam agressivas, mas ali, naquela situação específica, ele debitava sua áspera objetividade à convicção de que não havia tempo a perder. Permanecia marcando passo na sua longa marcha.

Lupércio não respondeu ao detetive. Ou porque não escutou a pergunta ou porque preferiu atualizar suas informações. Sentou diante de Trent, apoiou o queixo nas mãos sobre o cabo da bengala e, com uma expressão saudosista, gemeu:

— Tem notícias de Mao Tsé Tung?

O detetive lançou um olhar interrogativo para o barqueiro, que respondeu ao negro:

— Mao já se foi, Lupércio...

— Morreu? Quando? Ele foi o Grande Timoneiro da revolução chinesa!

— Mas... e quanto aos chineses daqui? — intrometeu-se Robson. — O senhor sabe onde eles moram?

— Moravam! — corrigiu o negro. — Eles deixaram a casa que fica lá pros lados do Caxadaço. É a única que tem por aquelas bandas.

— Como é que se chega lá? — emendou Trent.

— É uma trilha pesada... Se quiser, quando meu neto chegar da escola, peço a ele para levá-los...

Uma casa abandonada sempre guarda vestígios dos últimos moradores. Enquanto esperava pelo menino, Trent deu corda em Lupércio para saber mais sobre os chineses.

Todos no vilarejo tinham conhecimento da presença deles, que passavam o dia com seus equipamentos de filmagens indo e vindo dos destroços do cargueiro *Comandante Manoel Lourenço*. O barqueiro se intrometeu para acrescentar que o navio havia encalhado sobre a laje da enseada e afundou depois de açodado por um temporal quando trazia provisões e prisioneiros para o presídio.

— Posso continuar? — perguntou Lupércio com sarcasmo.

O negro contou que de início antipatizou com os chineses, sempre muito calados, imaginando que estivessem ali simulando uma filmagem para esconder alguma ação política revisionista.

— Depois — prosseguiu —, fui percebendo que não conversavam com ninguém porque ninguém falava a língua deles! Mas eram educados, trabalhadores, e distribuíam balas às crianças. Eles passaram um bom tempo fazendo gravações. Havia um rebocador servindo de apoio, que chegava ao anoitecer e zarpava de madrugada. Os chineses faziam muitas filmagens noturnas.

Trent acompanhava o relato com atenção, na expectativa de garimpar alguma informação que renovasse seu ânimo. As palavras de Lupércio, porém, nem sempre faziam sentido. Ele variava, misturando estações, e o detetive, para não se perder num oceano de divagações fantasiosas, resolveu interrompê-lo com suas tradicionais perguntas:

— Lembra-se se algum deles usava óculos?

— Meu filho, eu enxergo pouco — ofereceu uma caneca de café ao detetive. — Só vejo sombras...

— Lembra se algum deles falava português?

— Escuto menos do que enxergo, filho. Mas recordo que um dia ouvi os meninos arremedando gato aos berros. Meu neto disse que eles caçoavam de um chinês.

— Arremedando gato? — Trent não conteve o grito. — Miaoooooo!

Se Miao não era um sobrenome tão comum na China quanto Silva no Brasil, o detetive acabara de encontrar uma conexão entre o solitário hóspede do hotel Green Tree e os cinco documentaristas chineses. Abriu a perna na salinha, como que para marcar o início da sua marcha, mas não concluiu o passo. Logo lhe veio à cabeça que apenas associar Chong Miao aos documentaristas não o fazia avançar um palmo sequer nas investigações. Alegria de detetive pobre dura pouco! No entanto, manteve Miao no seu radar e, depois de vasculhar os dados arquivados na cabeça, uma fagulha luziu na sua memória: lembrou que o chinês qualificou-se como "engenheiro calculista" na ficha do hotel. Indagou em voz alta: "O que faz um engenheiro calculista metido em gravações no fundo do mar?", e anunciou agitado:

— Tenho que mergulhar!

— Agora? — perguntou Ernesto timidamente.

— Agora! Neste minuto! Tenho que mergulhar! — repetiu num tom para não encorajar ninguém a de detê-lo. — Vamos!

Deu um gole no café frio, jogou o braço sobre o ombro de Robson em sinal de camaradagem e agradecimento pela dica e despediu-se de Lupércio, que segurou sua mão com firmeza e perguntou:

— Diga, meu filho. Para onde vai essa China sem o nosso Mao?

Capítulo 19

O VENTO DA tarde soprava mais forte e o mar reagia com os primeiros sinais de inquietação. O capitão Ernesto manobrou o saveiro na linha da Ilha Jorge Grego, deitou âncora e jogou a boia de marcação. Estava apavorado com a decisão de Trent em descer em uma área desconhecida, sem nenhum planejamento e — pior — disposto a penetrar no interior do naufrágio! Olhou para Robson:
— Não era você que iria mergulhar?
O rapaz não se fez de rogado:
— Com esse mar? Não sou maluco. Só mergulho na maré mansa!
Trent surgiu da cabine dentro da roupa preta de neoprene e Robson aplaudiu, comparando-o a um super-herói. O detetive passou as pernas por cima da borda, ajeitou o visor, conferiu as lanternas, levantou o polegar em sinal de positivo e desapareceu sob as águas, convencido de que a prática de pesca submarina na juventude lhe garantiria a segurança do mergulho. Ernesto e o rapaz se benzeram quase ao mesmo tempo.
Um cardume de lambaris prateados assustado com a aparição daquele enorme corpo estranho bateu em retirada, movimentando-se com a precisão de uma coreografia en-

saiada. O detetive continuou descendo sem dar atenção às algas, esponjas, à fauna marinha que circulava a sua volta. Mais uns metros abaixo e o nervosismo inicial desapareceu, diluído pela tranquilidade de um silêncio lunar. Trent ouvia apenas o arquejar de sua respiração, e invejou os habitantes daquele mundo submarino. Um contorno do que parecia ser um fragmento de proa surgiu no seu curto horizonte visual. Trent passou pelo guincho e os cabeços de amarração, desceu mais um pouco e, entre a proa e a meia-nau, encontrou um pedaço de chaminé coberto por corais. Uma arraia-manteiga parecia repousar no convés.

O naufrágio não estava nivelado e sua inclinação obrigava o detetive a descer cada vez mais. A uns 20 metros de profundidade, os pedaços do *Comandante Manoel Lourenço* começaram a surgir mais visíveis por todos os lados. Na penumbra as dimensões são ilusórias e os olhos podem ser enganados, mas Trent vislumbrou as duas caldeiras, pedaços de costado e seções de mastro num fundo arenoso, mais plano. Desceu, penetrou no casario por uma abertura lateral e, na cabine de comando, teve sua atenção voltada para um cabo de aço atravessado no piso. Aproximou-se, ajustou o foco da lanterna e constatou que o cabo brilhava demais para estar ali desde 1927. Agarrou-o e foi avançando, disposto a seguir até o fim da linha. O cabo baixou mais alguns metros, passando sob os eixos, e o detetive foi junto. Sua respiração se tornou descompassada, seus movimentos, mais lentos, mas ele continuou indo em frente até alcançar o corpo das hélices, onde terminava o cabo enrolado em uma pá. Sem muita visibilidade, olhou ao redor e, cerca de 10 metros adiante, percebeu uma mancha escura que mais lembrava a parte superior de uma catedral gótica. Bateu as pernas, num último esforço, e ao chegar perto identificou uma imensa mão brotando de um banco de areia.

Não teve gás para olhar duas vezes. O nitro dos cilindros estava no fim e o medo de sofrer uma narcose interrompeu seus movimentos. Subiu rápido à superfície e percebeu que estava a quase 100 metros do saveiro. Ernesto levou o barco até ele, que substituiu o cilindro, pegou a câmera fotográfica e tornou a desaparecer, alheio às perguntas e advertências dos companheiros. As ondulações da água e uma camada de lodo em suspensão — decorrente da sua movimentação no mergulho anterior — reduziram-lhe drasticamente a visibilidade. Ainda assim, circundou algumas vezes a mão direita do Cristo, fotografando-a por vários ângulos.

Quanto retornou ao saveiro, foi recebido por olhares curiosos de Ernesto e Robson Formiga, que aguardavam pelas notícias do fundo do mar. Indiferente à expectativa dos dois, o detetive passou a se desfazer do equipamento de mergulho, parecendo concentrado no impacto da própria descoberta. O barqueiro o observou e comentou:

— Você está tremendo! Que houve?

— Está se sentindo mal, Sherlock? — emendou o rapaz.

— Me bateu uma sensação de pânico — disfarçou Trent.

— Dê graças a Deus por estar vivo! — voltou Ernesto.

— São mais de 30 metros de profundidade! Esse mergulho foi uma irresponsabilidade!

Trent permanecia sentado no convés, tentando esconder suas emoções enquanto descalçava os pés de pato.

— Penetrou no navio? — indagou o barqueiro.

— Está todo desmantelado.

— Já foi dinamitado várias vezes por caçadores de naufrágios.

— Fotografou alguma coisa? — indagou Robson.

O detetive lançou um olhar de repreensão ao assistente, que não insistiu na pergunta.

— O mar está engrossando — alertou Ernesto. — Acho melhor voltarmos...

O detetive fez um sinal de aprovação e retirou-se cambaleante para um banho de água doce. O choque da revelação ainda estremecia sua sólida estrutura. Trent já vinha tremendo desde a casa de Lupércio, quando deduziu que um engenheiro calculista no meio de uma equipe de televisão fazia tanto sentido quanto um cinegrafista trabalhando como mestre de obras. Foi ali, naquele instante, que sentiu o corpo vibrar, empurrando-o na direção do naufrágio. Nunca imaginou, contudo, que iria dar de cara com o Cristo Redentor soterrado em um banco de areia com a mão de fora, uma mão de mais de 3 metros de comprimento que, sob o efeito da agitação da maré, parecia lhe pedir socorro. Sua cabeça girava em espiral, juntando os cacos das suspeitas abandonadas.

O barqueiro recolheu âncora e pôs o saveiro no rumo do cais de Angra. Trent, que se mostrou tão alheio — e irritado — com o falatório de Ernesto na viagem de ida, agora botava pilha no barqueiro, engatilhando uma pergunta atrás da outra. Na verdade, queria mantê-lo ocupado com seus próprios conhecimentos para evitar contínuas indagações sobre o mergulho. Ernesto tagarelava sobre a lenda da Ilha Jorge Grego, amaldiçoada depois que o pirata assassinou seu companheiro de naufrágio e tornou-se amante de suas duas filhas. As filhas fugiram, Jorge Grego enlouqueceu e permaneceu vagando solitário pela ilha até sua morte.

O detetive não ouvia uma só palavra, preocupado com o próximo passo, agora que iniciava para valer sua longa marcha. A primeira ideia que lhe ocorreu foi a de retirar a estátua daquele local e ocultá-la em outro ponto. Regozijou-se ao imaginar a expressão de espanto dos bandidos procurando por ela, mas logo entendeu que tal façanha só poderia ser realizada por um único homem caso ele se chamasse Super-Homem.

Analisando outras possibilidades, o detetive admitiu que anunciar ao mundo o local do cativeiro do Cristo com os sequestradores em liberdade poderia provocar o fim do monumento e talvez dele mesmo. Capturar primeiro os bandidos seria o passo mais indicado para se ver livre de riscos e ameaças. Só que chegar até eles poderia ser uma missão demorada, e o planeta inteiro roía as unhas à espera do retorno da estátua. Não dava para manter aquele tesouro oculto por muito tempo, como fez o grego da ilha. Além do mais, Trent não confiava na sua capacidade de enfrentar sozinho um grupo de cinco chineses, certamente hábeis praticantes de *wushu* e *kung fu*. A contragosto, admitiu a impossibilidade de corresponder ao velho ditado "antes só do que mal acompanhado". Precisaria repartir seu segredo com alguém. Mas quem? Trent tinha nas mãos um pepino do tamanho do monumento.

O saveiro acostou no cais e o detetive acrescentou uma gorda gratificação ao pagamento do barqueiro.

— Entrega uma parte ao comunista — ordenou.

A caminho da pensão, mais sereno, Trent procurou acertar as peças que antes da descoberta chacoalhavam dispersas na sua cabeça. Chong Miao deixara de ser uma incógnita para se tornar o provável responsável pelo esquema de remoção e transporte do Cristo. Era falso o interesse dos chineses por naufrágios: eles estavam à procura de uma área no mar com profundidade suficiente para encobrir o monumento. Quanto à lancha da Petrobras, ou os chineses elaboraram um plano para enganar a empresa com o tal documentário ou colaram seu nome no casco para lhes facilitar as ações. Considerando a reconhecida habilidade dos chineses para falsificar marcas, o detetive ficava com a segunda hipótese.

Robson seguia ao lado do detetive, que caminhava ensimesmado, entregue aos seus pensamentos. O rapaz resolveu provocá-lo:

— Diz aí, Sherlock. O que você encontrou lá embaixo?

— Peixes... Muitos peixes.

— Tá querendo esconder o jogo do seu parceiro de fé? Pode se abrir!

— Encontrei muitos destroços do tal navio!

— Qualé, broder? Pra ver destroços você não ia voltar para pegar uma câmera. Diz aí! O que foi que você fotografou?

— Quer saber mesmo? — Trent falou como se tivesse achado uma conchinha. — A mão direita do Cristo!

O mulato embranqueceu:

— Qual Cristo? O do Corcovado?

— Esse aí! Estava lá caído, de lado, coberto de areia.

— Como é que você sabe que era ele?

O detetive sorriu diante da pergunta:

— Elementar, meu caro Robson. Não conheço mais ninguém que tenha a marca do cravo da crucificação na palma da mão.

Os olhos do rapaz giraram, excitados.

— Ainda bem que você topou procurar pela casa, Sherlock! — Trent ergueu-lhe o polegar. — Quer dizer que essa história de documentarista era papo-furado! Esses chineses filhos da puta sequestraram o Cristo! Não vamos atrás deles?

— Você sabe onde encontrá-los? Se souber, nós vamos...

No quarto Trent ligou o rádio e o televisor, que aluga[ra] para se informar dos últimos acontecimentos no Rio de Ja[-]neiro. O dia passado longe do mundo o deixara literalmen[te] "a ver navios". Uma sensação de alívio lhe percorreu o esp[í]rito ao tomar conhecimento de que não havia do que toma[r] conhecimento, ou seja, os bandidos continuavam sem da[r] notícias. Acomodou-se na cama, anunciou um cochilo e pe[-]diu para não ser incomodado.

— Um cochilo? — reagiu Robson. — Você acaba de [fa]zer uma descoberta igual à do Pedro Álvares Cabral e va[i] tirar um cochilo? Pirou! Tem que voltar pro Rio, Sherlo[ck,] botar a boca no trombone! Agora!

— Estou morto, cara! Vou amanhã de manhã. Pre[ciso] descansar e organizar as ideias. Conhece aquele ditado ch[i]nês: o apressado come cru?

— E quanto ao Cristo?

— Não vai comigo. Meu carro é pequeno — zombou.

— Ele vai ficar lá, debaixo d'água?

— Não estará sozinho. Você vai ficar tomando conta!

— Eu? — assustou-se o rapaz. — Como? Não sei m[er]gulhar. Nem sei nadar...

— Não precisa. Você vai voltar à casa do Lupércio, [pe]dir a ele para hospedá-lo por uns dias e permanecer vi[gi]lante como um farol. Qualquer novidade, você me telefo[na]. Não há Cristo que retire o monumento dali em menos d[e] uma semana.

— O negão vai querer saber por que voltei!

— Diga que quer aprender a letra do hino da Interna[-]cional!

Robson Formiga fez continência na galhofa, jogou a toalha à volta do pescoço, pegou a saboneteira de plástico e saiu pelo corredor atrás de um banho sentindo sua pele mais salgada do que bacalhau seco. Vestiu a melhor roupa, pediu licença a Trent para usar sua colônia e antes de sair comunicou:

— Se vou virar faroleiro, deixa eu dar um rolê no Anjo Azul.

Trent pensou em ligar para Laura, mas estava exausto e confuso. Preferiu deixar para o dia seguinte, quando baixasse a poeira das suas inquietações. Mal o assistente bateu a porta, ele apagou, sem sequer tirar os sapatos.

Capítulo 20

O DETETIVE DEIXOU uma grana na mesinha de cabeceira para as despesas de Robson Formiga, acertou as contas da pensão e pegou a estrada para o Rio antes de o sol nascer. Não gostava de dirigir à noite, marcado, desde a infância, pelo acidente que matou sua mãe na Avenida Brasil. A ansiedade, entretanto, não lhe permitiu esperar pelas primeiras luzes do dia. Estava acelerado e dormira mal, um sono entrecortado por sobressaltos e pesadelos em que se via debaixo d'água asfixiado pela mão do Cristo se fechando como uma tenaz em volta do seu corpo.

As dúvidas sobre o que fazer com sua descoberta permaneciam pingando tal uma goteira em seu crânio. Os detetives particulares estão sempre a serviço de algum cliente que contrata seus serviços. Trabalhando por conta própria, Trent se via na inédita e incômoda situação de ter que decidir sozinho. De cara descartou a polícia.

Depois pensou em Laura, para ajudá-lo a se decidir. Dividir com ela sua extraordinária proeza, antes de comunicá-la ao mundo, seria a mais irrefutável e definitiva prova de amor. Mas Laura era uma repórter, profissionalmente envolvida com o sumiço do Cristo, e Trent não guardava nenhuma convicção de que sua prova de amor seria correspondida com o silêncio, caso ele tivesse que protelar a divulgação da descoberta. Por outro lado, considerava uma grande sacanagem obrigar Laura a se entalar com um furo que consagraria qualquer jornalista. Melhor seria privilegiá-la de outro modo.

Dar o Cristo de presente para a Prefeitura estava fora de cogitação. Trent não confiava nos políticos e tinha certeza de que a máquina de Fagundes iria manobrar para recolher as glórias da descoberta. De jeito nenhum jogaria no colo do prefeito a peça de campanha que garantiria sua reeleição. Quanto a Maicon, seu compromisso com Suelen fazia dele uma alternativa viável se Trent não o considerasse um cangaceiro da pior espécie. Ademais, ainda sentia no lombo as dores provocadas pela súbita dispensa de seus serviços. Sorriu orgulhoso ao antever a reação do deputado quando soubesse que o detetive Jaime Trent havia encontrado o paradeiro do Cristo.

Trent já havia descartado a ideia de somente revelar seu achado depois da prisão dos sequestradores. "Isso pode levar uma eternidade", resmungou baixinho. A reflexão sobre Maicon consolidou sua opção. Se sua descoberta iria acabar desaguando nos veículos de comunicação, por que recorrer a intermediários? Ele foi o autor da façanha, ele merecia as honrarias! Chegaria ao Rio e procuraria uma rede de televisão, onde anunciaria seu feito em horário nobre, talvez em cadeia nacional. Depois, Deus se encarregaria das consequências.

Trent era um homem de ambições modestas, mas sozinho na estrada foi se deixando envolver por pensamentos fantasiosos, e não demorou a se ver sob as luzes da glorificação, sendo recebido pelo presidente da República, comparado à sabedoria de Charlie Chan e ao gênio de Sherlock Holmes. Seu pai ficaria orgulhoso. Perdeu-se em tamanho desvario que, quando olhou o velocímetro, o carro estava a quase 160 quilômetros por hora. Conteve-se e ligou para a irmã.

Trent precisava de um contato que o introduzisse em alguma rede de televisão. Não podia simplesmente chegar à recepção, debruçar-se no balcão da emissora e declarar que havia encontrado o cativeiro do Cristo Redentor. Corria o risco de ser metido em uma camisa de força antes que pudesse se explicar. Apelou então para os bons préstimos da irmã que havia trabalhado em uma pequena empresa de divulgação e conhecia algumas pessoas nas redações.

Sentada em uma mesinha no Mercado de Botafogo, metida em uma roupa clássica de academia de ginástica, Suelen ouviu — pasma — a história do irmão, viu a foto — boquiaberta — e dali mesmo ligou para um dos editores de jornalismo da TV Apolo. O jornalista estava em reunião de pauta e a secretária prometeu que ele retornaria logo que possível.

— Marca o encontro e me avisa! — disse Trent, levantando-se. — Vou estar no celular!

— Vai estar no celular? — Suelen deu uma risada. — Engraçado! Antigamente as pessoas estavam em casa ou no trabalho. Agora vivem no celular. Digo do que se trata?

— Pode dizer. Eles não vão botar nada no ar sem antes me ouvir.

— E se eles não acreditarem?

O detetive abriu o envelope, entregou duas fotografias à irmã e foi para casa deixar a mala e trocar de roupa. Suelen dispensou a malhação e tomou um táxi para a Avenida Atlântica. Encontrou Maicon reunido com seu comitê de campanha. O deputado estranhou a presença da namorada àquela hora, e já se preparava para despachá-la quando percebeu pela expressão da moça que não se tratava de uma visitinha de rotina. Trancaram-se no quarto e Maicon ouviu Suelen maldizer um "bem feito" com os dentes trincados.

— Bem feito por quê, fofinha?
— Você não confiou no meu irmão... Quebrou a cara! Bem feito!
— Não sei do que você está falando.
— Não? Então olha essas fotos! — e jogou-as no colo de Maicon.
— O que é isso?
— A mão direita do Cristo Redentor!
O deputado fixou o olhar nas fotos e foi empalidecendo, desabando lentamente na poltrona.
— Ele... Ele...?
— Descobriu onde está o Cristo! — completou ela.
— Onde? Onde? Onde, pelo amor do meu Padim Ciço?
— Você vai saber. Liga a televisão mais tarde que você vai saber. Jaime vai falar em cadeia nacional — ela girou em torno da poltrona e mudou de tom. — Você fez uma grossa sacanagem com meu irmão ao dispensá-lo daquela maneira! O pobre do Jaime estava tão animado, cheio de planos e sonhos...
Suelen nunca engoliu a atitude de Maicon, que sepultou o projeto do irmão de largar aquela megera neurótica que ela tanto odiava.
— Mas fui generoso com ele — esclareceu o deputado.
— Dei mais dinheiro do que deveria pelos dias trabalhados.
— Dinheiro! Você pensa que pode comprar todo mundo com dinheiro! — Suelen cuspia indignação. — Pois agora acabou, meu amor. Pode dar adeus à sua candidatura.
A moça caminhou até a cômoda, passou a mão na pilha de revistas de moda — onde escolhia seu modelito da posse — e, furiosa, atirou-as na cesta de lixo. Maicon assistiu à cena perplexo, estalou os dedos, cacoete que repetia quando a situação lhe fugia ao controle e perguntou a que horas Trent apareceria na televisão.

— Ainda vamos marcar. O jornalista estava em reunião! — Suelen olhou o relógio e abriu o celular para mais uma tentativa de contato.

Antes que teclasse o primeiro número, Maicon retirou-lhe o aparelho das mãos.

Trent tomava um banho de verdade, capaz de lavar-lhe a alma. Se alguma coisa funcionava naquele velho apartamento cheirando a cachorro e minado por infiltrações, era o chuveiro por cima da banheira. Na pensão de Angra o detetive tinha que se posicionar na linha dos três ou quatro esguichos que desciam desencontrados. Deixou o celular na borda externa da banheira e, enquanto se esfregava, refletia sobre o que dizer na frente das câmeras. Sua timidez seria uma dificuldade a ser vencida e um friozinho já lhe percorria a barriga só de pensar na possibilidade de tropeçar nas palavras. Lembrou-se do pai, sempre econômico no verbo, que lhe aconselhava: "Filho, nunca use duas palavras onde bastar somente uma."

Rita entraria em casa a qualquer momento e Trent antecipava uma sensação de desconforto quando os dois estivessem frente a frente. O detetive receava a reação da mulher, na certa ainda engasgada com sua grosseria ao cortar a ligação e desligar o celular. Mas dessa vez ele também se preocupava com sua reação à reação de Rita. No episódio do telefonema de Angra, o detetive deixou de lado o cidadão cordato e conciliador, revelando-se um novo marido, imprevisível, que no limite da tolerância conjugal seria capaz de chutar o pau da barraca quando o sangue lhe subisse à cabeça.

A descoberta do Cristo renovou-lhe o propósito de deixar a mulher. Não estava seguro, porém, da ocasião mais indicada para lançar seu grito de independência: "Fui!" Como dizia o Gordo Lourival, a separação exige um momento certo, "não pode ser antes nem depois, sob pena de não se concretizar".

Lourival, um especialista em casos de adultério, acumulou ao longo dos anos várias teorias a respeito das relações matrimoniais. Nunca se separe numa sexta-feira — afirmava ele —, a não ser que você já tenha programa para o fim de semana; nunca se separe próximo a datas festivas e emocionais, Natal, Ano-Novo, aniversário dos filhos; também evite separar-se quando estiver às voltas com um grande projeto; você pode acabar perdendo o projeto e mantendo a mulher! Trent incluía-se nesse último item. Suas energias dirigidas para o Cristo não lhe concediam espaços para enfrentar uma interminável discussão entremeada por berros, lágrimas e impropérios. Rita tinha um talento especial para transformar qualquer bate-boca em tragédia grega. O detetive entendeu que não era hora de tocar no assunto, cantarolou uma velha melodia para espantar a tensão — *Free again* — e dirigiu seu pensamento para o andar de cima. Talvez convidasse Laura para acompanhá-lo à emissora.

Lola latiu ao entrar em casa e Trent deixou cair o sabonete. Não demorou e Rita escancarou a porta do banheiro com um gesto teatral e disse, brincalhona:

— Arrá! Apareceu a margarida!!!

Trent repuxou a cortina de plástico, meteu a cara molhada para fora do boxe e viu uma mulher com ares de quem acabara de sair de um "banho de loja", maquiada, cabelos curtos recém-cortados, mãos e pés tratados, blusa de grife e uma expressão jovial que havia tempos desaparecera daquele rosto amargurado.

— O que aconteceu? — perguntou ele, medindo-a de alto a baixo.

— Onde? — ela sorriu, fingindo procurar à volta.
— Foi a alguma festa?
A nova versão de Rita aproveitou a "deixa" para se aproximar:
— Não posso ter me arrumado para você?

Trent recuou para baixo do chuveiro e se pôs a ensaboar o sovaco para afastar qualquer chance de pintar um clima de romance:
— Como você sabia que eu iria chegar hoje? — perguntou, através da cortina.
— Eu não sabia. Pensei muito em nossa relação depois que aquela ligação caiu e você não tornou a ligar.

Trent custava a crer no que acabara de ouvir. A mulher pedia uma trégua hasteando a bandeira branca da reconciliação. Sua transformação na verdade ia muito além do visual: o olhar ganhara suavidade, a voz soava doce e benevolente, o corpo perdera a rigidez quase cadavérica, adquirindo uma sinuosa sensualidade, Rita exibia-se irreconhecível por fora e por dentro. Só que, para Trent, a metamorfose chegava tarde demais. Ele já atravessara seu Rubicão e queimara as pontes que o ligavam à mulher.

Rita encostou-se à lateral da banheira, abriu a cortina e perguntou com uma expressão sedutora:
— Não vai me dar um beijo?

Trent respondeu cobrindo o rosto de espuma. Rita saltou sobre a borda e jogou-se impetuosa nos braços do marido, alheia à água que descia do chuveiro e lhe ensopava a roupa e os cabelos.
— Tenho tanta coisa para lhe dizer, meu amor — ela firmou-se na ponta dos pés, segurou-lhe o rosto com as duas mãos e beijou-lhe a boca. — Pensei tanto em nós dois. Quero ser outra mulher para você e...

O celular tocou, Trent identificou o número de Suelen na tela e por um instante hesitou sobre o que fazer para manter a privacidade da ligação. Rita resolveu o impasse retirando-se do banheiro e fechando delicadamente a porta. O detetive encostou o aparelho no ouvido.

— Diga, maninha! —, mas escutou a voz de Maicon.

— Tenho uma proposta a lhe fazer, meu rapaz. Venha ao meu apartamento agora e traga todas as fotos que você tirou do Cristo. Pode botar o carro na garagem. — E mais não disse.

Trent pulou da banheira e vestiu-se apressado, movido por um duplo interesse: ouvir a proposta do deputado e escapar daquele incômodo assédio da mulher que lhe pegou no contrapé. Abriu a porta da rua e sentiu os braços de Rita envolvendo-o pelas costas:

— Quero comemorar nosso recomeço, Jaime. Vê se volta a tempo de sairmos para jantar.

— Vou tentar — respondeu ele, sem convicção.

No carro deu quatro murros no volante para extravasar a irritação, dois deles por conta do seu embaraço diante de Rita, outros dois pela ingenuidade da irmã. Debitou a indiscrição de Suelen ao desejo de punir o velho e tentou adivinhar a proposta de Maicon. Talvez oferecesse uma grana preta pelas fotos; talvez pedisse para ser levado ao local do monumento. Mas o deputado também era homem para usar de argumentos convincentes enfiando-lhe um cano de revólver no ouvido e propondo que desaparecesse da cidade. Fosse qual fosse a proposta, Trent tinha como certo que a intenção do deputado era afastá-lo do caminho para se anunciar como o descobridor, primeiro e único, do cativeiro do Cristo.

Maicon recebeu o detetive com um sorriso fraternal, deu-lhe o braço e encaminhou-o para a varanda. Sentaram-se nas cadeiras de ferro, o deputado serviu-lhe uma limonada e indagou se ele ainda tinha na memória o valor prometido caso encontrasse o paradeiro da estátua.

— Duzentos mil dólares! — disse Trent.

— Boa memória, rapaz! — inclinou-se, pegou uma pasta preta no chão e abriu-a sobre a mesa. — Aqui estão eles!

O detive observou com indiferença as notas divididas em maços e deu-lhe uma resposta que surpreenderia a ganância universal:

— Não tenho direito a esse dinheiro, deputado. Ao desistir da busca, o senhor cancelou nosso compromisso.

Fechou a pasta e arrastou-a de volta a Maicon, que sorriu e pousou a mão carinhosamente sobre a do detetive.

— Você não entendeu, Jaime — devolveu a pasta. — Estou lhe pagando pelas fotos.

— Elas não estão à venda, deputado — reagiu ele com firmeza.

Maicon enrubesceu e apertou as mãos de Trent:

— Diga-me uma coisa — baixou a voz, controlando-se.

— Quanto é que você acha que vale a vida da sua irmã?

— Suelen não tem nada com isso, deputado!

— Se não tivesse, não estaria com as fotos do Cristo. Mas não se assuste. Ela está em casa bem protegida por dois seguranças que vão liberá-la tão logo você me entregue o material.

Foi a vez de Trent corar. Sua jugular inchou e ele teve ímpetos de saltar da cadeira para esganar Maicon. Poderia fazê-lo com uma das mãos apenas, caso não houvesse três gorilas encarando-o na porta de saída. Tirou o envelope pardo do bolso do paletó e jogou-o sobre a mesa.

— Bom rapaz — gemeu Maicon, espalhando as fotos à sua frente. — Bom rapaz, mas péssimo fotógrafo! Estas fotos estão uma porcaria!

Trent respondeu com a respiração arquejante:

— A câmera não tinha qualidade, a visibilidade era pouca e havia muita areia em suspensão.

— Direi tudo isso à imprensa e generosamente lhe darei os créditos pelas fotos. Agora me mostra o local exato do Cristo e não tente me enganar...

Tremendo de raiva o detetive rabiscou as coordenadas em uma folha de papel que Maicon ergueu, segurando-a pelas pontas e admirando-a acrescentou.

— Vou anunciar minha descoberta com todas as letras na televisão. Sua irmã ainda está tentando um contato com o tal editor da TV Apolo. Suelen não parece ter muito prestígio no meio jornalístico.

— Talvez seja por causa do namorado dela — Trent não resistiu a uma estocada.

Maicon fingiu não ouvir a provocação.

— Caso Suelen não consiga o contato, irei direto ao dono da emissora. Ele não se recusará a receber o futuro prefeito, que estará lhe entregando, com exclusividade, a melhor notícia deste século. Louvado seja meu Padim Ciço!

Levantou-se, e com um gesto de mão despachou o detetive:

— Não esqueça o dinheiro que você mereceu — disse, apontando para a pasta.

No instante em que o detetive cruzou pelos capangas e meteu a mão na maçaneta, Maicon lhe fez uma última advertência:

— Suponho que você não seja louco de chegar lá fora e me desmentir... Ou é?

Trent apoiou a testa no volante do carro e chorou feito criança. O deputado mais uma vez destruiu seus sonhos, tomando de suas mãos o "chicotinho queimado" que ele tanto se empenhara para encontrar. Deus não é justo ou deve estar ocupado com outras coisas, murmurou, assoando o nariz. Respirou fundo, pôs-se sob controle e ligou para a irmã. Suelen atendeu aos prantos.

— Jaime querido, me desculpa. Não imaginava que aquele canalha fosse chegar a esse ponto! Ele me ameaçou, tomou meu celular e botou dois brutamontes aqui em casa! Desculpa, meu irmãozinho... Você está muito chateado comigo?

O coração amanteigado de Trent derreteu sob o calor das lágrimas da irmã.

— Ainda há muitos monumentos para serem roubados na cidade — reconfortou-a, meio na troça.

— Estou tão arrependida, Jaime. Posso fazer alguma coisa por você?

O detetive pensou rápido:

— Pode! Maicon está esperando seu contato com a televisão. Deixa o velho em banho-maria! Finja continuar procurando pelo jornalista, diga que ele não está na redação, teve que sair, uma emergência, inventa qualquer coisa...

— Se souber que estou mentindo, ele vai mandar me matar! — reagiu ela com a voz chorosa.

— Ele só vai saber se você contar. Preciso ganhar tempo para procurar uma saída.

Diante da ameaça de morte, Trent não se sentia em condições de raciocinar com clareza. Só lhe ocorria pensar no desconforto de prosseguir em sua marcha dentro de um caixão. Saiu atrás de um porto seguro onde pudesse atracar suas aflições.

Capítulo 21

LAURA RECEBEU SEU telefonema com um indisfarçável arrebatamento, e o detetive propôs um encontro em um café no Leblon, longe da área de circulação de Rita. Anoitecia e as luzes do bairro pareciam realçar o brilho no rosto da moça, que perguntou por onde Trent andara depois da madrugada em que comeram pipoca diante do prédio da Prefeitura.

— Estava em uma missão investigatória — respondeu ele, fazendo ar de mistério.

— Podia ter dado notícias. Viajou para onde?

— Quem lhe disse que viajei?

— Esqueceu que nossos carros dormem na mesma garagem?

Trent esboçou um sorriso. A frase de Laura não chegava a ser uma declaração de amor, mas seguramente podia ser entendida como um atestado de interesse. Resolveu fazer um charme:

— Pelo menos ao entrar na garagem você pensava em mim!

A moça desconcertou-se ao dar conta da revelação embutida no seu comentário. Trent aproveitou para avançar suas tropas, informando que antes de viajar havia batido no apartamento dela para se despedir e... "fui recebido pelo seu namorado!"

— Ex! — corrigiu ela. — Deve ter sido no dia em que ele foi pegar suas tralhas.

A correção da moça pingou nos ouvidos de Trent como a gota d'água que transborda o copo, e ele se sentiu encorajado para narrar sua odisseia atrás do Cristo. Veio desde a caixinha de fósforos encontrada no matagal do Corcovado, passando pelas diligências em Angra dos Reis, a suspeita dos chineses, a lancha da Petrobras, o encontro com o negro Lupércio, a farsa do documentário, seu mergulho nos destroços do naufrágio, a espantosa descoberta, até chegar à chantagem do deputado Maicon Moura, ocorrida poucas horas antes. Abastecida por seguidos cafés, Laura acompanhou o relato com a atenção de uma jornalista em serviço para não se perder nas idas e vindas da marcha do detetive. No final, deu a sugestão que lhe pareceu a mais adequada:

— Por que não nos antecipamos ao deputado? Conheço todo mundo na TV Apolo. Vamos lá! Vamos lá agora, e você anuncia sua descoberta! Vai ser uma sensação!

Trent balançou diante da proposta e teve que puxar o freio de mão para travar o "vamos" que lhe subia pela garganta.

— Você promete que depois irá a minha missa de sétimo dia? — disse.

— O deputado é doido, mas tem juízo, Jaime! Se tentar algo contra você, vai acabar distribuindo panfletos de sua campanha na cadeia!

— Você parece que não conhece a Justiça deste país! — fez uma pausa, dobrando um guardanapo de papel. — Esquece, Laura! Não é por aí! Não é só por minha causa. Tem minha irmã também... o homem é violento!

Quanto mais o detetive recuava, mais a jornalista insistia, entre nervosa e impaciente.

— Jaime! Não posso ficar aqui de braços cruzados sabendo onde está o Cristo Redentor! Está todo mundo atrás dele! Preciso divulgar essa notícia! Se não fizer isso, é melhor deixar de ser jornalista e virar vendedora da Avon.

O detetive não se sensibilizou com os apelos da moça. Expressou seu desalento num suspiro e murmurou de olhos baixos, desdobrando o guardanapo:

— Faça como você achar melhor.

Laura refreou seu entusiasmo e baixou o tom:

— Se você não pretende fazer nada, não deveria ter me contado.

— Eu apenas quis desabafar com a mulher que amo e acabei acertando a jornalista.

Laura fitou o detetive com ternura, sobrepôs suas mãos às dele e propôs-lhe outra saída:

— Escuta. Por que então não vamos a Dois Rios e fotografamos o Cristo novamente? Tenho uma câmera submarina poderosa! As fotos vão ficar maravilhosas! Assim como você achou o cativeiro do Cristo, eu também posso ter encontrado. Você não precisa aparecer nessa história. O deputado não sabe sobre nós...

Trent não estava convencido de que o plano daria certo. Suelen era uma linguaruda, falava demais e talvez já tivesse comentado com Maicon do envolvimento do irmão com a moça.

— Não sei, Laura. Ainda estou muito confuso!

— Vamos a Dois Rios, Jaime! Vamos lá e depois a gente vê como é que fica. Seu pai nunca lhe disse que "cobra que não anda não engole sapo"? Vamos! A gente sai amanhã cedinho...

— E se o deputado divulgar as fotos esta noite?
— Divulgo as minhas amanhã! Vamos! É um risco que temos que correr. Vamos... Por favor!

O pedido, sublinhado por um irresistível olhar de súplica, dobrou o detetive. Laura sorriu, ergueu-se num salto, aconchegou o rosto dele entre as mãos e deu-lhe um discreto beijo nos lábios. Marcaram às 5h da manhã no posto de gasolina na entrada do túnel Rebouças e ela desapareceu apressada enquanto Trent botava o guardanapo no bolso e ligava para Robson Formiga.

— Tudo limpo, Sherlock! Sem novidades na terra, no ar e no mar. Estou falando da praia. Não saio daqui nem para comer. Agora mesmo a Selma, filha do Lupércio, foi buscar a janta. Precisa ver que morena, cara! Como é que um mulherão desses tá perdido nesse fim de mundo! Ela vai trazer um cobertor e hoje nós vamos dormir na areia. Tá uma lua de cinema! Pode vir que estou te aguardando! Abração!

*

Pela fresta da porta Trent notou a sala do seu apartamento às escuras. Abriu a porta, cuidadoso, entrou pé ante pé, acendeu a luz e deparou com a mulher de bolsa e casaquinho, sentada no sofá da sala acariciando Lola, que dormia em seu colo. Rita lançou-lhe um olhar de cândida resignação e aguardou por suas palavras.

— Não deu para chegar mais cedo — disse ele.
— Tudo bem, querido. Saímos amanhã — levantou-se, foi até ele, abraçou-o e beijou-o por cima do beijo de Laura.

Capítulo 22

POR VOLTA DAS 3h30 da madrugada, uma patrulhinha da Polícia Militar que fazia ronda percebeu uma jamanta de 15 metros de comprimento parada em frente ao portão principal do estádio do Maracanã. Ali não era área de estacionamento, muito menos de caminhões, e a cena incomum levou os policiais ao local da irregularidade. Podia ser apenas um veículo quebrado, mas nesses tempos de violência convinha não facilitar: engatilharam as armas, desceram do carro e foram se aproximando cautelosos. O caminhão parecia abandonado.

Subiram na carroceria e observaram uma lona parda cobrindo algo que poderia ser o corpo de um homem alto e magro. Levantaram lentamente a ponta da lona e para sua surpresa viram algo semelhante um poste deitado. Puxaram um pouco mais a cobertura e perceberam o desenho de uma unha entalhada na peça. Aquilo não era um poste nem um defunto: era um dedo, um enorme dedo esverdeado!

Meia hora depois o telefone tocou na cabeceira da cama do prefeito, que atendeu na segunda chamada esperando escutar uma voz pastosa. Ouviu dona Albertina.

— Você já está de pé, filho?

— Não, mãe. Estou deitado! — resmungou Fagundes decepcionado — São 4h da manhã e você acaba de me acordar.

— Pensei que já tivessem lhe telefonado.

— O que foi dessa vez?

— Parece que os sequestradores mandaram a prova do sequestro. Está na entrada principal do Maracanã!

A imprensa tratou de espalhar a notícia tendo o cuidado de esclarecer — no primeiro momento — que ela "ainda carecia de confirmação". Como disse o apresentador de uma rádio que transmitia música sertaneja àquela hora, "pelo tamanho da peça, tanto pode ser um gigantesco pênis de concreto como um míssil intercontinental". Os repórteres que davam plantão na porta da Prefeitura deslocaram-se às pressas para o estádio, e junto com eles seguiram a Polícia Militar, a Defesa Civil, o Corpo de Bombeiros, a Guarda Municipal, o chefe de gabinete Jonas, curiosos, ambulantes e todos os demais personagens que frequentam os grandes acontecimentos públicos na Cidade Maravilhosa. Jonas chegou e foi assumindo a coordenação dos trabalhos, ordenando à PM que isolasse o local. Depois gritou pelo megafone:

— Por favor, sigam a orientação da polícia. Afastem-se do caminhão! Não toquem em nada! Ninguém toca em nada. Vamos aguardar a chegada do senhor prefeito!

O carioca nunca primou pela obediência civil, de modo que ninguém saiu do lugar, obrigando a polícia a agir com sua costumeira delicadeza. Fagundes desembarcou do carro discutindo, pelo celular, com dona Albertina, que ligava pela quinta vez para saber se o objeto encontrado era mesmo a prova enviada pelos sequestradores.

— Não sei, mãe! Não sei! Estou chegando ao local agora! Se for, eu lhe aviso!

— Avisa logo que já estou vestida para sair!

O prefeito veio acompanhado do comandante da Guarda Civil e foi recebido por Jonas num excepcional estado de excitação:

— É a prova, prefeito! É a prova!

— O que eles mandaram? — quis saber Fagundes.

— Um dedo do Cristo!

— Qual deles? — perguntou o comandante da Guarda Civil num tom que parecia sugerir que, dependendo da resposta, o caso estaria resolvido.

— É um dedo comprido. Pode ser o indicador, o médio ou o anular...

— Sabe de que mão? — continuou o homem da segurança.

— Isso não interessa — atropelou o prefeito, irritado. — Esses filhos da puta serraram o dedo do Cristo!

— Pior seria a cabeça — consolou-o Jonas.

O jovem oficial de gabinete aproximou-se com um recado dos jornalistas:

— A imprensa quer saber se o senhor vai subir no caminhão.

O prefeito isolou-se a um canto com Jonas, que, além de chefe de gabinete, era amigo de infância e conselheiro político, e perguntou-lhe, baixando a voz, se deveria subir na carroceria. Nesses tempos eleitorais, qualquer movimento em falso pode mudar a direção dos ventos que sopram os votos.

— Qual o problema, prefeito? Vai fundo! O senhor só tem a ganhar subindo nesse caminhão e retirando a lona. É uma cena épica! Vai ser reproduzida em todo o mundo.

Fagundes deu dois passos decididos e foi interceptado por um velho jornalista que dizia representar a imprensa no local. Falando com a autoridade de um líder do Quarto Poder, sugeriu ao prefeito que levasse a jamanta para dentro do estádio.

— Temos que dar ao fato uma dimensão à altura de sua importância! — continuou. — Vamos botar o caminhão no grande círculo e acender todos os refletores do Maracanã!

Fagundes imaginou as arquibancadas lotadas gritando seu nome e logo pensou em concordar. Quanto maior sua exposição na cena da prova, maiores seriam seus dividendos eleitorais. O superintendente do estádio, porém, rechaçou a ideia:

— Não dá para enfiar esta jamanta lá dentro, prefeito. Vai me estragar o gramado.

— Quantas vezes este gramado já foi estragado? Só mais essa vezinha... — insistia Fagundes.

— O senhor é quem sabe. Mas aposto que a opinião pública vai criticá-lo e o senhor perderá muito voto de torcedor...

Torcedor é o que não falta no Rio de Janeiro. Na voz de perder votos, o prefeito recuou e retomou a caminhada, sendo novamente interceptado pelo velho jornalista com outra reivindicação da categoria, que queria os portões do estádio abertos para gravar as imagens do alto das marquises. Fagundes lançou um olhar interrogativo ao superintendente, que, se sentindo o homem mais importante da cidade, assentiu com a cabeça.

Os portões foram abertos e o prefeito permaneceu aguardando que o batalhão de repórteres, fotógrafos e câmeras ocupasse seus lugares. Como é habitual no Rio nessas situações de confusão muita gente entrou de penetra, fazendo-se passar por jornalista. A multidão não parava de crescer à entrada do estádio e os cambistas lamentavam não ser um evento de ingressos pagos. Parte do público que chegara mais cedo dava sinais de impaciência e gritava em coro:

— Queremos ver o dedo! Queremos ver o dedo!

A prova do sequestro explodiu como uma carga de dinamite nos planos do deputado Maicon. Arriado na poltrona dentro do seu pijama listrado e com as fotos do Cristo no colo, Maicon se perguntava o que havia feito de errado para que Deus e o Padim Ciço abandonassem sua candidatura. No instante em que tinha tudo para ganhar o coração dos cariocas, aclamado como o homem que trouxe o monumento de volta, "esses putos desses sequestradores metem esse dedo no meu nariz e me atiram no fundo do poço. Parece coisa feita!"

Nervoso, deprimido, estalando os dedos, Maicon avaliava se ainda valeria a pena ligar para o dono da TV Apolo e pedir passagem para anunciar o local onde se encontrava o Cristo. Por que não? Tal informação seria mais impactante do que a aparição de um dedo e certamente o levaria a disparar nas pesquisas. O deputado ameaçou levantar-se para pegar o telefone quando um novo pensamento lhe atravessou os miolos na direção oposta: a denúncia do local do cativeiro no momento em que o envio da prova sugere o início das negociações poderá fazer com que os sequestradores recuem e cumpram a promessa de destruir a estátua. Quem ficará com o ônus da destruição? Maicon desistiu da ligação e afundou mais uns centímetros na poltrona.

Sem comunicação, Trent e Laura se desencontraram em meio ao rebuliço que se estabeleceu depois da divulgação da notícia. O detetive ainda procurou contato, trancado no banheiro de casa, mas o celular da moça não deu resposta. Naquele momento, Laura estava deitada em decúbito ventral ajudando seu auxiliar a posicionar a câmera sobre a marquise do Maracanã. Trent saiu à sua procura e foi se espremer como um curioso qualquer entre as pessoas que se aglomeravam em frente ao estádio. Sua cabeça girava em torno do dedo do Cristo. Não acreditava que pudesse ser um dedo da mão direita que ele fotografara em Dois Rios. Não haveria tempo hábil para serrá-lo e transportá-lo para o Rio. Um dedo da mão esquerda lhe parecia ainda mais improvável, de vez que, para cortá-lo, os sequestradores antes teriam que desenterrar o monumento e, pelo relato de seu assistente, de prontidão na praia, ninguém se aproximara da área onde o Cristo dormia submerso. Por via das dúvidas, tornou a chamar Robson Formiga para saber se estava a par das novidades.

— Tô sabendo, Sherlock! Seu Lupércio ouviu no rádio e veio me contar. Como é que os caras cortaram esse dedo? Só se fizeram isso antes de enterrar a estátua. Posso garantir que daqui não saiu nem uma unha do Cristo. Maré mansa! Tá tudo na paz.

Sob o foco de um canhão de luz, o prefeito subiu na carroceria do caminhão, parou diante da lona com a solenidade de um mágico ao iniciar seu número, passeou o olhar pelo público, elevou-o às marquises do estádio e foi revelando o dedo esverdeado com o vagar de uma carta chorada no pôquer para que câmeras e fotógrafos pudessem registrar seus movimentos. Com a peça quase totalmente descoberta, Fagundes deu um puxão mais forte, panejando a lona com o gesto clássico dos toureiros, e aguardou as palmas. A galera, porém, em vez de aplaudir, reforçou o coro inicial:

— Queremos ver o dedo! Queremos ver o dedo!

A prova só estava visível para a imprensa que a observava de cima. A massa de curiosos que subia em caixotes, engradados, capôs dos carros e escadas domésticas alugadas por moradores das redondezas não conseguia mais do que uma visão parcial. Desapontado com a reação do público, o prefeito solicitou a dois bombeiros que erguessem a peça. Os bravos soldados do fogo não tiveram dificuldade em pôr de pé o dedo de cerca de 1,80 metro de altura, e a massa então irrompeu em frenéticos aplausos.

No meio da multidão, um casal ao lado de Trent comentou:

— Estou toda arrepiada — disse a mulher. — Pelo menos recuperamos um pedaço do Cristo.

— É verdade — concordou o marido. — Já temos algo para botar no pedestal.

O prefeito ergueu os braços, repetindo o gesto vitorioso dos lutadores, e desceu do caminhão para receber os cumprimentos dos eleitores e do secretariado. Em seguida ordenou a Jonas que enviasse o caminhão para a garagem da Prefeitura, onde seria periciado e ficaria sob vigilância policial, aguardando o desenrolar das negociações.

Os sequestradores acompanhavam a movimentação através de algum cúmplice misturado ao povão, porque, tão logo o prefeito se expôs aos abraços e tapinhas nas costas, seu celular tocou e ele ouviu a voz pastosa:

— Foi um belo espetáculo, prefeito. Viu como somos homens de palavra? Está feliz? Pois nós também queremos ficar felizes como o senhor. Trate de juntar 10 milhões de dólares se quiser receber de volta o monumento.

— Eu não tenho esse dinheiro!

— Então o senhor não vai ter onde colar esse dedo! Passar bem...

— Espera! Posso conseguir, mas preciso de um tempo.

— Vai ter. Vamos dar 15 dias para o senhor reunir essa grana. Mais à frente diremos como será feita a troca. Por enquanto, o senhor vai nos dar um sinal de 1 milhão de dólares como prova do seu interesse pelo monumento. Tem 48 horas para deixá-los em maços de 100 mil, sem numeração sequencial, na caixa coletora de lixo, na calçada em frente ao prédio de sua mãe. Não diga a ninguém nem tente bancar o espertinho, ou detonamos o Cristo e sua velha juntos!

A multidão foi se dispersando com as esperanças renovadas enquanto os ambulantes contavam sua féria e os guardas sopravam seus apitos sem conseguir organizar o trânsito. Os repórteres receberam autorização para gravar as "sonoras" junto à carroceria do caminhão onde o dedo, sob forte escolta, voltou a ser deitado e coberto tal como fora encontrado. Laura concluiu a matéria para a TV Trois num francês irretocável, entregou o microfone a um assistente e dirigiu-se ao detetive, que a aguardava, abrindo os braços:

— Me explica! Me explica o que aconteceu! — pediu ela.

— Também estou atrás de uma explicação — disse Trent, dando-lhe um beijinho na face. — Você que tinha uma visão melhor sabe dizer de que mão era o dedo.

— Não faço a menor ideia. Não será da mão que você viu submersa?

— Pelo que sei, a mão direita continua lá com os cinco dedos!

— Então, por eliminação — brincou Laura —, só resta a mão esquerda!

— Não pode ser. Os sequestradores não teriam tido tempo de desenterrar o monumento e serrar o dedo. — De repente os olhos de Trent brilharam. — A não ser que a mão que fotografei estivesse solta no fundo do mar! Talvez o Cristo tenha sido cortado em blocos. Desse modo, a mão esquerda já estava em poder dos sequestradores!

— Enquanto você fotografava uma mão, eles serravam a outra...

— Só há um meio de saber: voltando a Dois Rios!

— Agora? Agora não posso deixar o Rio de jeito nenhum, Jaime! Preciso acompanhar de perto os desdobramentos dessa negociação! Agora é que essa história vai pegar fogo!

— Ok! Isso me dá tempo para pensar melhor no que fazer.

— Pensa e me fala. — Laura foi se afastando. — Deixa eu ir para o estúdio editar a matéria.

O detetive segurou-a vigorosamente pelos braços, os dois se olharam com paixão e se beijaram com a intensidade dos deuses, sob a proteção da estátua do jogador Bellini.

*

Em seu gabinete o prefeito ouvia uma bronca da mãe, que o chamava de filho desnaturado, inconformada por não ter sido avisada da prova do sequestro. Ele interrompeu a conversa ao receber a informação de que o resultado do laudo do exame no dedo iria demorar porque os técnicos estavam em greve por melhorias salariais. Sentado, com Jonas e o secretário da Fazenda, Fagundes revirava as contas da Prefeitura sem saber de onde arrancar a dinheirama exigida pelos sequestradores. A Igreja Católica já avisara que só poderia colaborar com orações. Os governos federal e estadual ofereceram menos do que uma quantia simbólica, alegando que a responsabilidade era municipal e eles estavam com os orçamentos estourados. Alguns empreiteiros, no entanto, se comprometeram a meter a mão no bolso, desde que a

Prefeitura anistiasse suas dívidas tributárias. A conta estava longe de fechar. Como sempre, Jonas tinha uma sugestão:

— Vamos fazer uma campanha pública, prefeito. É o único jeito! Vamos pedir ao povo que faça doações para que possamos pagar o resgate. Isso foi feito pela Igreja quando da construção do Cristo. A Revolução de 1964 também pediu dinheiro à população. Lembra-se da campanha "Dê ouro para o Brasil"? Recordo que doei uma obturação.

*

Trent relutava em voltar para casa. Chegou a transpor a entrada da garagem do prédio, mas manobrou o carro entre as colunas e seguiu para o escritório. Estava inseguro e assustado diante do comportamento da mulher, que o obrigava a rever os planos de seu "movimento separatista". Ainda desconfiava da transformação de Rita, que lhe parecia tão repentina quanto implausível. Será que vinha realmente das profundezas do seu ser ou não passava de uma encenação, e na primeira frase que ele pronunciasse sobre divórcio, ela deixaria cair a máscara e retomaria o desatino de sempre? Sem querer bater de frente, Trent também não pretendia entrar no jogo de sedução proposto pela mulher. Não haveria uma terceira via? No fundo, o que ele gostaria mesmo é que Rita concordasse serenamente com a separação, quem sabe até o ajudando a fazer as malas e colocando-se à disposição para auxiliá-lo na procura de outra morada. É o sonho de todos os homens na situação do detetive.

No escritório, Trent conectou a internet atrás de imagens que destacassem as mãos do Cristo. A grande maioria das pessoas que subia ao Corcovado jamais havia parado para observá-las, e ele não era exceção. Somente após o roubo se interessou pela história do Cristo e soube algo a respeito de Suas mãos: elas tinham sido as únicas peças — além da cabeça — produzidas fora do Brasil, esculpidas na França pelo artista franco-polonês Michel Podowsky, autor também dos desenhos e maquetes do monumento.

Trent analisou-as lembrando da frase do detetive Charlie Chan que seu pai costumava repetir: "Se quer conhecer bem uma pessoa, observe suas mãos." O Cristo tem uma mão peculiar, com os dedos anular e indicador quase do mesmo tamanho, algo comum nas mulheres, mas raro entre os homens, que costumam ter o anular sempre mais comprido que o indicador. Tal peculiaridade pode ser explicada pelo fato de as mãos que serviram de modelo para o Cristo terem sido mãos femininas, de uma poetisa brasileira.

Os dedos do Cristo são longos. Segundo uma medição tradicional, um dedo é considerado longo quando o comprimento do dedo médio é maior do que a largura da mão — medida 3 centímetros abaixo do mindinho. Nos dedos curtos a palma da mão é sempre mais extensa do que o dedo médio. Dedos longos são característicos de pessoas minuciosas, organizadas, perfeccionistas, que se inclinam para atividades teóricas que exigem calma e serenidade. O detetive achou que as qualificações estavam bem de acordo com o Cristo.

Trent concluiu seu trabalho e permaneceu dando voltas no quarteirão, aguardando a madrugada. Rita dormia cedo, e ele rezou para que Lola não latisse à sua chegada. Antes de enfiar a chave na fechadura, teve o cuidado de espargir um *spray* de ambiente embaixo da porta, para confundir o faro da cachorrinha. De nada adiantou. Rita o aguardava na sala e o detetive só não imaginou que estivesse diante de um *replay* da véspera, porque lhe faltava Lola no colo. Em mais um gesto de atenção para reconquistar o marido, Rita trancara sua filha na área de serviço.

A televisão ligada no canal de jornalismo repetia o noticiário dos acontecimentos no Maracanã, oferecendo a Trent o pretexto salvador para — fixando a vista na telinha — sentar-se no sofá sem se expor aos olhares melosos da mulher. Os dois permaneceram um tempo em silêncio, concentrados na reportagem, até que Rita delicadamente pousou a mão na coxa do marido e perguntou:

— Você acredita nessa prova dos sequestradores?

— Não tenho razões para desconfiar.

— Eles vão pegar essa grana do sequestro e sumir sem devolver o Cristo. Essa prova é falsa!

— Não será o pedaço do Cristo que caiu na Patagônia a caminho de Órion? — Trent não resistiu ao sarcasmo.

Rita virou o rosto na direção do marido — que permanecia de olho na tela —, controlou sua reação e mediu sua resposta:

— Aquele pedaço se quebrou em mil pedacinhos — e acrescentou com ternura. — Não quero mais falar sobre Órion, óvnis, ufologia, essas coisas, querido, porque você não acredita em nada do que digo, reage com ironia e isso nos afasta mais um do outro. Risquei esse assunto das nossas conversas.

Se Trent alimentava dúvidas quanto à transformação de Rita, sua declaração deu-lhe a definitiva certeza de que estava diante de uma nova mulher. Ele poderia imaginar tudo, menos que ela fosse capaz de varrer para baixo do tapete suas indestrutíveis teorias de outros mundos, que sempre defendeu com o ardor de um guerreiro de Órion. Rita esperou por um gesto, uma palavra do marido, enaltecendo sua decisão, mas Trent continuou mudo e imóvel como uma figura de museu de cera.

O prefeito surgiu na telinha e informou que o exame feito no material comprovou a autenticidade da peça, "revestida com pastilhas de pedra-sabão na cor branca esverdeada, de 7 centímetros de lado por 3 de espessura". E concluiu lamuriento:

— O dedo efetivamente é do nosso Cristo Redentor!

Trent retirou educadamente a mão de Rita de sua coxa, olhou-a de soslaio e foi deitar-se no quarto de serviço. Não conseguiu pregar os olhos.

Capítulo 23

A CONFIRMAÇÃO OFICIAL anunciada pelo prefeito botava um ponto final na história. Pouco importava se o monumento estava inteiro ou cortado em blocos, sob as águas da Ilha Grande ou enterrado nas dunas de Cabo Frio, como foi aventado. Em algum momento o Cristo ressurgiria magnífico no alto do Corcovado, Fagundes organizaria uma baita festança para a população e receberia a maior votação de um candidato a prefeito na história do Rio de Janeiro.

Trent experimentava um coquetel de sensações que misturava a expectativa de ver o Cristo de volta ao pedestal com a frustração de ter nadado, nadado e morrido na praia. Se antes procurava por uma saída para enfrentar a chantagem de Maicon, depois que os sequestradores acenaram com a prova, a única saída que lhe restava apontava para a porta dos fundos. Sem vislumbrar qualquer espaço que lhe permitisse continuar em cena, limpou as mãos num gesto simbólico e murmurou: "Eles que são brancos e amarelos que se entendam." Em seguida telefonou a Robson Formiga para informá-lo de que o caso do Cristo Redentor estava encerrado:

— Ficou maluco, Sherlock? O navio vai ter que aparecer para recolher o monumento e eu vou segui-lo até o fim do mundo!

— Pra quê?
— Bem... — o rapaz engasgou — para descobrir o esconderijo dos chineses.
— Pra quê? — repetiu Trent.
— Para botar eles atrás das grades.
— Prendê-los é tarefa da polícia, cara — fez uma pausa. — E você nem teria como segui-los...
— Aí é que você se engana, Sherlock. Vendi a moto e comprei uma traineira.
— Esquece, Robson! A Prefeitura aceitou negociar e a devolução do Cristo é questão de tempo. Não há nada que possamos fazer. Larga isso aí e vem embora...

Para sua surpresa o detetive ouviu o rapaz anunciar que não voltaria mais para o Rio.

— Encontrei o paraíso, Sherlock! Sabe lá o que é isso aqui para um *motoboy* que vivia metido nesse trânsito infernal do Rio? Dois Rios é mais que um Rio! É um sonho! Estou me dedicando à pesca. Vou trazer minha avó e me estabelecer com uma barraca de peixe. Estou até pensando em casar.
— O quê? Casar? Alô! Alô!

A ligação caiu e nem Trent nem seu assistente tentaram retomá-la. As despedidas são sempre dolorosas.

*

O prefeito Fagundes contou as cédulas do sinal do resgate lamentando se desfazer daquele dinheiro reservado para as obras prometidas à população da cidade. A grana foi depositada de madrugada, conforme combinado, na caixa coletora de lixo defronte ao edifício de dona Albertina. Pela manhã cedinho o prefeito recebeu uma ligação da mãe, intimorata guardiã da ordem pública.

— Pode me dizer por que retiraram a lixeira aqui da frente, filho?
— Foi mesmo? — Fagundes fingiu surpresa. — Vou perguntar ao Departamento de Limpeza Urbana...
— Os garis têm que retirar o lixo, não a lixeira! Eu vi de madrugada eles carregando a lixeira numa van que nem era da Comlurb...
— A senhora anotou a placa?
— Era para anotar? Agora estão roubando lixeiras?
— Poucas... — disfarçou o filho.
— Era só o que faltava! Acho bom botar outra. As pessoas andam falando que você só pensa na reeleição e não cuida mais da cidade. Já perdeu oito votos aqui no prédio!

*

"Ajude o Rio a reaver seu protetor", com esta frase a iniciativa da Prefeitura solicitando doações ganhou as ruas, apoiada em uma divulgação maciça pela televisão, em que uma imagem real do Cristo sorria e movia a boca como um boneco de ventríloquo dizendo "obrigado". A campanha espalhou-se pela cidade como um rastilho de pólvora estampada em todos os cantos, trens, ônibus, metrô, barcas, estádios, ginásios, escolas, bares e restaurantes. Não foi esquecido nem o aviãozinho puxando a faixa em sobrevoos às praias do litoral.

As contribuições iniciais, no entanto, não corresponderam a tanta propaganda. Muita gente resistia à ideia de ver seu dinheirinho parar nas mãos dos bandidos. Também era grande a desconfiança quanto ao destino das contribuições. Como disse uma senhora na televisão: "Não confio nessa raça [políticos] em tempos normais, que dirá em época de eleição!" Para afastar suspeitas, o prefeito tratou de instalar dois enormes painéis eletrônicos na Cinelândia e na Barra da Tijuca que informavam a cada minuto o total das contribuições e — mais que isso — anunciava o nome do doador no alto da tela quando o valor era superior a 5 mil pratas. Muitos dos abastados reuniam a família e se postavam na frente do telão de filmadora em punho, aguardando seus nomes surgirem, reluzentes.

Nem assim a campanha deslanchou. Lançada às pressas, sem planejamento adequado, sem locais de arrecadação suficientes, acabou por concentrar as pessoas em meia dúzia de postos, estabelecendo um tumulto dos diabos, agravado por doadores distraídos que apareciam com roupas velhas, brinquedos e alimentos não perecíveis. Preocupado com a desorganização e correndo contra o tempo, o prefeito convocou alguns marqueteiros de renome para mudar a estratégia da campanha, mas foi Jonas, seu leal servidor, quem deu a sugestão mais brilhante.

— Vamos botar o dedo no salão de entrada da Câmara dos Vereadores.

— Em pé? — assustou-se o prefeito.

— Deitado dentro de uma urna de vidro. Vamos deixá-lo em exposição pública! O povo precisa ver o dedo do Cristo para se sensibilizar!

A sugestão de Jonas foi um sucesso, ainda que os candidatos à Prefeitura — Maicon à frente — a considerassem uma peça de propaganda eleitoral. Como de hábito, o carioca expressou seu espírito crítico, e não faltou quem considerasse a iniciativa de mau gosto, de vez que o saguão da Câmara era geralmente utilizado para expor cadáveres de falecidos ilustres. Nas entrevistas, porém, o diligente Jonas tratou de amenizar as críticas, informando que quando criança sua mãe o levou àquele mesmo local para ver um faquir deitado em uma cama de pregos dentro de uma urna de vidro. As filas desciam as escadarias do prédio e se estendiam pela praça. Lá dentro, recepcionistas uniformizadas orientavam o público e recolhiam as contribuições, enquanto cenas de comoção explícita se desenrolavam ao redor da urna. Muitas pessoas se debulhando em lágrimas diante do dedo, rezando em voz alta, formando correntes, algumas se autoflagelando para expiar seus pecados, e não eram poucas as que se atiravam dramaticamente sobre o tampo de vidro e só saíam arrastadas pelos seguranças. No meio da praça, um senhor negro, magro e alto vendia na fila a "Oração do Dedo" feita — sabe-se lá por quem — especialmente para aquele momento de dor e contrição: "Apontai-me o caminho da salvação, ó Cristo misericordioso/ Apontai-me com o dedo que lhe falta as luzes do arrependimento/ Apontai-me..." As doações ganharam velocidade e os números cresceram rapidamente nos painéis eletrônicos.

Trent aguardou alguns dias, à espera de que o movimento diminuísse, para ver o dedo exposto. Não tinha pressa, ao sair de cena se tornara apenas um espectador curioso, e seu interesse se restringia à grande discussão que percorria a cidade: que dedo é esse? As pessoas observavam o dedo dentro da urna, acomodado sobre um arranjo de cetim azul-marinho, e não conseguiam chegar a uma conclusão. Logo uma pesquisa mostrou como estavam divididas as opiniões que apontavam para o indicador (38%), seguido do anular (30%), do mínimo (18%) e do médio (12%), e não faltou quem optasse pelo polegar (2%).

Na fila, descontraído de camiseta e bermudão, o detetive comprou um saco de pipoca e não demorou a ser abordado por um ambulante que oferecia lembranças da ocasião.

Um dedo de borracha sintética que, segundo o vendedor, tinha poderes milagrosos: ao ser enfiado no ouvido por dois minutos, curava o cidadão de todos os males. Havia um dedo-caneta, dedo-abridor de garrafas, dedos ocos para guardar charutos e "a novidade que acabou de chegar": uma haste de madeira de meio metro de comprimento com um dedo na ponta para coçar as costas ou afastar os maus espíritos. Trent não era um homem viajado, não conhecia outras terras, mas duvidava que algum povo superasse o carioca em criatividade e senso de oportunidade. Recusou as ofertas, abriu um jornal e seguiu na fila, que avançava lentamente em função das pessoas que se demoravam junto à urna tentando decifrar o enigma do dedo.

O detetive não conseguiu identificar o dedo entre os quatro possíveis. Nas imagens que havia pesquisado, verificou que os longos dedos do Cristo eram todos iguais na espessura e no corte das unhas — à exceção do polegar, é claro —, distinguindo-se apenas pelo comprimento. Como o dedo enviado pelos sequestradores estava seccionado acima da base, o detetive ficou sem noção do seu tamanho. A incapacidade para distinguir o dedo, contudo, impôs-lhe um desafio. Quem sabe algum outro dedo com uma marca, uma lasca, uma rachadura, não lhe permitiria, por eliminação, reconhecer o dedo da urna? Deixou a Câmara dos Vereadores, pegou o metrô e em cinco minutos estava em seu escritório no Catete. Tornou a abrir o arquivo de imagens do Cristo, previamente selecionadas, e permaneceu um bom tempo repassando-as, avançando e recuando, até que de repente deu um murro que estremeceu o computador.

— É falso! — ergueu-se. — Aquele dedo é falso!

Capítulo 24

TRENT CONFERIU O relógio, calculou que Rita estaria saindo da escola para a reunião de seu grupo intergaláctico, e resolveu arriscar uma incursão ao apartamento de Laura.

A moça abriu a porta com o telefone encaixado entre o ombro e o ouvido. Falava com seu editor em Paris, acertando detalhes da vinda do principal repórter da emissora para a ampla cobertura que pretendiam fazer da devolução do Cristo à cidade do Rio de Janeiro, um acontecimento de repercussão planetária. Sem entender francês, Trent aguardou o fim da conversa e, quando Laura desligou, exclamou na bucha:

— É falso! O dedo é falso!
— Não acredito!
— É falso! Pode crer!
— Como é que você sabe?

Trent a puxou para o sofá, sentou diante dela e pediu sua atenção:

— Simples — ajeitou-se no assento e mostrou-lhe a própria mão, reproduzindo a posição dos dedos do Cristo. — Veja! Os dedos do monumento estão assim, colados uns nos outros. Certo?

Laura observou e concordou: — Certo! —, empertigada nas almofadas. Trent prosseguiu:

— Se os dedos foram esculpidos juntos, só seria possível separá-los ferindo-os na lateral, o que deixaria uma espécie de cicatriz provocada pelo corte! Já viu essas bananas que vêm unidas como irmãs siamesas? É impossível separá-las sem feri-las. O dedo que está exposto na Câmara não tem essa cicatriz...

— Que no caso do anular e do médio deveria aparecer dos dois lados -- acrescentou a moça —, e no caso do mindinho e do indicador, de um lado só.

— Claro! Tanto o mindinho como o indicador têm uma lateral livre. O mindinho só está colado ao anular e o indicador ao médio...

Laura olhou para os próprios dedos alinhados e comentou:

— Mas a perícia autenticou...

— A perícia com certeza foi feita "nas coxas". Os técnicos estavam em greve, trabalharam de má vontade e só se preocuparam com a coloração e o revestimento do dedo!

A moça voltou a observar sua mão e seus olhos piscaram cintilantes:

— Tem razão, Jaime. É isso mesmo! Que sacada incrível!

— Elementar, não? — reagiu o detetive, sentindo-se um Holmes tupiniquim. — Seria pedir demais que você ligasse para o jornalismo da TV Apolo perguntando se eles estariam interessados em anunciar que o dedo é uma farsa?

— Agora? — fez uma pausa nervosa. — Peraí que preciso mandar o fotógrafo correndo à Câmara dos Vereadores...

— Diz a ele para detalhar as laterais do dedo!

Laura percebeu seu celular sem bateria, pediu o aparelho do detetive, instruiu o fotógrafo e voltou-se novamente para Trent, que caminhava em círculos, avaliando os prós e os contras da sua decisão de botar a boca no mundo:

— Tem certeza de que você quer ir à televisão? O tal deputado não disse que iria te matar se você abrisse o bico?

O detetive exibiu um convencido sorriso de canto de boca:

— Ele vai é pular de alegria quando souber que o dedo é falso!

Laura ligou anunciando apenas que "um amigo tinha uma informação sensacional sobre o sequestro do Cristo". Pedro a orientou a chegar uma hora antes do jornal da noite, porque, dependendo do tamanho do furo, "seu amigo pode entrar ao vivo no último bloco". O detetive percebia-se à flor da pele, sentindo o sangue circular em alta rotação, recuperando a energia que o abandonara na última semana. Comunicou a Laura que desceria ao apartamento para trocar o bermudão por um terno e gravata, depois daria um pulo no escritório para pegar imagens do Cristo e a encontraria na recepção da emissora. Deu-lhe um beijo apressado, reafirmou seu amor, desceu e, ao fazer a curva na escada, encontrou Rita abrindo a porta de casa.

Paralisados pela surpresa, os dois permaneceram um tempo olhando para o inesperado até que o silêncio foi cortado pela voz de Laura vindo de cima:

— Jaime! Você esqueceu o celular!

O rosto de Rita transfigurou-se, assumindo uma expressão horripilante. Os cabelos arrepiaram, os caninos cresceram, as orelhas tornaram-se pontiagudas e seus olhos avermelharam, dardejando o ódio das trevas. Poderia ser a mulher de Nosferatu. Num rompante ela entrou em casa, bateu a porta, passou o ferrolho e gritou para todo o prédio ouvir:

— Aqui você não entra mais! Nunca mais!

Trent balançou na escada com o coração a galope enquanto ouvia a cachorrinha uivando de felicidade. Laura desceu alguns degraus cautelosa, olhar assustado, entregou o celular e perguntou o que tinha sido "aquilo"?

— Dona Rita teve um ataque de nervos — comentou, controlando a tremedeira que lhe subia pelas pernas. — Nos vemos na emissora!

Nem por um minuto pensou em entrar em casa. Pelos traços de execração desenhados no rosto da mulher, ela no mínimo iria esquartejá-lo com uma faca de cozinha. Trent disparou para a rua e encontrou a loja de artigos masculinos arriando a porta de ferro. Teve que dobrar seu corpanzil e se esgueirar para comprar umas roupas dignas de sua estreia na televisão. Na pia do escritório lavou-se como pôde, molhou a cabeça e jogou água nas axilas, carregando uma enorme sensação de desconforto pelo flagrante da mulher. Um detetive com sua experiência não podia ser apanhado daquele jeito, como um ladrão de galinhas, mesmo considerando que o desejo de estar com Laura tenha afrouxado seus cuidados. Escaneou algumas imagens e ligou para a irmã:

— Aceita um hóspede para essa noite?
— Que aconteceu?
— Fui posto para fora de casa!
— Parabéns! — emendou Suelen.

Na central de jornalismo da emissora, a moça apresentou Trent a Pedro e os dois olhares se mediram, reconhecendo-se de algum lugar. O jornalista não lembrou nem perdeu tempo tentando lembrar, mas o detetive ainda guardava na retina a imagem de Pedro abrindo a porta do apartamento de Laura, episódio que quase mudou o curso de sua história com a moça. Pedro os levou a uma sala de reuniões e ouviu atento um breve histórico de Trent, que repetiu o que já havia dito antes para Laura, ilustrando suas palavras com as imagens escaneadas.

— Não tem erro, Pedro! — exclamou Laura excitada. — O dedo é falso! Foi uma armação! Vamos denunciar!

— Laura, por favor — ponderou o jornalista, num tom de intimidade. — Isso é muito sério. Não posso tomar essa decisão sozinho.

Pedro pediu licença, retirou-se e convocou alguns editores para uma sala do outro lado da ampla e modernosa Central de Jornalismo. A distância, Trent e Laura observavam pelas divisórias de vidro o grupo conversando e trocando imagens dos dedos do Cristo. Mais um pouco e dois senhores engravatados se juntaram ao grupo. A divulgação da notícia traria consequências de toda ordem para a cidade e a autorização para botá-la no ar deveria contar com o beneplácito dos altos executivos da emissora. Trent voltou o olhar para Laura:

— Por que você não me disse quem era o editor de jornalismo?

— Pra quê? Você deixaria de vir? Continuamos mantendo contatos profissionais.

— Só profissionais?

— Nem lhe respondo.

Pedro voltou informando que a emissora daria a notícia em edição extraordinária, "chamando" para a entrevista de Trent no último bloco do jornal da noite. Depois indicou ao detetive o caminho da sala de estar, onde o entrevistador iria encontrá-lo para sugerir sutilmente que medisse as palavras e não usasse de um tom alarmista na denúncia para evitar um clima de revolta na cidade. A televisão conhece sua força de penetração e trata de controlar as emoções da população, quando quer.

A entrevista foi ao ar quase à meia-noite, e a timidez de Trent o manteve nos limites de uma elegante discrição. Expôs seu ponto de vista, exibiu as imagens da mão do Cristo e respondeu as perguntas com a segurança de quem sabe o que está falando. Não deixou para os telespectadores nenhuma sombra de dúvida quanto à ilegitimidade do dedo.

Ao término do programa, a cidade tremeu e o abalo sísmico só não foi maior porque, àquela hora, boa parte da população estava recolhida. Ainda assim foi possível ouvir desde a Lapa até a Gávea o grito de "Quero meu dinheiro de volta!". Na Cinelândia, um bando de putas, bêbados, drogados, mendigos e notívagos iniciou uma manifestação de protesto, marchando até as escadarias da Câmara dos Vereadores na tentativa de invadi-la para destruir o dedo. Na residência oficial do prefeito o telefone tocou e Fagundes, ao ouvir a voz de dona Albertina, foi se antecipando:

— Já sei, mãe! Não precisa dizer nada! Vai dormir que estou tomando as providências.

A primeira providência do prefeito foi mandar apagar os painéis luminosos que contabilizavam o total de doações. A segunda foi mandar demitir o diretor do Instituto de Pesquisas Minerais. A terceira foi mandar recolher das ruas os cartazes e *outdoors* e cancelar os anúncios veiculados na mídia. A quarta foi mandar desaparecer o mais rápido possível com a urna do saguão de entrada da Câmara Municipal.

— E o que faço com o dedo? — perguntou Jonas.

— Quer saber mesmo? — o prefeito pensou, mas não falou.

Fagundes varou a madrugada em seu gabinete, reunido com os auxiliares mais diretos, discutindo o que dizer aos cariocas quando o dia amanhecesse e a cidade entrasse em funcionamento. Preocupava-o a reação da população diante do dinheiro das doações. Velha raposa política, ele não ignorava que haveria quem o acusasse — Maicon à frente — de ter montado toda aquela impostura para engordar os cofres de sua campanha eleitoral. Após algumas horas de indecisão, o prefeito surpreendeu seus acólitos decidindo-se pela sinceridade.

— Direi ao povo da minha terra que o falso dedo só fez redobrar meu empenho em descobrir o paradeiro do Cristo.

Diria ainda que, se o monumento não fosse encontrado, utilizaria o dinheiro das contribuições na construção de uma nova estátua. Por fim juraria de pés juntos que caso o Cristo fosse descoberto devolveria o dinheiro do povo reajustado a juros de mercado. Nem deu ouvidos a Jonas quando este o avisou de que "haverá uma grande balbúrdia caso o dinheiro seja devolvido, porque nem todas as doações foram registradas e, como se sabe, o carioca não é de guardar recibo".

*

Trent terminou a entrevista, exalou um suspiro de alívio e buscou o olhar de Laura, que por trás das câmeras lhe sorria com gestos de aprovação. Percorreu os olhos pelo estúdio e notou a expressão de admiração que perpassava todos os presentes, desde os técnicos aos diretores da emissora. Um repórter se aproximou solicitando alguns dados pessoais para complementar a matéria que sairia ampliada na segunda edição do jornal impresso. O detetive discorria sobre sua infância no Andaraí indiferente a um fotógrafo que girava à sua volta disparando sucessivos *flashes*. Mesmo admitindo ter sido aprovado no vestibular da televisão, o desconforto de Trent era evidente diante daquela situação em que se via no centro das atenções. Logo ele que, por temperamento e profissão, sempre procurou andar pela sombra.

Na saída topou com meia dúzia de moradores vizinhos da emissora, que apareceram para cumprimentá-lo e admirá-lo de perto, conferindo-lhe um tratamento de galã de novela. Trent distribuiu autógrafos, tirou fotos e, sem saber como se desvencilhar daquela gente, lançou um olhar de súplica para Laura, que o puxou pelo braço anunciando aos presentes que "o detetive tinha outro compromisso". No carro a moça sugeriu que fossem a um restaurante, ideia prontamente descartada por ele que, assustado com a súbita popularidade, preferiu comer no apartamento da irmã, onde estaria a salvo de novos assédios.

Quando o casal chegou, Suelen havia acabado de receber um apaixonado telefonema de Maicon, que, ao tomar conhecimento da notícia do dedo pela tevê, saltou de um estado de estupor para uma incontrolável excitação. Apresentada a Laura, a irmã de Trent mediu-a da cabeça aos pés e abraçou-a, exclamando:

— Esta sim, mano! É uma mulher à sua altura. Logo se vê!

Suelen estava acelerada, exibindo uma animação incomum depois que o namorado implorou por seu perdão, arrependido daquela cena de intimidação e violência. Propôs um brinde a Laura e abriu uma garrafa de um tinto californiano de qualidade duvidosa. Trent pediu uma pizza, os três sentaram-se à volta da mesa e entregaram-se a uma alegre celebração.

— Para um homem frio e analítico, que se orgulha de controlar as emoções, achei você muito nervoso diante das câmeras — provocou a irmã.

— O que você esperava de um cara que estreia na televisão indo ao ar ao vivo? — defendeu-se o detetive. — Eu não tinha o direito de errar!

— Você se saiu muito bem, Jaime — Laura o confortou.

— Só não precisava ficar cruzando e descruzando as pernas o tempo todo.

— Não sabia o que fazer com elas.

— Eu gravei tudo. Vamos ver novamente? — sugeriu Suelen.

Trent se recusou a rever a entrevista. Dar de cara com a própria imagem iria fazer disparar seu espírito crítico, e ele preferiu se poupar de uma sessão de torturas. Suelen então tratou de saciar a curiosidade, perguntando o que havia acontecido entre ele e Rita. O detetive novamente brecou o interesse da irmã, por entender que não era oportuno tocar no assunto naquele momento. Suelen, no entanto, aproveitou a própria pergunta para despejar em cima de Laura toda a antipatia que acumulava pela cunhada. A moça, atônita com o "fuzilamento" inesperado, ouvia em silêncio, sem saber o que dizer. Trent, que já conhecia de cor e salteado o texto da irmã, desligou-se das imprecações e deixou seus olhos escaparem pela janela, voejando até o alto do Corcovado às escuras.

— Em que pensa, Jaime? — perguntou Laura, mais interessada em interromper o falatório de Suelen.

O detetive mantinha um olhar parado no espaço onde deveria estar o monumento.

— Estou pensando em algo que não me ocorreu antes — fez uma longa pausa, como se certificando da correção do seu pensamento. — Por que os ladrões do Cristo iriam enviar uma prova falsa?

Laura respondeu sem pestanejar:

— Para não danificar o monumento!

— Nenhum sequestrador enviaria uma prova falsa. Se é falsa, não é prova...

A pizza chegou, Suelen arrumou os pratos sobre um jogo americano, Laura cortou as fatias, o detetive pagou o entregador e permaneceu de pé, caminhando em círculos, rastreado pelo olhar das duas mulheres.

— Aonde é que você quer chegar, maninho?

— Quero chegar à conclusão de que esses sequestradores não passam de uns bandidos de merda e não têm nada a ver com os chineses que roubaram o Cristo. Aproveitaram o sumiço do monumento para tentar um golpe.

— Como muitos outros tentaram, em ligações para a Prefeitura — acrescentou Laura.

— Mas vou mais longe! — anunciou ele, erguendo o dedo indicador. — Para ter sucesso no golpe do sequestro, esses bandidos precisavam ter prévio conhecimento de que o Cristo não seria devolvido. Como vieram a saber?

As duas permaneceram pensativas como alunas em sala de aula inquiridas pelo professor. Laura arriscou:

— Alguém lhes passou a informação.

— Evidente! O que me faz deduzir que algum chinês que participou do roubo do Cristo deve estar envolvido no falso sequestro.

Dessa vez Laura discordou:

— Não acredito! Por que alguém que rouba o Cristo Redentor iria se envolver com um golpe menor? É a mesma coisa que assaltar o cofre de um banco e depois roubar a carteira da faxineira!

O argumento da moça atingiu em cheio o raciocínio do detetive, que ainda assim deixou uma interrogação no ar:

— Alguma razão deve existir...

Trent sentou-se, espetou um pedaço de pizza e parou o garfo no ar ao escutar o telefone fixo.

— Deve ser a imprensa à sua procura — comentou Laura. — Conheço meus coleguinhas...

Suelen olhou o relógio — 2h18m da madrugada — e atendeu certa de que o compulsivo Maicon chamava mais uma vez, para pedir perdão e manifestar seu amor eterno. Ouviu, no entanto, uma voz burocrática anunciando que o prefeito Alberto Fagundes gostaria de falar com o detetive Jaime Trent.

— O prefeito? — surpreendeu-se ele.

— Por que a surpresa? — brincou Suelen. — Você agora é uma celebridade!

Fagundes foi sucinto. Desculpou-se por ligar àquela hora, disse ter conseguido o telefone da irmã na Assembleia Estadual, cumprimentou-o pela entrevista e pediu-lhe que fosse vê-lo no dia seguinte em seu gabinete.

— Venha a hora que for melhor para você! Estarei aqui o dia todo!

O detetive botou o fone no gancho e permaneceu em silêncio, procurando entender as razões do convite.

— O que ele queria? — perguntou a irmã, aflita.

— Não disse, mas desconfio que quer me oferecer uma condecoração em nome da cidade — retrucou sarcástico.

— E você vai topar? — Suelen endureceu a voz. — Vai topar? Vai sair numa foto ao lado do prefeito? De que lado você está afinal, Jaime? Virou famoso e mudou de lado?

— Acha que não devo ir ao encontro?

— Claro que não! O prefeito vai usá-lo para se promover. Você não pode fazer isso com o pobre do Maicon. Nem com ele, nem comigo. Onde estão suas crenças, seus valores, seu espírito de família?

Laura notou que a discussão entre os irmãos ameaçava incendiar o ambiente e tratou de usar seu extintor:

— Depois você explica ao Maicon que apenas atendeu a uma solicitação do prefeito. Que o encontro não teve nada a ver com eleição. Foi puramente profissional!

Trent ainda comia sua pizza, fria.

— Laura, esse tipo de conversa a gente tem com pessoas equilibradas. Maicon é um maníaco-depressivo em alto grau!

— Jaime, não vá ver o prefeito! Você vai matar o velho do coração! — advertiu Suelen. — Ele já botou uma fortuna nessa campanha!

Trent procurou amortecer a indignação da irmã:

— A eleição está ganha, maninha. Só o Maicon sabe onde está o Cristo!

— O Maicon e você!

— E você acha que vou contar para o prefeito?

— Não sei! Você é um ingênuo, Jaime. Não é páreo para os políticos. De repente o prefeito te enrola, te cobre de elogios, oferece as honras da descoberta do Cristo e você abre o bico. Vai ferrar com o Maicon!

— Você faz um péssimo juízo do seu irmão...

— Não vá, Jaime! É só isso que lhe peço! Não vá a esse encontro! Dá uma desculpa e cai fora!

— Não posso fazer isso, Suelen. Não posso me negar a encontrar o prefeito. Ele vai dizer que não estou interessado em colaborar e a cidade não vai me perdoar. Vou passar de herói a vilão em 24 horas!

— Pra mim você já passou! — vociferou ela, dando-lhe as costas e deixando a sala carregando os pratos.

Trent trocou olhares com Laura e reconheceu que não havia mais clima para pernoitar no apartamento da irmã, que iria destampar um palavrório até o sol raiar. Iria dormir em um motel.

— Vou com você! — reagiu ela com naturalidade.

Trent não esperava por tal afirmação tão repentina quanto categórica. Imediatamente substituiu o verbo intransitivo dormir pelo transitivo indireto transar. Em outras circunstâncias seria tudo o que poderia desejar, estaria soltando foguetes, mas ali naquele momento sua cabeça estava mexida demais para inspirá-lo a uma madrugada de amor. Acreditou, porém, que seu tesão pela moça seria capaz de dar conta do recado sozinho.

Já passava das 7h30h da manhã quando o detetive tombou na cama, vencido, e ouviu de Laura a clássica frase com que as mulheres sublinham essas inesperadas impossibilidades.

— Isso acontece... — e beijou-o carinhosamente nos lábios retorcidos pela frustração.

Capítulo 25

TRENT CIRCULOU PELAS dependências do apart-hotel, inspecionando-o, e ao recostar-se na cama para experimentar o molejo do colchão, verificou que dali avistava o alto do Corcovado. Fechou negócio com o corretor. O flat, a meio caminho entre o velho apartamento no Humaitá e a Lagoa Rodrigo de Freitas, concedia ao detetive o privilégio de conversar com o Cristo sem tirar a cabeça do travesseiro. Pena que Ele não estivesse mais lá, lamentou-se, contemplando o pedestal.

Sentado à mesinha da sala, assinando e rubricando as folhas do contrato de locação, o detetive ouviu do corretor:

— Desculpe perguntar, mas não foi o senhor quem descobriu que o dedo do Cristo era falso? — Trent limitou-se a afirmar com a cabeça. — Eu vi o senhor ontem na televisão!

O comentário do corretor era apenas o primeiro dos muitos que Trent ouviria no rastro da repercussão alcançada por sua entrevista na televisão. Sua denúncia foi ao ar com exclusividade na TV Apolo, mas naquela manhã sua voz — gravada — já estava na rádio, sua foto na capa do jornal e sua entrevista no portal da empresa na internet. O detetive não carecia de mais publicidade para ascender ao patamar das celebridades nacionais.

Diferente, porém, da maioria dos mortais, Trent não revelava o menor interesse em pagar o preço da fama, nem com pré-datados, nem com cartão de crédito. Tanto que desligou o celular ao primeiro chamado, de um radialista, pouco antes das 6h da manhã, ainda no motel com Laura.

Ao passar no escritório — depois de deixar o flat —, encontrou a secretária eletrônica saturada de mensagens que não teve saco para ouvir. Mais do que tudo, se preocupava, isso sim, em voltar à antiga residência para pegar suas roupas e pertences, sem dar de cara com Rita.

O detetive assegurou-se de que não queria enfrentar a mulher, nem naquele momento, nem — se pudesse — em nenhum outro. As mulheres são como gatos — sempre caem de pé, como diria seu ídolo Holmes. Ademais, superado o trauma do flagrante na escada, o detetive considerou que seu descuido acabou por precipitar um desfecho ajustado aos seus anseios. A atitude de Rita, além de transferir a iniciativa para ela, o poupou de maiores explicações e evitou as dilacerantes discussões sobre culpa que a mulher certamente incluiria na ordem do dia. Se tivesse planejado, Trent não encontraria melhor solução.

Enfiou a chave e suspirou ao constatar que ela girou no tambor. Rita era mulher de trocar a fechadura no minuto seguinte ao de bater-lhe com a porta na cara. Antes de entrar, por precaução, ligou para o telefone fixo da casa, e do lado de fora ouviu sua própria voz na secretária eletrônica. Abriu a porta vagarosamente, espichou o pescoço e viu a cachorrinha saltar à sua frente arreganhando os caninos como se estivesse diante de um estranho. Imagino o que Rita não falou de mim para ela, pensou ele prendendo Lola na área de serviço.

Em seguida, caminhou pelo apartamento com um olhar de inspeção, acompanhado por uma trilha sonora que alternava os latidos da cachorra com os toques do telefone que acumulava — na secretária — recados de pessoas e organizações à sua procura. Uma das mensagens o convidava a participar de um desses programas sobre crimes, desastres e desgraças, outra o chamava a fazer parte do júri de um programa de calouros. Uma terceira queria contratá-lo para um comercial de eletrodomésticos.

Observando ao redor, Trent percebeu que tudo permanecia nos devidos lugares, à exceção de suas fotos, que sumiram dos porta-retratos espalhados pelos cômodos, um sinal evidente de que Rita estava decidida a riscá-lo do mapa de sua vida. Deu a volta na cama, abriu as portas do armário e constatou que suas roupas haviam desaparecido dos cabides e gavetas. No banheiro, nenhum vestígio de sua presença; não encontrou seus remédios, nem sequer a escova de dentes. Veio-lhe a imagem de um bando de catadores de lixo repartindo suas coisas num monturo da Baixada. Um ladrão juraria que ali moravam apenas uma mulher e um cachorro. Deixou o apartamento carregando um saca-rolha de estimação que fora do pai. Na garagem, o porteiro foi ao seu encontro:

— Dr. Jaime! Sua correspondência!

Trent pegou-as, correu os olhos pelos envelopes e notou que o porteiro permanecia parado ao seu lado como se tivesse algo mais a acrescentar. O detetive o fixou com um olhar inquisidor e o porteiro destravou a garganta:

— Tem também umas malas que dona Rita largou na lixeira junto com umas sacolas... Vou buscar pro senhor.

Trent encheu a mala do carro, bateu-a com força desproporcional e se sentiu no dever de dar uma satisfação ao porteiro, que se transformara numa testemunha involuntária da separação do casal:

— Eu e dona Rita resolvemos dar um tempo — e sorriu amarelo.

O porteiro não alterou uma linha no rosto, mas animou-se a um comentário:

— Minha mulher disse que viu o senhor ontem na televisão. Era o senhor mesmo?

O detetive confirmou, ligou o carro e saiu rapidinho antes que Rita aparecesse e iniciasse um comício para a vizinhança: "Esse cara aqui não presta! Não se deixem levar pela imagem de bom moço! É um canalha sem-vergonha que me traiu com essa piranha do segundo andar. Ele não merece a admiração de vocês, esse crápula."

Trent parou na farmácia para recompor seu estoque de antiácidos e uma senhora de cabeça branca que o viu entrar abordou-o:

— O senhor não estava na televisão ontem à noite? — ele mais uma vez confirmou e a senhora se virou para a amiga. — Não disse que era ele?

— A cidade tem muito que agradecer ao senhor — comentou a amiga. — Nunca pensei que fossem falsificar o dedo do Cristo. Ninguém respeita mais nada! Não sei onde vamos parar!

— Será que o senhor, que é famoso e conhece pessoas importantes, pode pegar a minha doação na Prefeitura? — emendou a outra, entregando um papelzinho amassado com seu nome e endereço.

No imaginário das pessoas comuns, as autoridades e as celebridades vivem em um plano superior ao dos simples mortais, habitam uma espécie de Olimpo onde todos se conhecem e trocam favores. Os funcionários da farmácia foram se agrupando no balcão, alguém tirou uma foto usando o celular, outros fregueses se aproximaram para olhar o herói de perto, uma senhora anunciou para os passantes que "o detetive que descobriu a farsa do dedo está aqui!", começou a juntar gente na entrada, Trent foi vendo a aglomeração crescer e mais do que depressa pediu licença e se escafedeu como um coelho assustado.

— Eu não guardei o seu nome! — gritou a velhinha à sua saída.

— Trent. Jaime Trent! — e desapareceu entre pedestres e transeuntes.

No saguão de entrada do prédio da Prefeitura, o detetive entrou na fila de identificação e não demorou a perceber algumas pessoas cochichando e apontando na sua direção. Por mais que se esforçasse para passar despercebido, sua elevada estatura atraía os olhares naturalmente; fixavam-no sem cerimônia, parecendo querer penetrar na carne, tal um parafuso na madeira. Pelo menos essa era a sensação que acometia Trent.

Um senhor negro, alto, de andar gingado e sapatos bicolor se aproximou e dirigiu ao detetive uma reverência de mestre-sala:

— Permita cumprimentá-lo. O senhor foi brilhante. Eu também sabia que o dedo era falso e me preparava para denunciar. Mas o senhor foi mais rápido. Parabéns!

— Você também percebeu a ausência das emendas no dedo?

— Eu vi mais longe, doutor. Vi com esses olhos que a terra há de comer quando o Cristo saiu voando do Corcovado! Contei pessoalmente ao prefeito, mas ele não me deu crédito. Quebrou a cara!

O homem falava sério e Trent interessou-se por seu testemunho.

— Uma informação dessas custa caro, doutor — sussurrou Toninho Gaveta. — Se quiser pagar duzentas pratas, nós sentamos ali e eu conto tudo.

O detetive não teve tempo de responder. Uma mão o pegou pelo braço e tirou-o da fila, apresentando-se como Jonas, chefe de gabinete do prefeito.

— Vamos subir, detetive Trent! O prefeito o está aguardando. Ele soube que o senhor estava aqui e me incumbiu de vir buscá-lo pessoalmente. Desculpe o transtorno. Não era para o senhor ficar na fila.

Jonas tirou o pão da boca de Toninho Gaveta, que reagiu:

— Vou esperá-lo aqui, doutor! Cuidado com esse prefeito!

No gabinete, aguardando a chegada do detetive, Fagundes recebeu os dados da nova pesquisa eleitoral. Para seu desespero verificou que o deputado Maicon abrira dez pontos de vantagem sobre ele, que, com o fiasco do dedo do Cristo, despencara para o quarto lugar — onde nunca estivera antes. Arrastou o braço sobre a mesa, jogou a papelada no chão e comentou, bufando de raiva:

— Esse instituto de pesquisa está a serviço daquele nordestino miserável.

Ao perceber a chegada de Trent, o prefeito se metamorfoseou, como se tivesse apertado um botão no umbigo e acolheu o detetive, exibindo a face vencedora de um líder das pesquisas. Os políticos são seres especiais capazes de trocar de cara tão rapidamente quanto lhes exigirem as circunstâncias. Dispõem de quatro caras básicas: uma para o poder acima de suas cabeças; uma para seus pares e correligionários; outra para a família e uma quarta para fazer promessas e se "dizerem representantes" do povo. Fagundes levantou-se, circundou a mesa de trabalho e avançou na direção do detetive com a expressão radiante de quem reencontra um velho amigo de infância.

— Trent querido, que bom vê-lo! A cidade só fala em você! — E brincou: — Estou pensando em abrir mão da minha candidatura a seu favor. O que acha?

O detetive desconcertou-se diante da esfuziante recepção. Nunca encontrara o prefeito na vida, nem lembrava do seu primeiro nome. Limitou-se a dizer que não tinha o menor jeito para a política.

— É incrível! — continuou Fagundes, convidando-o a sentar. — É inacreditável que ninguém tenha atentado para o detalhe do dedo!!

— É que as pessoas olham mas não observam — respondeu Trent, agarrando os braços da poltrona tal um passageiro de avião em meio a fortes turbulências.

Repetia-se a cena do estúdio da televisão, com a diferença de que, na emissora os refletores não permitiam a Trent enxergar as pessoas que o espiavam por trás das câmeras. Ali, às claras, era impossível não notar a quantidade de gente que adentrava o gabinete, gente de outras salas, de outros andares, gente que estava de passagem pela Prefeitura, gente da limpeza que apoiava o queixo no cabo da vassoura para admirar melhor o homem que havia desmascarado o dedo divino. Era tanta gente que Fagundes pediu discretamente a Jonas para esvaziar o recinto.

— Acredite, meu caro Trent, a cidade vai lhe ser eternamente grata. Você não faz ideia dos prejuízos que evitou ao desmontar essa farsa. — Fez uma pausa. — Mas sua descoberta não me surpreendeu. Não fosse você filho de quem é!

— O senhor conheceu meu pai?

— Quem não conheceu o nosso Charlie Chan?

O prefeito jamais tinha ouvido falar no detetive Attila, um modesto profissional que não desvendou nenhum caso de repercussão, mas, empenhado em bajular Trent, mandou levantar sua vida e de seus parentes.

— Soube que sua esposa é nossa funcionária — prosseguiu ele. — Mandei promovê-la a diretora da escola. Mas não pense que estou querendo agradá-lo, meu caro. Ela tem um belo currículo para o cargo, não é mesmo Jonas?

O chefe de gabinete não esperava ser solicitado:

— Como? Sim! Claro! É uma funcionária exemplar. Fina, educada, recatada, muito querida por todos. A professora Rita vai dirigir uma escola no Méier!

O prefeito vislumbrou uma chance de fazer mais um afago no detetive:

— Por que o Méier? — perguntou a Jonas. — Não tinha nada mais próximo da residência deles?

— Não precisa — interveio Trent com uma inverdade. — Ela gosta muito do Méier. Passou a adolescência no bairro.

O prefeito bateu com as mãos nos próprios joelhos, como que dando por encerrado o prólogo do encontro, e exclamou:

— Vamos ao que interessa! Chamei você aqui, meu querido, porque quero convidá-lo para assumir a coordenação das buscas do nosso Cristo Redentor. Você é o cara! É o homem certo para o caso certo!

Trent, que nunca pensou grande — apesar de sua estatura —, não imaginou que o prefeito fosse investir tão alto na sua pessoa.

— Mas... a polícia não está trabalhando no caso?

— Ora, a polícia. A polícia pertence ao estado, e o governador é meu adversário político. Não quer me ver reeleito — aproximou-se do detetive e disse em segredo: — Acredita que não avançamos nada nas investigações? Zero! Essa polícia não é de porra nenhuma. Não confio nesses caras. Quero você à frente das buscas!!

Trent agradeceu a confiança, embaraçado, e retrucou:

— O senhor me pegou de surpresa...

— Uma boa surpresa, não? O que um detetive pode desejar mais do que isso? Encontrar o Cristo Redentor! É a glória suprema! Quero nomeá-lo secretário especial. Você toma posse amanhã!

— Um momentinho, prefeito. — Trent ouvia as palavras de Suelen ressoando como um eco na sua cabeça. — Preciso de um tempo para pensar.

— Vinte e quatro horas tá bom? Quarenta e oito? Pense o tempo que achar necessário — Fagundes sorriu —, desde que não vá além das eleições. Você trabalhará aqui na sala ao lado e se reportará diretamente a mim. Só a mim! Pense com carinho e volte o mais rápido que puder. As portas da Prefeitura estão abertas para você!

A frase final era uma espécie de senha para que Jonas franqueasse o gabinete a uma pequena multidão de jornalistas, que avançou aos empurrões como consumidores invadindo loja em liquidação. Trent se assustou e o prefeito tratou de simular surpresa:

— O que é isso, Jonas? O que é isso?

— Parece que o mundo inteiro está atrás do detetive! Não sei quem andou espalhando que ele viria aqui!

O prefeito pediu que Jonas averiguasse e, aproveitando-se da súbita desorientação de Trent, passou a comandar o espetáculo enquanto os fotógrafos disparavam seus *flashes*.

— Vamos ficar de pé — disse discretamente ao detetive. — Agora vamos nos cumprimentar! Vamos sentar e fingir que conversamos! Relaxa, meu caro, sua expressão está muito fechada. Sorria! O mundo veio lhe ouvir, filmar e fotografar. Vamos! Mostre alegria!

Trent seguia as instruções como um autômato. Concluída a sessão de fotos, os repórteres iniciaram as perguntas, todos ao mesmo tempo, do que se aproveitou o prefeito para pedir silêncio e anunciar que a Prefeitura "estava nomeando o detetive Jaime Trent para comandar as buscas ao Cristo Redentor". Trent nem precisou pensar na reação de Suelen para pular do sofá:

— Não é verdade! Não é verdade! — gritou nervoso. — Não tenho nenhum compromisso firmado com o prefeito!

Uma nova saraivada de perguntas feitas simultaneamente não permitiu qualquer resposta. O prefeito já havia alcançado seu objetivo — sair na foto — e assim correu em defesa do detetive:

— Ele vai pensar! Ele vai pensar, pessoal! Ainda não acertamos nada, mas fiquem tranquilos que os senhores serão avisados quando nosso querido Jaime Trent vier a tomar posse na SEBUC — Secretaria Especial das Buscas ao Cristo!

Trent não esperou a sala esvaziar. Suando em bicas, afrouxou o laço da gravata e indagou ansioso:

— Como é que eu saio daqui?

Jonas orientou o jovem oficial de gabinete para conduzir o detetive ao elevador privativo que levava à garagem. Trent escapuliu como se fugisse do inferno. Nem se lembrou de Toninho Gaveta.

O carro oficial protegido por vidros escuros o deixou na casa de Suelen. Queria dar uma satisfação à irmã do encontro com o prefeito para desfazer o mal-estar da véspera, que respingou na cama do motel. Trent não pretendia manter outra frente de ressentimentos — bastava-lhe Rita —, muito menos com sua única parente viva, em quem concentrava seus afetos de família.

Suelen o recebeu com uma expressão debochada:

— E então? Disse ao prefeito onde está o Cristo?

— Não cogitamos disso.

— Não? Ele chamou você para quê? Tomar um chá?

Trent teve de vencer os melindres da irmã. Encarou-a com ternura, esboçou um sorriso conciliador e tranquilizou-a, informando que não aceitara o convite do prefeito para que se tornasse o coordenador das buscas ao Cristo, "com direito a carro oficial e um gabinete ao lado do dele!". Para assegurar a reconciliação adicionou uma inverdade, afirmando que havia dito ao homem, sem nenhum constrangimento, que votaria no deputado Maicon. Suelen desarmou-se, subiu em uma cadeira e deu um beijinho no rosto do irmão.

— Será que não está na hora daquele maluco do seu namorado usar as fotos que me roubou? — indagou Trent, pensando na sua integridade física.

— Ele vai agir. Ele me disse que vai agir! — Suelen olhou o relógio. — Talvez esteja até falando com o dono da televisão.

Trent acariciou o rosto da Suelen:

— Já escolheu o vestido da posse?

Suelen sorriu e cobrou:

— Não vai me contar por que aquela megera o expulsou de casa?

— Agora não dá. A história é longa. Tenho uma entrevista para a BBC de Londres. Digo somente que ela me viu descendo do apartamento de Laura!

— O quê? — Suelen assustou-se. — Ah! Você estava pedindo para levar um pé na bunda!

As mulheres sabem mais sobre os homens do que os homens pensam que sabem sobre as mulheres.

A entrevista no estúdio de Botafogo demorou mais do que o previsto. Laura cumpriu seu papel — apesar de não dominar o inglês com perfeição — e Trent mostrou-se mais relaxado na frente das câmeras; talvez porque não estivesse falando para o Brasil, talvez pela quantidade de vezes em que foi obrigado a recomeçar a gravação interrompida por problemas técnicos. A moça propôs que fossem comer algo e o detetive sugeriu uma comidinha *delivery* em seu flat.

— Você agora vai ficar se escondendo como um bicho do mato? — a moça visivelmente não estava de bom humor.

— Só queria lhe mostrar minha nova residência, amor — respondeu Trent, quase pedindo desculpas.

— Você está é preocupado com o assédio das pessoas, Jaime. Acha que vai entrar no restaurante e elas vão pular em cima de você? Ou vão ficar observando como você mastiga, pega nos talheres? — Fez uma pausa. — Depois do jantar vou conhecer seu apartamento...

O temor do detetive desapareceu no momento em que se acomodou no salão do restaurante de Ipanema. Não notou ninguém cochichando à sua entrada, não percebeu nenhum dedo apontando na sua direção, nem sequer o garçom disse tê-lo visto na televisão. Claro que todos notaram sua presença, mas a alta classe média carioca acostumada a esbarrar em notoriedades adquiriu uma postura iconoclasta que se manifesta através de estudada expressão de fastio e desinteresse. Foi desse modo que as pessoas olharam de relance para Trent, como se não aguentassem mais vê-lo na telinha descobrindo dedos falsos do Cristo Redentor.

Na realidade, era o detetive quem espiava discretamente as pessoas para saber se não estaria cometendo alguma gafe. Sua origem pequeno-burguesa jamais o encorajou a sentar-se em um desses refinados restaurantes da Zona Sul frequentado por gente perfumada e endinheirada que fala aos berros e pontua as conversas com sonoras gargalhadas, como se a vida fosse uma sucessão de piadas. O *maître* lhe entregou a carta de vinhos, e Trent a percorreu sem interesse, tentando lembrar o nome do tinto californiano oferecido pela irmã. Não entendia de vinho, não gostava de bebida fermentada — que lhe provocava azia —, mas espiando de través as outras mesas, constatou que o vinho ali era um indispensável acompanhante das refeições. Laura o percebeu perdido entre os rótulos, pediu licença, pegou a lista, percorreu-a com o dedo e sugeriu um Saint Emillion.

— Que tal?

— Para mim está ótimo — depois brincou. — Eu não vou gostar de qualquer um!

A moça indicou o tinto ao *maître*, voltou-se para o detetive, cravou-lhe os olhos e falou com a veemência de um promotor de justiça:

— Quero que você me diga exatamente onde está o Cristo, Jaime! — Trent recuou na cadeira assustado com o tom categórico da moça. — Amanhã de manhã vou a Angra fotografá-lo e depois vou anunciar sua localização para quem quiser ouvir!

— Uau! O que deu em você?

— Não posso ficar amarrada aos seus temores. Você jogou a toalha, está paralisado pelo medo de ser morto e eu tenho que tocar o meu trabalho! Não posso fingir que não sei de nada. Tem ideia da importância desse furo para um jornalista? Não é uma cachorrinha que desapareceu: foi uma das Sete Maravilhas do Mundo. Vamos! Onde está o monumento? Desenha aqui no guardanapo...

Laura entregou-lhe a caneta e ficou esperando.

— Quando chegarmos em casa, eu faço o mapa com a localização exata — Trent devolveu a caneta. — Mas penso que, se você está decidida, deveria sair daqui do restaurante direto para Angra. Pressinto que o velhaco do Maicon vai se aproveitar do desgaste do prefeito com o falso sequestro para divulgar as fotos!

— Não me conformo que você tenha entregado as fotos a ele! Você se vendeu por um punhado de dólares...

— Você sabe que não foi bem assim. Só quis proteger...

— Tudo bem — ela o interrompeu. — Isso já não me preocupa. Se Maicon se antecipar a mim, quando retornar ao Rio vou à televisão contar como ele conseguiu as fotos.

O detetive franziu o rosto como se uma bomba tivesse estourado na sua frente:

— Você vai denunciar o deputado?

— Por que não? Vou lhe dar um xeque-mate! Denunciá-lo é a melhor maneira de imobilizá-lo. Ou você acha que depois que a história vier a público ele terá coragem de matar a você, a mim, a sua irmã?

— Depois que a história vier a público — repetiu Trent —, a eleição dele estará perdida, seus sonhos destruídos e três cadáveres a mais não farão diferença para ele.

— Sabe qual é seu problema, Jaime? Você é muito racional, muito previdente, para não dizer outra coisa... Amanhã vou a Angra e desvendarei de uma vez por todas esse caso!

Provocado, Trent resolveu mostrar algo mais do que prudência:

— Eu vou com você!

— Negativo. Você vai arrastar uma romaria nos seus calcanhares, e não terei sossego para fazer meu trabalho. Esqueceu que agora você é um cara famoso?

— Vou disfarçado — brincou —, chapéu-coco, bigode, peruca loura, tenho até uns dentes falsos que eram da coleção de disfarces de papai.

Laura enfim sorriu e relaxou:

— Se quiser salvar sua pele é melhor ficar por aqui, querido — olhou-o com doçura.— Pode deixar que lhe atribuirei as honras da descoberta!

Trent abriu um sorriso de menino, Laura levou a taça de vinho à boca e a manteve entre os lábios, fixando os olhos no detetive enquanto "viajava" de regresso ao dia em que foi entregar a cachorrinha de dona Rita. Se alguma cartomante lhe dissesse que iria se apaixonar por aquele tipo grandalhão de expressão melancólica e perfil de urso de desenho animado, que abriu a porta enrolado em uma toalha, ela pediria o dinheiro da consulta de volta. Tudo o que os dois tinham em comum era o boleto de pagamento do condomínio do prédio.

Laura era uma mulher culta e politizada que desenvolvera uma elaborada visão de mundo para muito além dos artigos das revistas femininas. Trent vinha do outro extremo da escala cultural. Um tipo simplório que alimentava o espírito com histórias em quadrinhos e o corpo com a comidinha *fast food* oferecida pelos comerciais de tevê. Dedicava-se à profissão com a determinação de um cão de caça, mas jamais se preocupara em lançar um olhar sobre o muro do seu mundinho pessoal.

Uma lei da física afirma que os extremos se unem, e talvez isso explique a afinidade que os dois encontraram em suas diferenças. A moça discorria, com meiguice, sobre as qualidades que via em Trent. O detetive a ouvia enternecido e calculava a hora de tomar a pílula para disfunção erétil quando um cidadão balofo se ergueu ruidoso e, com o celular no ouvido, anunciou aos berros no meio do restaurante:

— Encontraram o Cristo Redentor!

Capítulo 26

As chuvas que caíram sobre o estado do Rio provocaram deslizamentos de terra na BR-101, deixando apenas meia pista livre em um longo trecho na direção de Angra dos Reis. Às 2h da madrugada, o congestionamento de alguns quilômetros, visto do alto, se assemelhava a uma serpente alumiada avançando lentamente entre o mar e as montanhas.

Um grupo de helicópteros seguia enfileirado, tendo à frente a aeronave da Defesa Civil transportando uma equipe de mergulhadores de elite. Logo atrás, o prefeito com Jonas, outros assessores e mais a mãe, dona Albertina, que fez questão de estar presente no reencontro com o Cristo Redentor. A seguir um helicóptero levando o governador, o representante da Igreja Católica e um punhado de políticos interessados em recolher as migalhas do acontecimento. Laura viajava em um helicóptero alugado pelos correspondentes estrangeiros. Fechando o comboio, a aeronave que conduzia o deputado Maicon, o herói da vez a caminho da consagração definitiva depois de ter exibido a mão do Cristo na televisão. Trent preferiu acompanhar a movimentação no conforto do seu *flat*.

Locutores sensacionalistas comparavam o assalto à Ilha Grande à invasão da Normandia na Segunda Guerra, ainda que ninguém tivesse desembarcado das lanchas, barcos, iates e traineiras que permaneciam ao largo da enseada à espera da chegada das autoridades. Ao anunciar a descoberta, Maicon teve o cuidado de esconder na manga a carta da localização exata da mão — referiu-se vagamente ao antigo presídio —, receoso de que o prefeito se antecipasse e iniciasse a operação de resgate sem sua presença. A honestidade é uma virtude relativa para quem adota a política como profissão. O deputado tinha consciência da repercussão mundial do acontecimento e fazia questão de dar início aos trabalhos pessoalmente, mesmo admitindo que a maioria dos eleitores ali reunidos não votava na cidade do Rio de Janeiro. Durante o voo — que passou orando ao Padim Ciço —, Maicon recorreu aos tranquilizantes para suportar a ansiedade gerada pela aclamação que estava por vir. No helicóptero, seus assessores já o chamavam de prefeito!

Nas areias de Dois Rios, a presença humana crescia como fermento de bolo, assustando os ilhéus, nem todos informados das razões daquele alvoroço. Não demorou e a pequena praia entre os dois rios — 1 quilômetro de extensão — já concentrava uma multidão proporcional a Copacabana na noite do *réveillon*. Nem todos estavam de branco, não havia flores para Iemanjá e, no lugar dos fogos de artifício, possantes holofotes cedidos pela Aeronáutica enfeitavam o céu sem estrelas. A prefeitura de Angra, vendo a oportunidade de faturar algum prestígio — seu prefeito também candidato à reeleição —, tratou de armar uma tenda militar para abrigar e distinguir as autoridades prestes a chegar. Ao lado, um cartaz anunciava a barraca como mais uma obra da municipalidade local. Alguns populares percorriam as ruínas do instituto penal atrás de fragmentos da estátua.

O celular vibrou no bolso da bermuda de Trent, que comia um prato de espaguete refestelado na poltrona diante do televisor.

— Cadê você, Sherlock? — foi perguntando Robson Formiga, excitado diante da agitação inusitada.

— Estou em casa!

— Você não vem?

— Já tem muita gente aí!

— Mas você é o pai da criança!

— Deserdei-a!

— Fala sério, cara! Isso aqui tá uma loucura!

— A mão ainda está lá?

— Tem que estar! Não pintou nada no pedaço!

— Já casou?

— Juntei os trapos. A Selma me perturba o juízo.

— E a traineira?

— Vai de vento em popa. Já comprei até uma pequena câmara frigorífica. Mas amanhã vou ficar no preju. Com a invasão dessa galera, os peixes vão se mandar.

— Avisa se pintar alguma novidade.

— Deixa comigo, Sherlock. Você é meu ídolo!

Maicon elevou a carga de expectativa com um interminável sobrevoo. Enquanto os outros desceram em um terreno baldio próximo à vila, o deputado insistiu em pousar na praia, levando pânico e confusão às pessoas, que se afastavam às pressas para abrir espaço ao helicóptero. A ventania da hélice apagou as velas e arrastou barracas de praia instaladas por ambulantes. Mais alguns minutos e o deputado surgiu na porta da aeronave sob a luz dos holofotes que o iluminavam até as entranhas. De repente o efeito visual, de um brilho intenso, transformou aquele paraibano atarracado em uma divindade baixada dos céus. Em meio ao burburinho geral, era possível ouvir gritos de "é ele! é ele!" ao mesmo tempo que velhas nativas faziam o sinal da cruz.

Maicon caminhou a passos lentos e solenes para a barraca, onde, além do governador, do prefeito e outras autoridades, o aguardava um mapa da região aberto sobre uma mesa tosca, por acaso emprestada pelo negro Lupércio. No mar, um navio da Marinha conduzindo os mergulhadores de elite aguardava ordens para iniciar a operação. O deputado curvou-se meticuloso sobre o mapa e permaneceu observando-o, sem entendê-lo, até que um assessor discretamente lhe informou que o gráfico estava de cabeça para baixo.

O homem saboreava cada segundo de glória indiferente à agonia dos demais. Antes de apontar o local do Cristo, estendeu a vista para o horizonte, como um almirante avaliando as condições do mar, e perguntou com uma ponta de sarcasmo ao prefeito Fagundes:

— É com esse naviozinho que vocês pretendem puxar o Cristo Redentor?

— Nós não vamos retirá-lo agora, deputado.

— Não? E o que viemos fazer aqui então? — ironizou Maicon.

— Antes precisamos saber das condições do monumento debaixo d'água. Só a partir daí planejaremos a operação de resgate.

— Pensei que já fôssemos voltar para o Rio com o Cristo — considerou o deputado, provocando risadinhas furtivas a seu redor.

Sentada a um canto, dona Albertina soltou a língua:

— Com certeza o senhor gostaria de botar o Cristo em cima de um carro do Corpo de Bombeiros e desfilar com ele pela cidade, não?

Maicon não se fez de rogado e lançou um sorriso condescendente para a velha, concordando com seu comentário. Havia certa tensão na barraca, gerada pela presença dos dois candidatos à Prefeitura, pela primeira vez frente a frente.

— Teremos no mínimo uma semana de trabalho para devolver o Cristo ao seu pedestal — previu Jonas.

— Levem o tempo que quiser! — reagiu o deputado, alteando a voz. — O importante é que nossa querida cidade de São Sebastião do Rio de Janeiro terá seu protetor de volta!

— É preciso retirá-lo com muito cuidado para não quebrar, viu, filho? — Dona Albertina voltava a se manifestar do seu canto. — Você sempre foi muito estabanado. Lembra-se daquele abajur de porcelana...

— Mãe! Por favor! — interrompeu-a o prefeito enquanto Jonas servia um cafezinho à velha.

Maicon tornou a se debruçar sobre o mapa, levando as demais autoridades a se curvarem também, na expectativa de que, enfim, ele apontasse o local exato do monumento. O deputado permaneceu observando a carta por um longo tempo, como se não quisesse dividir a exclusividade de sua informação. Até que pediu uma caneta, levantou o braço com exagero e desceu-o de uma vez como uma gaivota em mergulho, riscando um círculo na área próxima aos restos das caldeiras do navio naufragado.

— Aqui está o Cristo! — anunciou, triunfal.

— Posso autorizar os mergulhadores? — indagou, pressuroso, o capitão dos portos.

— Perfeitamente — respondeu Maicon.

— Um momentinho — apressou-se o prefeito. — O deputado não acha que estando o Cristo sob minha responsabilidade, sou eu quem devo autorizar o início das buscas?

— Queira perdoar, prefeito. Fui levado pela emoção de ter encontrado o monumento que o senhor não achou... Apesar de toda a sua responsabilidade.

Fagundes engoliu em seco. Tinha consciência de que, naquele momento, não era bom negócio polemizar com o endeusado deputado, e preferiu seguir o provérbio político que diz: "Não se joga pedra em balão que está subindo." Limitou-se a um gesto autorizando o militar a dar início à operação. Maicon, percebendo o recuo de Fagundes e sentindo-se por cima da carne-seca, resolveu tirar mais partido da situação.

— O prefeito não acha que devemos dar uma satisfação a esse povo todo que está aí fora?

— Já providenciamos um pequeno palanque aqui ao lado — antecipou-se Jonas. — Tão logo recebamos a informação de que o Cristo foi encontrado, o prefeito dirá algumas palavras.

Maicon não gostou do que ouviu:

— Por que o prefeito? Por que não o governador? Ou o representante da Igreja? Ou eu? — concluiu, apontando para o próprio peito.

As autoridades se entreolharam sem saber o que responder. A solicitação do deputado não estava prevista nos protocolos oficiais.

— Se os senhores me permitem — prosseguiu Maicon —, não custa lembrar que estão todos aqui neste momento por minha causa. Creio que mereço alguma consideração por ter descoberto o paradeiro do Cristo Redentor.

O mal-estar foi dissolvido pelo governador ao propor que os dois subissem juntos ao palanque, tirassem par-ou-ímpar para ver quem falava primeiro e se postassem alinhados lado a lado, "sem que nenhum se projete 1 centímetro que seja, à frente do outro".

— Acho melhor traçar uma linha no chão — gemeu dona Albertina de seu canto.

Todos de acordo, o capitão dos portos enfim autorizou as buscas.

Os focos dos quatro holofotes convergiram para a quilha a bombordo do rebocador, e o distinto público pôde acompanhar os mergulhadores em seus trajes negros se jogando, um a um, na água. Dois helicópteros parados no ar mantinham seus faróis inferiores sobre o local. Um contratorpedeiro e mais uma corveta da Marinha permaneciam vigilantes, a distância. Ignoravam-se as razões da presença dos navios da Armada que, de qualquer modo, davam pompa e circunstância ao cenário das operações. No meio do povo da areia, dizia-se que eles estavam ali por questões de segurança nacional, ainda que ninguém acreditasse na possibilidade de aparecer uma esquadra inimiga.

A imprensa não teve seu trabalho facilitado. O coronel da polícia que coordenava a segurança na área estabeleceu para os jornalistas uma distância mínima de 200 metros da área vasculhada, sob o argumento de que "poderia haver uma explosão, pois o fundo do mar esconde insondáveis mistérios". Com isso as transmissões perderam qualidade, mas no local o povo da areia conseguia distinguir o movimento das cabeças negras emergindo e submergindo junto ao casco do rebocador. A cada mergulhador que surgia à tona o público levantava, preparava-se para comemorar... e voltava a sentar. Eram tantas as idas e vindas sem sucesso que a multidão foi perdendo a paciência e, aos gritos, resolveu conduzir as buscas: "Vai mais pra direita! Tenta descer um pouco! Chega mais pra frente!"

O dia clareava sem nenhuma novidade que pudesse animar as expectativas. Muita gente dormia esparramada na praia enquanto na barraca a ansiedade aumentava junto com o calor e o cansaço que derretiam as autoridades, já desfeitas do paletó, da gravata e da pose. Maicon mantinha o olhar fixo na área de mergulho, estalando os dedos e movimentando os lábios discretamente em uma sigilosa conversa com o Padim Ciço. Jonas, o único a manter a elegância inicial, fazia os contatos com o rebocador, sugerindo — por orientação do deputado e do povão — que os mergulhadores ampliassem a área de busca. O prefeito Fagundes atendia a dezenas de telefonemas — inclusive do presidente da República —, sempre com uma mensagem de esperança. Dizia a todos que era uma questão de mais cinco, dez minutos para o Cristo ser localizado. No íntimo, porém, Fagundes torcia pelo fracasso da operação, e o motivo da sua torcida estava ali à sua frente com um terço nas mãos e 10 pontos de vantagem na pesquisa eleitoral. O prefeito não tinha muito a escolher: ou fracassava a operação ou sua eleição!

Em casa, Trent deslizava o pão no molho à bolonhesa, seguro de que a mão do Cristo já tinha ido se juntar ao resto do corpo. Ligou para Laura e anunciou, carinhoso:

— Pode voltar para casa, moça!

Laura ergueu a cabeça sonolenta, apoiada na mochila, e resmungou contrariada:

— Eu não aguento mais essa novela!

Jonas aprumou-se e comunicou solenemente a todos na barraca que o chefe da operação no rebocador estava encerrando as buscas por absoluta exaustão dos mergulhadores. O prefeito ergueu um discreto olhar aos céus, Maicon tomou o radiotrasmissor das mãos de Jonas e, angustiado, ordenou que continuassem a procurar. Ouviu do outro lado que não dava para prosseguir: os mergulhadores já haviam percorrido o dobro do espaço demarcado. Acalmou-se e implorou num tom choroso:

— Só por mais meia hora, meia horinha. — Tornou a ouvir que era humanamente impossível continuar por mais um minuto que fosse!

— Um minutinho só! — reforçou dona Albertina, que dormia com a cabeça pendida sobre o peito e lançou a frase no ar, para desespero do filho.

Jonas enrolou o mapa estendido sobre a mesa, as autoridades se ajeitaram dentro das roupas amarfanhadas para aparecer em público e o prefeito bateu nas costas do deputado, recurvado na cadeira.

— Vamos lá fora, deputado!
— Pra quê? — reagiu Maicon, a caminho da depressão.
— Precisamos dar uma satisfação a esse povo!
— Dizer o quê?
— Que o Cristo não foi encontrado e as buscas serão suspensas.
— Precisa de mim pra dizer isso?
— Estamos todos aqui por sua causa.

Trent assistiu pela tevê ao desconforto de Maicon se desculpando diante de uma reduzida e desalentada plateia, justificando que a correnteza deve ter arrastado o monumento para outras águas e prometendo — como não podia deixar de ser — que "encontrarei o Cristo Redentor em algum ponto dessa imensidão oceânica, nem que para isso tenha de consumir o resto dos meus dias".

Para o detetive não restava dúvida de que a peça do Cristo havia sido levada pelo navio dos chineses, em uma madrugada qualquer, enquanto Robson Formiga jazia de bunda virada para a lua, depois de entregar-se aos prazeres da carne com a filha do negro Lupércio nas areias da praia.

As emissoras de tevê voltaram à programação normal e o ex-*motoboy* chamou o detetive para lhe dizer o óbvio:

— A mão sumiu, Sherlock! Não sei como foi isso...

— Eu sei! Deve ter sido na noite em que você apagou depois de trocar a vigilância pelo tesão.

Trent estava tranquilo e de bom humor. O fato de a mão não ter sido encontrada queimava o trunfo de Maicon e o reconduzia ao jogo para correr atrás do Cristo Redentor, sem medo de ser feliz. Não havia mais por que temer o deputado nos seus calcanhares. O detetive desligou a tevê com a sensação de que naquela noite botava um ponto final no capítulo do Cristo na Ilha Grande. Aproveitou a conversa com Robson para abrir uma nova página.

— Uma vez você me disse ter visto uma cabeça do Cristo em um barracão de escola de samba...

— Vi mesmo, Sherlock! Não sei se era de gesso ou de isopor. Foi na época em que a Prefeitura estava pagando por informações relevantes. Eu quis levantar uma grana e...

— Lembra qual era a escola?

Formiga não tinha a menor ideia, viu de relance, não prestou atenção. São muitas as agremiações concentradas na Cidade do Samba para dar vida aos enredos que desfilam no Carnaval do Rio. O detetive retomou suas reflexões debruçado sobre a pia da cozinha, lavando o prato da macarronada, e foi deitar pensando em fazer uma visitinha àquele conjunto de barracões na zona portuária da cidade. Por que não reiniciar sua marcha por outros caminhos? Talvez encontrasse uma pista dos falsos sequestradores, certamente bandidos comuns, e a partir deles poderia chegar aos ladrões do monumento, os chineses de Chong Miao. Daria uma volta maior, é certo, mas, como dizia seu pai, "é melhor comer do que não gosta do que dormir sem cear". Do lugar onde havia uma cabeça pode ter saído um dedo!

Capítulo 27

Não havia qualquer sinal de desapontamento no rosto do prefeito Fagundes diante do insucesso da chamada Operação Dois Rios, pelo menos entre as paredes de seu gabinete. Quando exposto à mídia e ao público externo, no entanto, ele se transformava e exibia com talento a face da desolação. No momento em que um repórter comentou que o fracasso da expedição fez o deputado Maicon descer na gangorra das pesquisas eleitorais, o prefeito soltou um tristonho muxoxo:

— Se foi esse o preço a pagar para ganhar alguns pontos nas pesquisas, preferia ter encontrado o monumento e continuado com meus modestos percentuais. O Cristo é muito mais importante do que minha reeleição!

Uma névoa de desesperança flutuava sobre o Rio. Em meio a seguidas frustrações, a população desiludida se perguntava: por que alguém retiraria o Cristo do pedestal para jogá-lo no fundo do mar? Descartada a hipótese de ter sido obra de um bando de loucos, a resposta mais plausível a circular pela cidade apontava para um ato terrorista de algum movimento radical islâmico interessado tão somente em destruir um dos maiores símbolos da cristandade.

O raciocínio tinha sua lógica, e o prefeito, seguindo o fluxo da opinião pública, não pensou duas vezes para montar uma cerimônia no alto do Corcovado e lançar a pedra fundamental para a construção do novo monumento, que, como disse em seu discurso, "será feito à imagem e semelhança do anterior". Com tal iniciativa Fagundes esperava matar não dois, mas três coelhos, sendo o terceiro um coelho nordestino. Pretendia recuperar a liderança nas pesquisas, resolver o embaraçoso problema das doações que dormiam nos cofres da Prefeitura e — acima de tudo — despachar a candidatura do deputado Maicon para os quintos dos infernos.

A pedra fundamental do prefeito, porém, caiu em sua cabeça. A declaração sobre o início das obras era tudo que o deputado precisava ouvir para sair da depressão. Maicon convocou a imprensa e denunciou que "a construção de um novo Cristo é uma iniciativa precipitada, demagógica, que envolve inconfessáveis interesses político-eleitorais".

— Trata-se de uma irresponsabilidade do sr. Fagundes abandonar as buscas quando se sabe que elas foram feitas à noite, em condições adversas e precárias, cobrindo apenas uma pequena área no entorno do local indicado. Quem me assegura que o Cristo não está 200, 300 metros adiante, ou nas costas da África? Qualquer esforço para recuperá-lo terá um custo mais baixo do que reconstruí-lo. Já chega de mexer no bolso do contribuinte! O monumento foi arrastado pelas correntes marítimas e eu exijo o prosseguimento das buscas!

Uma enquete popular revelou que 72 por cento dos cariocas avalizavam a proposta do deputado. Em Brasília, o presidente da República, impressionado com os números da pesquisa e preocupado em valorizar sua imagem junto à população da cidade, anunciou que o governo federal forneceria todo o apoio necessário — inclusive submarinos — para a Prefeitura reiniciar as buscas. O prefeito não teve para onde correr e ainda ouviu um desabafo de Sua Excelência, que lhe disse, ao telefone, não aguentar mais as insinuações de governos estrangeiros sobre a incapacidade do Brasil para encontrar uma estátua do tamanho de um avião. As orelhas de Fagundes ardiam e o presidente disse mais:

— O mundo inteiro vem se oferecendo para colaborar na procura do monumento. Até Uganda! Até Uganda, prefeito! Estamos passando um atestado de incompetência para o mundo! O Cristo não é uma agulha, nem o Brasil um palheiro! Por favor, retome as buscas!

A pedra fundamental foi abandonada no alto do morro.

*

Ao cair de pau no prefeito, o deputado procurava salvar sua pele eleitoral. Não estava nem um pouco preocupado com as buscas nem com o dinheiro do contribuinte. Com sua manobra diversionista, Maicon acertou em cheio as hostes adversárias, matando não três, mas quatro coelhos: constrangeu publicamente o prefeito, obrigando-o a recuar de sua decisão; desviou a atenção do seu fracasso em Dois Rios; transferiu para o prefeito a responsabilidade de encontrar o Cristo, "por toda essa imensidão oceânica", e — melhor de tudo — economizou a grana que desembolsaria para cumprir a tal promessa feita na Ilha Grande.

Reconciliado com a vida, deitado em sua cama *big king extra-large size*, enfiado em um robe de seda amarelo-ouro, o deputado saboreava junto com sua pombinha loura o noticiário dos periódicos que pela primeira vez abriam espaço para elogiar sua conduta. Ainda sentia no lombo, porém, as dores do papelão em Dois Rios e volta e meia um pensamento recorrente lhe atormentava os miolos: por que aqueles mergulhadores filhos de uma égua não encontraram nem sinal da mão do Cristo? Sua mente perseguida logo desconfiou de algum tipo de sacanagem à sua pessoa:

— Será que as fotos não foram montadas? Hoje em dia com a internet é moleza adulterar essas coisas, fofa!

— Esqueceu que Jaime só lhe deu as fotos porque você o chantageou?

— Quem me garante que não foi tudo planejado? Ele estava sem dinheiro, eu lhe havia prometido uma boa grana... Detetive pensa em tudo.

— Que ideia! Por que essa conversa agora?

— Quer saber mesmo? Porque o Cristo só com a mão de fora não pode ter sido levado pelas correntes marítimas.

— Mas você já deu mil declarações dizendo que Ele foi arrastado pelas correntezas!

— Uma coisa é o que eu digo, a outra é o que eu penso.

— Por que, em vez de ficar imaginando besteira, você não contrata o Jaime para acompanhar as buscas da Prefeitura? — E acrescentou: — Ele já fez pesca submarina!

— O que tem a ver? Vai arpoar o Cristo?

— Jaime conhece bem o fundo dos mares...

— Ele não vai topar. Ficou na bronca comigo...

— Tenta, fofinho. Mas precisa andar rápido, porque o prefeito também está atrás dele. Meu irmão tem sido muito requisitado!

Maicon levou um susto e sentou na cama.

— Ele acertou alguma coisa com Fagundes? Acertou?

Suelen respondeu, presunçosa:

— Só não se acertaram porque eu não permiti que ele traísse o meu amor — e deu um beijinho na ponta vermelha do nariz de Maicon.

O deputado virou o polegar para cima em sinal de aprovação e reagiu como bom nordestino:

— Tiro o couro daquele cabra safado se souber que está se arreganhando para a eleição do prefeito!

Naquele momento Trent estava na sede da municipalidade. Fora recusar o convite do prefeito para coordenar as buscas do monumento. Mais do que tudo, não o animava a ideia de trabalhar feito um funcionário público, logo agora que se sentia revigorado e livre de ameaças e chantagens. Diante de Fagundes, no entanto, usou de um argumento irrespondível para justificar sua decisão:

— É uma questão de consciência, prefeito. O deputado Maicon é quase meu cunhado, vou votar nele e não me sentiria à vontade trabalhando para seu principal adversário.

Sem plateia à volta, Fagundes reagiu com compreensão:

— É uma pena. Eu já havia mandado arrumar sua sala.

— No entanto — Trent engrenou uma segunda marcha —, estou pronto para sair à procura dos falsos sequestradores que lhe aplicaram o golpe do dedo.

— Eles não são os mesmos que roubaram o Cristo?

— De jeito nenhum. Se fossem, não iriam enviar uma prova falsa — e repetiu o que Laura lhe dissera na casa de Suelen. — E por que alguém que rouba o Cristo iria se envolver com um golpe menor?

O episódio do dedo do Cristo já havia sido atropelado pelos últimos acontecimentos, mas o prefeito, vislumbrando a possibilidade de obter algum ganho eleitoral, ofereceu a Trent uma recompensa pela captura dos bandidos. Apresentar os marginais à cidade não iria reconciliá-lo de vez com os eleitores, mas certamente poderia fazê-lo subir uns pontinhos nas pesquisas. Além do quê, Fagundes sentia uma necessidade inadiável de mostrar ao presidente da República algum resultado nas suas ações em torno do Cristo. Sua fama de incompetente se espalhava pelo país.

Trent fechou o contrato escondendo uma felicidade de criança diante de um presente de Natal. Sairia atrás dos falsos sequestradores — como havia planejado — e ainda receberia uma gorda recompensa por isso. Era a sopa no mel!

Passou no escritório para levantar alguns dados sobre a Cidade do Samba. No calçadão do Catete, o pipoqueiro que fazia ponto na entrada do sobrado e anotava recados para o detetive lhe disse que nunca vira tanta gente procurando por ele, jornalistas, vendedores, admiradores, pessoas querendo contratar seus serviços. Trent sorriu prazenteiro, sentindo ali que não mais precisaria anunciar seus serviços nos Classificados de sábado. A fama adquirida provocara uma revolução na sua vida profissional e, se antes passava horas contemplando o telefone aguardando que tocasse, agora se sentia mais requisitado do que pediatra em posto de saúde.

Reconheceu que nessas condições não dava para continuar trabalhando sozinho no escritório, recebendo recados do pipoqueiro e da secretária eletrônica. Lembrou-se de Lourival Araújo, o Gordo, com quem estivera no alto do Corcovado na noite das lanternas. O Gordo fora assistente e ex-sócio do seu pai e, apesar de não ser um detetive de muita imaginação, gozava de considerável prestígio entre os colegas por sua capacidade de análise e acuidade mental.

— Topa? — perguntou Trent. — Dividimos os contratos.

— Meio a meio?

— Não! Fico com 60 por cento e você com 40 por cento!

— Meio a meio — insistiu Lourival.

— Porra, Gordo! Estou largando um monte de casos no seu colo. Minhas despesas no escritório vão aumentar...

— Ok! E o Cristo? Entra nesse racha?

— Gracinha! — gozou Trent. — Não quero você nesse caso. O Cristo é meu!

O detetive deu um pulo no *flat*, vestiu uma camisa folgada com estampas de coqueiros, chapéu de palha, óculos escuros, pendurou uma câmera fotográfica no pescoço e partiu para a Cidade do Samba, onde se integrou a uma excursão para turistas estrangeiros.

Trent nunca dera muita atenção ao Carnaval (e nisso se julgava um carioca singular). Talvez por admitir desde cedo que sua cara de pierrô abandonado não combinava com a animação da festa. Mesmo nos tempos de criança, levado pela mãe aos bailes infantis, não havia quem o fizesse sair pulando no meio do salão. Cresceu considerando o Carnaval apenas uma possibilidade para curtir melhor o Rio, que nesses dias — longe da folia — oferecia aos moradores um sossego de cidade do interior. Seu desinteresse, portanto, não prometia nenhuma emoção especial, mas ao bater os olhos na Cidade do Samba foi tomado por uma entusiástica surpresa que lhe valeu uma única exclamação: "Cacete!!"

As fotos que pesquisara na internet não davam ideia das reais dimensões do espaço à sua frente. Um parque temático que poderia, sem nenhum favor, fazer parte de qualquer complexo da Disney. Um cartaz à entrada anunciava: "É Carnaval o ano inteiro." As esculturas e os bonecos gigantes de desfiles anteriores, espalhados pela área central, também não ficavam nada a dever aos seus similares de Veneza e Nova Orleans. Literalmente, um ambiente de fantasia a lembrar uma colorida aldeia de brinquedo, onde tendas, pérgulas e jardins se harmonizavam com grandes estruturas que mais lembravam os antigos estúdios de cinema de Hollywood. Era flagrante a expressão de perplexidade no rosto daquele bando de gringos a que Trent se incorporara como se fosse um deles.

O grupo acercou-se do mestre de cerimônias, um negro falante com belo sorriso de comercial de pastas de dentes, e o detetive, sempre na retaguarda, aproveitou para girar os olhos à procura de algum sinal da escola de samba que preparava o enredo "As Sete Maravilhas Cariocas". Não havia muita coisa à vista, porém. Como nos grandes estúdios americanos, a ação estava por trás dos enormes portões daqueles 14 barracões que circundavam a área central, entre o Morro do Pinto e a avenida que bordejava os armazéns do porto. Trent, contudo, relaxou ao ouvir do mestre de cerimônias que eles iriam caminhar pelas passarelas externas, "para que vocês vejam através das vidraças as diversas oficinas de trabalho do que chamamos de nossa fábrica de sonhos", que o guia traduziu como "*factory of dreams*".

Tudo era monumental na Cidade do Samba e Trent, apesar do seu 1,98 metro, sentia a desproporção imposta pela grandiosidade daqueles espaços. Os portões alcançavam quase 8 metros de altura por 10 de largura para permitir a passagem dos carros alegóricos. No andar superior das 14 edificações — de quatro pavimentos — se estendia uma área de 3 mil metros quadrados, que abrigava os setores de montagem de adereços e armações de isopor. Caminhando com o grupo o detetive descortinou, através de um vão entre os prédios, o Morro do Corcovado, tristonho e cabisbaixo como o trono vazio de um rei deposto. A montanha sem o Cristo perdera sua nobreza.

O mestre de cerimônias avançava pela passarela, esclarecendo a função dos diversos ateliês e oficinas e informando sobre o tema que cada escola desenvolvia para o próximo Carnaval. Ao seu lado o guia de turismo se virava, tentando adequar para o inglês palavras como mestre-sala (*master room?*) e comissão de frente (*front comission?*). À medida que os barracões se sucediam, crescia a inquietação do detetive, alheio às explicações que os gringos ouviam com a aplicação de escolares estudiosos — mesmo sem entender, às vezes. Finalmente, no último prédio, o mestre de cerimônias apresentou a escola que levaria à avenida o enredo "As Sete Maravilhas Cariocas". O detetive mais do que depressa retomou a atenção e enfiou o nariz na vidraça à procura da maior maravilha da cidade, mas seus olhos toparam apenas com uma réplica incompleta do bondinho do Pão de Açúcar. De qualquer modo, pensou, o Cristo não pode deixar de fazer parte desse enredo. O modelo da cabeça da estátua, visto por Robson, tinha que estar em algum lugar!

O grupo prosseguiu caminhando e Trent ficou para trás, fingindo interesse no trabalho da escola. Assim que se percebeu a uma distância segura dos turistas, deu as costas, voltou correndo, abriu uma porta de emergência e desceu ao terceiro andar, onde ficavam as salas de criação e o depósito de moldes, matrizes e fantasias. A espalhafatosa roupa de turista não colaborava para mantê-lo na penumbra e, ao cruzar com uma funcionária, meio afobado, meio desorientado, foi contido pela pergunta: "o senhor quer ajuda?"

— Estou procurrando a banheiros — disse, esforçando-se para parecer um gringo falando português.

— Os banheiros deste andar são privativos dos funcionários — respondeu ela, explicativa. — O senhor vai ter de descer ao segundo andar. Entendeu?

Trent fez um gesto a indicar "mais ou menos", afastou-se simulando mancar de uma perna e aguardou a funcionária desaparecer para recuperar a pressa e os movimentos. Ao final do corredor, parou indeciso, sem saber se seguia à direita ou à esquerda. Dobrou para o lado certo — como os mocinhos dos filmes, quando o roteiro não pede que sejam apanhados pelos bandidos —, avançou mais alguns metros e deparou com uma porta onde se lia: "Depósito." Abriu-a e teve a fantástica visão das maravilhas do Rio concentradas em um mesmo lugar, ainda que retalhadas em partes e peças, como uma maquete do Theatro Municipal, um molde do calçadão de Copacabana, uma seção em isopor de palmeiras imperiais do Jardim Botânico, um enorme croqui da Igreja da Penha e, a um canto, três dedos do Cristo agrupados ao lado de Sua cabeça.

Trent encontrara a ponta do novelo.

Capítulo 28

Os DEDOS ERAM idênticos ao que vira exposto na urna da Câmara dos Vereadores. Sem conseguir contato com Laura, o detetive disparou pela Cidade do Samba, seguindo direto para a casa da moça. Se por acaso desse de cara com Rita, diria uma inverdade, que tinha ido lhe entregar o controle remoto da garagem, e rezaria para que a mulher não fizesse tremer as paredes do prédio. De qualquer modo, havia outro obstáculo a ser superado: precisava arranjar um jeito de subir ao apartamento de Laura sem ser visto pelo porteiro.

— Dona Rita está em casa? — perguntou, como quem não quer nada.

— Ela viajou — respondeu o porteiro.

O detetive conteve um suspiro de alívio e nem procurou saber para onde. Nada seria capaz de separá-la de Lola a não ser suas convicções extraterrestres: Rita devia estar metida em algum encontro intergaláctico. Os ufólogos andavam excitados depois que o fracasso das buscas lhe fortaleceram a hipótese de o Cristo ter sido levado por naves espaciais.

— Disse quando voltaria?

— Depois de amanhã.

Trent armou uma jogada para driblar o porteiro:
— Será que você pode pegar meu dicionário? É um volume grosso, de capa azul. Está na estante da sala.
— O senhor não quer pegar? Ela deixou a chave comigo. Estou dando comida para a Lola.
— Vai você! Tenho problemas com essa cachorra.

O porteiro se dirigiu ao apartamento e o detetive aproveitou para sumir pelos degraus, contente como um menino travesso. Na volta arranjaria outra inverdade para justificar sua ausência da portaria. No meio da escada cruzou com o jornalista Pedro, cumprimentaram-se apressados e Trent logo imaginou que Laura deixara de atender seus telefonemas para ficar à vontade com o amante. Em ocasiões como essa, a imaginação nunca trabalha a favor.

Laura o recebeu sobraçando alguns vestidos.
— Está arrumando o armário? — indagou, com a cabeça lotada de grilos e minhocas.
— Estou arrumando a mala. Vou para Paris — revolveu os cabelos num gesto característico. — Ando muito estressada com tudo isso e...
— Vai com Pedro?
— Eu?
— Por que esse ar de surpresa? Vi o abraço de vocês lá na televisão e acabo de passar por ele na escada — fez uma pausa. — Podia ao menos me informar que vocês haviam voltado...

Laura abriu um sorriso condescendente, envaidecida com a demonstração juvenil de ciúmes, e deu um beijinho nos lábios do detetive:
— Tolinho! Ele veio me trazer a passagem que um contínuo da televisão foi buscar na agência e...

Trent a interrompeu, emburrado:
— Por que o contínuo mesmo não veio trazê-la?

Laura moveu a cabeça com impaciência:

— Jaime, por favor... Se o Pedro continua me cortejando, azar o dele. Meu coração já pertence a outra pessoa.

O ego de Trent estufou, mas ele preferiu se fazer de desentendido:

— Eu conheço essa pessoa?

— Melhor do que ninguém.

— Mas você não falou para essa pessoa sobre a viagem.

— Foi decidida hoje pela manhã. Os franceses estão maluquinhos com essas reviravoltas em torno do Cristo...

— Sabia que dá para conversar por e-mail ou telefone?

— Fui eu quem sugeriu a viagem — a voz de Laura endureceu. — Não aguento mais essa loucura. Aquela palhaçada em Dois Rios foi demais. Estou a ponto de ter um troço. Vou aproveitar uns dias para descansar, estar com mamãe, curtir meu filho que não vejo há mais de seis meses...

Trent fez um gesto apaziguador, encostou-se no batente da porta do quarto e cruzou os braços observando o bumbum de Laura arrebitando nos movimentos de arrumar a bagagem na cama.

Perguntou-se como pôde falhar diante daquela escultura de carne e osso. A moça fechou a mala e o detetive a carregou para a garagem. Encontrou o porteiro encostado no seu carro:

— Não achei o dicionário, doutor.

— Depois eu pego — e, diante do flagrante, acrescentou sem graça. — Vou dar uma carona a dona Laura até o aeroporto.

O porteiro reagiu com uma expressão matreira, deixando claro que já sabia do caso entre os dois, proclamado por dona Rita para todos os moradores e empregados do prédio e adjacências.

No caminho, mais calmo, Trent deu início ao relato de sua aventura na Cidade do Samba.

— Não quero saber, Jaime! — cortou a moça. — Não mete mais coisas na minha cabeça! Quero ficar um bom tempo sem ouvir falar em Cristo Redentor!

Laura refletia o estado de espírito da população, que, exaurida em suas expectativas, demonstrava um profundo fastio pelo assunto. No meio da Linha Vermelha, caminhando entre carros em lento movimento, um bêbado expressava aos berros o ânimo dos cariocas: "Quem vier falar comigo do Cristo Redentor vai levar porrada!"

A mídia, sentindo o pulso das ruas, reduziu o noticiário sobre o monumento, e o mundo cessou suas cobranças como que conformado com a inoperância dos brasileiros. Aproveitando-se do esgotamento geral, o prefeito entregou as operações de busca nas mãos de Jonas e foi cuidar de seus programas de propaganda eleitoral gratuita que a campanha oficial estava prestes a começar.

O deputado Maicon, porém, parecia não dar importância à inapetência do povo e decidiu centralizar sua campanha no Cristo Redentor. Encomendou um enorme painel com a foto do monumento, que instalaria como pano de fundo de suas aparições na tevê. Para prefixo musical de suas falas escolheu a musica *Corcovado*. Suelen o advertiu de que a música tinha dono e ele precisaria de uma autorização da família do autor para usá-la em seus programas.

— Autorização? Autorização pra quê? A música taí, tocando em tudo quanto é lugar. Que diabo de autorização é essa?

— Já ouviu falar em direito autoral, amor?

Maicon não tinha a menor ideia do que se tratava, mas escondeu sua ignorância atrás de uma resposta evasiva:

— Por alto...

Suelen adquirira vagas noções sobre o assunto nos tempos em que seu trabalho como divulgadora a aproximou de artistas e compositores.

— Existe uma lei que protege todo trabalho artístico! — prosseguiu ela, professoral. — Se você quiser usar uma música, tem de pagar por ela aos seus autores...

Arte não era exatamente um assunto da intimidade de Maicon, e ele tergiversou:

— Então minha irmã também deveria receber direitos autorais pelas dentaduras. São verdadeiras obras de arte! E dão muito mais trabalho do que fazer uma música!

Suelen não soube dizer se as dentaduras eram protegidas pela lei dos direitos autorais, mas advertiu o namorado de que, se seus inimigos tomassem conhecimento da música utilizada sem autorização, iriam denunciá-lo por roubo e apropriação indébita. Sugeriu ao deputado procurar por uma composição que já tivesse caído em domínio público.

— Caído onde? Não quero uma música que tenha caído seja lá onde for! — protestou ele. — Quero um sucesso!

*

Trent retornou à Cidade do Samba disposto a fazer contatos e perguntas que pudessem orientá-lo na direção dos falsos sequestradores. Sabia, no entanto, que era preciso agir com cautela, andar na ponta dos pés, porque, se o dedo falso partira de lá — como era capaz de apostar —, certamente ele estaria pisando num campo minado. Antes de sair recebeu uma amorosa ligação de Laura informando de sua chegada em Paris e de seu encontro com a mãe e o filho adolescente.

O detetive estava de bem com a vida. Caminhou sem pressa pela área central, curtindo um tênue sol de final de inverno, recostou em um balcão de bar e girou a cabeça num gesto típico de quem faz um reconhecimento de terreno. Viu funcionários transportando enfeites e adereços; mulatas em vestes sumárias rebolando sobre saltos plataforma; costureiras abraçando fantasias brilhando ao reflexo de paetês e lantejoulas, gente entrando e saindo dos barracões carregando um braço, uma perna de gesso, uma águia de isopor, um tigre de papel, um trabalho incessante e dedicado que permitiu a Trent entender por que o Carnaval carioca se tornou o maior espetáculo popular da Terra.

Mediu a distância que o separava do barracão das "Sete Maravilhas do Rio" e se pôs em movimento. Se interpelado, faria um ar de desorientado, alegando ter se perdido do grupo de visitantes. No meio do caminho, porém, teve seu olhar atraído para um banco de jardim onde um negro agitava seus longos braços cercado por um bando de meninos. Parecia contar histórias para a garotada e, pela proeminência de seu queixo, o detetive logo o localizou no arquivo das lembranças: era o homem de sapatos bicolor que o abordara no saguão de entrada da Prefeitura. Um rosto conhecido em uma terra desconhecida é como um porto seguro para um barco — ou um detetive — à deriva. Trent andou até o banco e parou afastado para não interromper a conversa com os garotos que — veio a saber depois — estavam se iniciando na formação de uma bateria mirim.

— Vejam bem! O tamborim marca o ritmo — explicava o negro, cheio de si. — A cuíca dá o suingue; o agogô vai junto com a melodia e o surdo... ah, o surdo! O surdo é o coração da bateria!

— E o mudo? — indagou uma garotinha esperta.

— Que mudo? — retrucou um gordinho ao seu lado.

— Se tem surdo, tem de ter mudo! — voltou ela.

Trent aproveitou-se da risadaria entre os meninos para se aproximar:

— Desculpe-me pelo bolo — disse. — Não deu para voltar.

Toninho Gaveta imediatamente se empertigou no banco, assumindo uma postura altiva. Olhou o detetive de cima para baixo, de baixo para cima, e súbito bateu com a palma das mãos:

— O detetive do dedo falso! — levantou-se. — A que devemos a honra da sua presença?

Trent percorreu os olhos pela garotada e Gaveta entendeu que deveria despachá-la para o ensaio. Sentaram a sós no banco, e o detetive, evitando rodeios e circunlóquios, foi direto ao ponto. O negro lhe pareceu confiável. Qualquer pessoa que dedica parte de seu tempo a crianças não pode ser um pilantra.

— Estou atrás dos caras que falsificaram o dedo do Cristo! Já estive aqui outras vezes, andei por áreas restritas, abri portas proibidas, e desconfio que ele saiu daqui!

O negro olhou para os lados, como que a verificar se estava sendo observado, e não titubeou em afirmar:

— Com certeza!

Trent acomodou-se no banco. A pronta confirmação o persuadiu de que daquele mato ainda sairia mais coelhos:

— Sabe quem armou o golpe?

O detetive mordera a isca, o negro puxou o anzol:

— Vai rolar algum, doutor? Abrir o bico nesse caso pode me custar a vida.

Trent propôs-lhe um trato: daria a ele 20 por cento da grana que receberia da Prefeitura como recompensa pelas informações sobre os bandidos.

— Tem muita burocracia na Prefeitura, doutor — resmungou o negro. — O Carnaval está chegando, tenho de preparar meus garotos... Não dá pra botar algum na frente?

Duas notas de cem pratas animaram Gaveta a prosseguir. Perguntou ao detetive se ele tinha conhecimento da escola de samba que desfilaria com um enredo sobre as maravilhas do Rio.

— Estive ontem no depósito da escola.

— Pois muito bem. Foi desse depósito que saiu o dedo do sequestro fajuto. Foi levado por Arruela, chefe do tráfico daquela favela ali — apontou para o Morro da Providência.

— Alguém mais sabe disso?

Gaveta sorriu, exibindo seu dente de ouro:

— Toda a comunidade sabe, doutor. Até aquele índio ali — indicou um boneco no parque. — Ninguém entrega porque ninguém é maluco. Arruela tem oito mortes no currículo!

— Foi esse tal Arruela quem planejou o golpe?

— Aquilo é uma toupeira, doutor. Não tem cabeça pra isso. Lá no morro correu um papo de que tudo foi planejado por um cara que fez parte do esquema do roubo do Cristo.

— Esse é o cara que nós temos de encontrar! — exclamou Trent.

— Nós vírgula. Só o doutor!

O detetive apalpou a cintura por cima da camisa para confirmar que não havia esquecido o revólver:

— Será que se eu fosse atrás do Arruela...?

— Nem pense nisso, amizade. O morro está em pé de guerra. Tem uma quadrilha da Mineira querendo tomar os pontos de droga. Os tiroteios não têm hora para começar — Gaveta teve uma ideia. — Mas posso falar com meu sobrinho Patrick, que é aprendiz de artesão. Arruela trancafiou o rapaz três dias num barraco da favela para dar acabamento ao dedo. Só não garanto que ele vá se abrir.

O detetive botou mais uma nota de cem pratas no bolso do negro:

— Eu dou um jeito no rapaz, doutor.
— Preciso do nome de toda a quadrilha.
— Toda? Isso vai custar um pouquinho mais...

Trent melhorou a proposta e ofereceu a Gaveta a metade do dinheiro da recompensa. O negro estendeu-lhe a mão:

— Fechado! — depois brincou. — Tá com muito, hein, doutor!

O detetive voltou com uma última advertência:

— Mas, veja bem, Gaveta! Você só vai levar essa grana se me trouxer o nome do cabeça do esquema! Trata de fazer seu sobrinho colaborar!

O negro ergueu-se sorridente e ensaiou uma reverência com um passo acrobático dos seus tempos de mestre-sala:

— Vou à luta, doutor!

Capítulo 29

A CIDADE RECUPEROU sua respiração normal, parecendo conformada em seguir a vida sem seu protetor. Depois de uma semana em Dois Rios, apesar de toda a parafernália cedida pelo governo federal, as buscas não apresentavam nenhum resultado animador. O número de repórteres no local diminuía dia a dia e a cobertura encolhia na mídia, reduzida nos jornais a uma notinha de pé de página. Uma coluna de humor comentou que as notícias sobre a procura do Cristo iriam acabar ao lado do Horóscopo.

Jonas, que coordenava a operação, aconselhou o prefeito a pensar em outra solução ou seria melhor desistir da candidatura, "porque as chances de sucesso são cada vez mais reduzidas".

— O que você sugere? — perguntou Fagundes, sendo maquiado para gravar o programa eleitoral na tevê. — Vamos pedir ajuda ao FBI, Interpol, Scotland Yard? Chamar a polícia secreta israelense?

Jonas cofiou seu bem aparado bigodinho:

— Envolver gente de fora é complicado, prefeito. Vai custar uma fortuna aos cofres públicos e nada nos garante que eles encontrarão o Cristo. Pior! O senhor estará confessando publicamente nossa incapacidade para resolver nossos próprios problemas.

O prefeito afastou a mão do maquiador que lhe passava a esponja no nariz.

— Então fala logo o que você sugere.

— Acho que o senhor deve voltar à pedra fundamental esquecida lá no Corcovado e retomar o projeto de construção do novo Cristo.

— Nem pensar! No primeiro tijolo aquele nordestino safado vai apontar novamente sua metralhadora na minha direção.

— Azar o dele. A opinião pública ficará do seu lado.

— Do meu lado? — o prefeito tornou a afastar a mão do maquiador. — As pesquisas mostraram que o povo não quer saber de um novo monumento!

— O povo muda de opinião como as nuvens de formato — filosofou Jonas. — É preciso abrir um canal de esperança para essa população desiludida. Aposto que, com tal iniciativa, o senhor voltará a liderar as pesquisas.

Fagundes gostou da última frase. Ele se admirava no espelho, virando o rosto de um lado para o outro, e ordenou ao maquiador para retirar o pó embaixo dos seus olhos:

— Deixa aparecer as olheiras — disse. — Se puder passe uma sombra para acentuá-las. Um rosto cansado revela esforço, trabalho, dedicação... o eleitor gosta disso!

— Lembra-se da ideia dos tapumes chefe, abandonada com a notícia do sequestro? — continuou Jonas. — Tenho vários deles prontos para serem usados. Vamos colocá-los ao redor do pedestal para mostrar a seriedade de suas intenções.

— Bota também uns andaimes, como fizeram na construção do Cristo — acrescentou Fagundes. — Vamos cobrir aquele vazio no alto do Corcovado, que tem me tirado muito voto.

O prefeito animou-se com a solução encontrada e encarou o espelho, contendo-se para não perguntar: "Espelho meu, existe um político mais hábil do que eu?" Orientou Jonas a uma consulta à Justiça Eleitoral, para não correr o risco de um novo vexame público com o embargo da obra, e mandou o maquiador reforçar a base de pó na careca, porque sua pele, oleosa sempre brilhava mais do que suas palavras na telinha. Antes de seguir para a gravação, comentou com o auxiliar que iria convidar o detetive Jaime Trent para participar de um de seus programas eleitorais:

— Um só?

— Dois, três, quatro... todos! O homem se tornou muito mais do que um cabo eleitoral — e brincou. — Ele hoje é um major eleitoral!

— Bingo! — exultou Jonas.

*

Trent aproveitou os dias de folga para ajudar o Gordo Lourival na arrumação do escritório, tão bagunçado quanto os de seus coleguinhas dos velhos filmes americanos. Sentia necessidade de dar um descanso à cabeça entregando-se a atividades mais amenas. A espera pelo telefonema de Gaveta o estava deixando nervoso, impaciente, e por dois dias ele circulou entre os bairros da Gamboa e Santo Cristo, de olhos fixos no Morro da Providência, pensando em subir e pegar Arruela à unha.

O Gordo conhecia bem a história da Providência da época em que trabalhou na 4ª Delegacia de Polícia, e contou a um Trent desinformado que os morros cariocas começaram a ser povoados a partir dali, no final do século XIX, com os soldados que retornaram da Guerra dos Canudos.

— Foi lá que surgiu a expressão "favela", nome de um morro no sertão baiano onde viviam seguidores de Antônio Conselheiro.

Trent ouvia com atenção, arrependido por não ter se dedicado mais ao estudo de história do Brasil no colégio. Foi um aluno medíocre na disciplina, e não lembrava da professora discorrendo sobre Antônio Conselheiro. "Devo ter faltado à aula nesse dia", resmungou para si mesmo.

Lourival desaconselhou o amigo a se aventurar pelas vielas da Providência, que já deixara de ser o local tranquilo dos anos em que sua histórica escola de samba — Vizinha Faladeira — conquistou um desfile de Carnaval. Trent menosprezou as advertências do colega, mas foi contido por outro argumento mais forte: a quantidade de tiros que escutou ressoando no alto do morro.

Trent mantinha o escritório com os mesmos objetos da época do pai. Nunca se preocupou em trocar um cinzeiro e até o telefone preto com *dial* — o popular "macaco" — permanecia em cima da mesa, atraindo a curiosidade dos clientes. O único elemento novo introduzido no cenário foi um cavaquinho comprado de segunda mão no dia em que o detetive pretendeu seguir os pendores musicais de Sherlock Holmes com o violino. O instrumento jazia empoeirado na última prateleira da estante.

Se algo havia mudado — e mudou para pior —, foi quanto à organização. Trent não herdara o senso de ordem do velho Charlie Chan e suas pastas jamais voltavam para o arquivo, espalhando-se pela sala, misturadas a recortes de jornais, revistas em quadrinhos, casos de polícia e eventualmente algum relatório do pai da década de 1960, consultado para fins de estudos comparativos. Ele, no entanto, nunca deixara de encontrar um alfinete que fosse, naquilo que chamava de "caos organizado".

Mais surpreendente do que a desorganização só seu desprezo pelas novas tecnologias. "É o profissional que conta!" — alardeava. — "Sou mais o Holmes com seu cachimbo e sua seringa do que qualquer coleguinha montado nessas engenhocas modernosas." O Gordo não compartilhava essa opinião, ainda que bem mais velho do que o colega. Entendia que um investigador contemporâneo recuperou em conhecimentos e recursos técnicos tudo o que perdera em *glamour* da época em que o suspeito era sempre o mordomo.

— Você precisa criar um site, Jaime. Tem um monte de gente que telefona reclamando que não encontra nada a seu respeito na internet.

— Vou providenciar — gemeu Trent com uma expressão de garoto culpado.

— Tem que ampliar o negócio, botar mais gente aqui dentro, aproveitar o momento, cara! A sorte é como um raio, não cai duas vezes no mesmo lugar! Vamos entrar na área de crimes de informática, espionagem empresarial, crimes contra a propriedade intelectual. É isso que dá dinheiro! Chega de ficar procurando gente desaparecida, seguir suspeitos de adultério e adolescentes drogados. Abre essa cabeça, Jaime!

— Chega de sermão, Gordo! — Trent resolveu sair da defensiva. — Qual é o caso em que você está trabalhando?

Lourival abriu uma das pastas que tinha nas mãos:

— Acabei de desvendar uma "infidelidade". A mulher veio nos procurar desconfiada de que o marido tinha uma amante. Pois descobri que o cara tinha três amantes!

— Um Casanova!

— Casanova aposentado! Sabe a idade dele? 75 anos!

— Porra! Deve ser por isso que está faltando Viagra na praça! Onde é que um cara dessa idade consegue ganhar tanta mulher?

— Nos bailes da Terceira Idade.

O Gordo entregou o relatório para Trent, que começou a ler quando tocou o celular. Toninho Gaveta enfim dava sinal de vida, informando que conseguira o nome completo — alguns com CPF — de todo o bando de Arruela.

— Grande Gaveta! — exultou Trent. — Vamos nos encontrar daqui a 40 minutos na entrada principal da Prefeitura. Levamos a lista ao prefeito e pegamos a grana no ato! E seu sobrinho? Disse alguma coisa?

— Ainda não, mas prometeu. Não pôde falar, porque tinha um cara ao seu lado lá na oficina que é ligado ao trafico. Mas parece que ele descolou alguma coisa sobre o cara que planejou o falso sequestro. Eu te passo na Prefeitura!

Trent largou o celular sobre a mesa, esfregou as mãos num gesto de contentamento e foi comemorar a boa-nova no banheiro depois de ouvir seus intestinos clamando por uma descarga. Mal sentou no vaso, o telefone tornou a tocar e o Gordo se apressou em atender. Rita berrava que Lola sumira novamente, "e estando dodói precisava manter os horários dos antibióticos". A mulher não demonstrava o menor sinal de constrangimento em recorrer ao maridão defenestrado. Lourival a acalmou e, quando Trent reapareceu fechando a calça, contou-lhe o ocorrido.

— Ela estava completamente descontrolada — acrescentou o Gordo.

— Não precisa muito para isso.

— Vou dar um pulinho lá!

— Deixa que eu vou!

— Você não marcou com o Gaveta na Prefeitura?

— Você vai em meu lugar. Não tem problema. Ligo para o chefe de gabinete do prefeito autorizando-o a lhe entregar o dinheiro da recompensa.

— Como é que vou reconhecer o tal do Gaveta?

— Difícil será não reconhecê-lo! Um negro alto, de modos elegantes, chapéu-panamá, sapato bicolor, parece um rei zulu. Você já deve ter visto ele na avenida em carnavais passados. Qualquer dúvida me liga!

Trent foi saindo e Lourival não resistiu a uma última pergunta:

— Posso saber por que você de repente ficou tão interessado em ver sua ex-mulher?

O detetive sorriu com o canto da boca:

— Ela está fragilizada. É um bom momento para limpar minha barra.

O controle remoto da garagem ainda permanecia em poder do detetive, mas Rita já havia trocado a fechadura da porta, de modo que Trent se sentiu um entregador de pizza ao tocar a campainha do seu próprio apartamento. Um rosto desconhecido o recebeu e o detetive imaginou tratar-se de algum médico de cachorro chamado pela mulher, ainda que sua aparência lembrasse um personagem de filmes de terror. Um tipo pálido, rosto encovado, cabelos negros colados no couro cabeludo, entradas proeminentes, óculos de aro de tartaruga e um nariz adunco que lhe acentuava as narinas. Podia descender do conde Drácula.

Trent perguntou por Rita e, antes que o homem respondesse, avançou na direção da mulher esparramada sobre o sofá da televisão, numa pose de inconsolável dramaticidade. Ela enxugou as lágrimas com um lencinho num gesto afetado e apresentou o desconhecido:

— Arlindo Paranhos, meu colega de grupo de estudos no Centro Intergaláctico.

O detetive estendeu-lhe a mão, certo de que se tratava de uma visita eventual, mas mudou de opinião ao perceber o desembaraço com que ele se dirigiu ao banheiro para pegar lenços de papel. O cara conhecia a geografia do apartamento e Trent desconfiou que ele fosse mais do que um coleguinha de estudos extraterrestres. Sentiu-se novamente um intruso em sua casa diante do verdadeiro intruso que agia como se fosse o marido da sua mulher.

Trent ameaçou pedir licença para sentar, mas, reagindo ao próprio desconforto, puxou uma cadeira, abancou-se a cavalo ao lado de Rita e ouviu-a dizer que, sob o efeito de tranquilizantes, não tinha mais lágrimas para chorar. Em seguida passou a desfiar uma longa história sobre a doença de Lola, que o detetive fingia escutar com o interesse de um veterinário. Sua atenção, na verdade, estava concentrada na serenidade estampada no rosto da mulher, uma expressão que ele não recordava ter visto em todos os anos de casado. A confirmação de que algo mudara, Trent encontrou ao verificar as alterações na decoração do apartamento. As mulheres, quando se decidem por uma nova vida — seja por viuvez, separação ou opção sexual —, tanto podem mudar o corte dos cabelos como a posição dos móveis na sala.

— Você está muito bem — disse-lhe Rita com uma ternura inesperada.

— Você também — mentiu Trent, impressionado com o abatimento da mulher.

— Lola sumiu por pura vingança, Jaime. Foi um troco pelos dias que a deixei sozinha. Ela é muito vingativa!

— Como foi que ela fugiu?

— No segundo em que abri a porta para botar o lixo na lixeira.

— O porteiro disse que ela saiu em disparada — completou Arlindo, de pé por trás do sofá.

Trent lançou-lhe um olhar de baixo para cima, como se dissesse "ninguém lhe perguntou nada". Voltou-se para a mulher e indagou a que horas a cachorrinha havia escapado.

— Não me dei conta. — E procurando incluir o coleguinha na conversa: — Que horas seriam, Arlindo?

— Umas três.

— Arlindo coordena nosso grupo — continuou Rita. — Ele já foi abduzido por uma nave espacial.

Trent lançou-lhe um sorriso indecifrável, sem saber se deveria lhe dar os pêsames ou os parabéns.

— Arlindo já fez contatos de primeiro e segundo graus — prosseguiu a mulher. — Tem muitas aventuras para contar.

O homem fez uma cara de falsa modéstia e Trent enfim lhe dirigiu a palavra:

— Você se dava bem com a Lola?

— Mais ou menos — antecipou-se Rita. — Ela ainda estranha um pouco...

Nas entrelinhas do comentário da mulher Trent inferiu que a cachorra reagia à presença do homem, fosse por ciúmes ou porque ele tinha uma cara assustadora, mesmo para irracionais.

— Você estava aqui quando ela fugiu? — o detetive tentou uma segunda pergunta, esperando que, dessa vez, Rita deixasse o ex-abduzido responder.

Arlindo patinou na resposta. Estava na casa de Rita desde a noite anterior, mas achou que o ex-marido talvez não gostasse de ouvir a verdade. Lançou um olhar de súplica para a mulher.

— Arlindo chegou ao meio-dia — emendou ela. — Veio almoçar comigo.

Trent percebeu a troca de olhares e teve vontade de ir à cozinha para verificar se havia de fato pratos e panelas sujos na pia. A campainha da porta cortou sua intenção.

— O jornaleiro da pracinha veio trazer — disse o porteiro carregando a cachorrinha desacordada nos braços.

Rita entrou em parafuso:

— Ai, meu Deus! Ela está morta. Está morta? Lola, meu amor, fala comigo! Fala com a mamãe! Olha! Está com as perninhas quebradas! Meu Deus! Vamos para o pronto-socorro! Agora! Vamos logo!

Trent e Arlindo se olharam e, como antiguidade é posto, o detetive tomou a iniciativa:

— Levo você!

— Não precisa. Deixa que o Arlindo me leva!

Trent sentiu o golpe, ignorando que outro estaria por vir. No momento em que se retiravam, apressados, a mulher ainda se lembrou de dizer:

— Jaime! Deixa o controle remoto da garagem com o Arlindo!

A frase bateu nos ouvidos do detetive como o capítulo final de sua história com Rita de Cássia. Simbolicamente a mulher entregava o bastão para Arlindo, entronizando-o como o novo rei do pedaço. O episódio da escada que encheu Rita de ódio — e tirou o sono de Trent — ficara para trás. O detetive sentiu-se anistiado, a salvo de cobranças, explicações, discussões, e uma sensação de leveza lhe atravessou a alma. Dali em diante seriam formais e educados um com o outro, como se nunca tivessem dormido na mesma cama. O detetive os deixou com a certeza de que Rita e Arlindo viverão felizes para sempre. Os dois têm muito que conversar — pensou ele sorrindo —, têm todo o universo em comum!

Trent olhou o relógio e calculou que talvez ainda alcançasse Gaveta e o Gordo na Prefeitura. No rádio do carro ouviu um repórter transmitindo o último boletim de Dois Rios, nada diferente do penúltimo, que era igual ao antepenúltimo e a todos os anteriores. O detetive ligou para Robson Formiga.

— Alguma novidade?
— Já tem um herdeiro na forma, Sherlock! Vai se chamar Jaime!
— Não tinha um nome melhor? — brincou Trent. — Quero saber das buscas.
— Os equipamentos continuam por aqui, mas tá tudo parado. Os caras passam os dias coçando o saco. É uma grana preta jogada no mar!
— Grande novidade! — fez uma pausa. — Você está sendo um marido dedicado ou ainda visita as mocinhas do Anjo Azul?
— Tô fechado com a minha Selma! Outro dia encontrei por acaso uma das meninas lá no centro de Angra. Ela me disse que a Georgette se casou com aquele chinês que era apaixonado por ela e largou o puteiro.
— Foram morar na China?
— Não perguntei...

Trent mantinha os chineses no cantinho do seu radar. Havia planejado correr atrás deles, recuperar suas pegadas tão logo concluísse o serviço para a Prefeitura. A prisão de Arruela não estava longe de acontecer e o detetive iria interrogá-lo, espremê-lo até ele vomitar o nome do cara que planejou o falso sequestro. Um nome que — pelos cálculos do detetive — teria tudo a ver com o bilhete que Toninho Gaveta lhe entregaria dentro de poucos minutos.

Trent observou uma movimentação excepcional na entrada da Prefeitura: viaturas de polícia, ambulâncias, apitos, sirenes, aglomeração, cenário típico de tragédia. Como sempre acontece nessas situações, os motoristas diminuíam a marcha para alimentar seu lado mórbido e o trânsito virou uma balbúrdia. Trent parou o carro de qualquer maneira em cima da calçada.

— Que houve? — perguntou a um cidadão que vinha na sua direção.

— Uma execução! Atiraram em dois caras que saíam da Prefeitura.

O detetive avançou, forçando passagem entre as pessoas, e ainda viu o Gordo sendo colocado dentro da ambulância. A uns dez metros dali um bombeiro cobria um corpo com um lençol branco. Logo alguém acendeu uma vela e Trent nem precisou chegar perto para identificar o defunto: o lençol deixou à vista um par de sapatos bicolor. Aproximou-se, agachou-se diante do corpo, e o delegado de polícia, reconhecendo-o, perguntou se ele conhecia o falecido.

— Estávamos fazendo um trabalho juntos. Como foi?

— Pelo que ouvi, havia uma moto parada ali esperando que eles saíssem da Prefeitura. Dois carros davam cobertura. Foi coisa encomendada. Gaveta levou seis tiros.

— Puta que o pariu! — gemeu Trent, descobrindo o rosto do negro e acariciando-lhe a testa.

— Acho que estavam atrás dele porque o outro só levou um tiro na barriga. Está fora de perigo.

Trent pegou o pulso de Gaveta como que a querer confirmar o óbito, e seus olhos ficaram marejados, entre a dor e a culpa. Depois contou que os dois haviam estado com o prefeito e Gaveta lhe trazia uma mensagem que talvez estivesse em seus bolsos. O policial apontou-lhe um saquinho plástico com os pertences do negro.
— Posso dar uma olhada? — pediu Trent.
— Procura, mas não vai poder levar nada.

O detetive entornou o conteúdo dentro do chapéu de Gaveta e, entre chaves, patuá, cartões, canivete, moedas e anotações de jogo do bicho, encontrou uma folha de papel pardo, meio amarfanhada, onde estavam grafadas apenas três letras: C, A e T. Agradeceu ao policial e foi saber do estado do Gordo no Hospital Souza Aguiar. No trajeto, controlou a culpa pela morte de Gaveta e deixou seus pensamentos tateando à procura de um significado para aquelas três letras. Não precisou ir muito longe: ao parar no segundo sinal de trânsito, a ficha caiu e ele decifrou a charada.

Capítulo 30

NA SOLICITAÇÃO QUE enviou à Justiça para justificar a construção de um novo Cristo, a Prefeitura alegou que "o desaparecimento da estátua atingiu em cheio o coração do Rio de Janeiro, provocando incontáveis prejuízos para sua população, que, afetada psicológica e emocionalmente, não encontra ânimo nem equilíbrio para se dedicar ao trabalho, à família e às eleições, gerando com isso um clima de desinteresse existencial de consequências imprevisíveis para a segurança e o desenvolvimento de nossa cidade".

Apesar do apelo patético, o presidente do Tribunal Regional não autorizou a obra e ainda coibiu qualquer referência ao desaparecimento do Cristo nos programas eleitorais gratuitos. Argumentou que se tratava de uma questão administrativa que fugia ao propósito de esclarecer o eleitor quanto aos projetos dos candidatos à Prefeitura do Rio. A proibição gerou protestos por parte das assessorias jurídicas dos comitês e inúmeras interpretações sobre os limites da lei eleitoral, mas o desembargador se manteve firme em sua decisão:

— O tema é delicado e grandioso — declarou ele. — Todos os candidatos, entre suas mil promessas, certamente vão prometer encontrar o monumento! Ou vão prometer a imediata construção de um novo Cristo! Periga das campanhas pelo rádio e tevê se transformarem em um discurso de uma nota só!

O deputado Maicon, dizendo-se o principal prejudicado, buscou outro flanco para atacar o prefeito. Entrou com uma representação na Justiça requerendo a retirada dos tapumes, "que na minha terra servem para esconder terrenos em obras. Se não vai haver obra, pra que tapume?" O juiz de plantão, porém, não via nada de errado na manutenção dos tapumes, que "de algum modo escondem uma dolorosa lembrança".

Fagundes revidou o ataque solicitando a retirada do painel com a foto do Cristo do programa eleitoral de Maicon. Seu pedido foi indeferido sob o argumento de que o monumento, "desaparecido ou não", é um dos símbolos do Rio de Janeiro, o que por si só justificaria sua foto em uma eleição para prefeito da cidade. Fagundes então instalou um painel idêntico no cenário de seus programas, no que foi seguido por outros candidatos. Maicon revidou substituindo o painel com o monumento por outro sem o monumento, onde se via apenas o solitário pedestal. A imprensa chamou as escaramuças dos políticos de "a batalha dos painéis".

*

De posse do nome dos falsos sequestradores, entregue por Gaveta, o prefeito prometeu anunciá-los para a cidade no momento em que fossem capturados. Seus propósitos, porém, morreram na linha de tiro. A polícia, subordinada ao governo estadual, em vez de prender, liquidou com Arruela e seu bando, impossibilitando que Fagundes arrebanhasse mais uns votinhos e que Trent interrogasse o bandido. No dizer do major da PM que comandou as ações, os policiais foram recebidos à bala no Morro da Providência, houve uma intensa troca de tiros e os marginais "vieram a falecer a caminho do hospital". A população, que não ignorava as desavenças políticas entre o governador e o prefeito, olhou com desconfiança o resultado da operação policial.

Fagundes, no entanto, ainda tinha outra carta na manga. Em suas declarações, não esqueceu de atribuir a identificação dos bandidos "à investigação meticulosa do grande detetive Jaime Trent". Ao citá-lo, mais do que se aproveitar da fama do detetive, o prefeito massageava-lhe o ego, para tê-lo no seu programa eleitoral. Pouco importava que o detetive não abrisse a boca para discorrer sobre suas investigações à volta do Cristo. Para o prefeito, a simples presença de Trent, mesmo que mudo e estático como uma estátua, seria um ganho extraordinário para sua campanha. A carta na manga, porém, revelou-se fora do baralho. O detetive recusou o convite de Jonas e, quando um emissário do partido do prefeito lhe ofereceu um gordo cachê, ele o rechaçou sem abrir o envelope. Por nenhum dinheiro do mundo iria aparecer ao lado de Fagundes. Sua irmã o desprezaria para o resto da vida.

Escapar de Maicon foi mais complicado. Aproveitando-se do trunfo que tinha nas mãos, o deputado empurrou Suelen na frente para dobrar o irmão. Por mais que lhe doesse confrontar a irmã, Trent não cedeu aos seus apelos, ressentido pelo muito que sofreu na mão no deputado. Maicon então o chamou ao comitê exibindo sua cara número três, uma cara triste e desamparada de nordestino assolado pela seca. Insistiu na presença de Trent em seu programa na televisão.

— Já disse à sua namorada que isso é impossível, deputado!

— Então apareça em um dos meus comícios. Você não precisa dizer nada. Fica só ali ao meu lado, imóvel, parado... Um minuto apenas! Trinta segundos?

— Não dá, deputado. Vão filmar o comício e depois exibi-lo na televisão.

— Então façamos o seguinte: você me acompanha em uma caminhada pela Zona Sul e eu assumo o compromisso de nomeá-lo para o cargo que quiser. Crio uma secretaria só para você! Secretaria de Investigações Superiores? Que tal?

— Não posso largar meu escritório.

Trent respondia com firmeza. A notoriedade lhe injetou segurança suficiente para enfrentar o deputado. Não era mais aquele detetivezinho vacilante e assustado dos primeiros encontros.

— É dinheiro que você quer? — indagou Maicon. — Diga quanto que assino o cheque agora!

— Guarde o dinheiro para sua campanha.

— Quer dizer que não tem acordo??

— Não, senhor. É uma questão de princípio!

— Princípio? O último cara de princípio que conheci morreu de fome — Maicon estalou os dedos e subiu o tom. — Só digo uma coisa: se eu souber que está apoiando o prefeito, você vai fazer companhia ao Arruela.

— O senhor nunca vai saber disso.

— Por que não?

— Porque vou votar no senhor!

O deputado abriu um sorriso solar:

— Toca aqui, cabra bom da moléstia! — disse, estendendo-lhe a mão. — Agora você falou algo que soou como música aos meus ouvidos. Posso anunciar sua declaração de voto?

— Não.

*

O Gordo Lourival se recuperava em casa. A bala na barriga perdeu-se no meio de tanta gordura e não causou grandes estragos. Trent foi saber de sua saúde e entregar-lhe a metade do dinheiro da Prefeitura. O Gordo recusou, Trent insistiu e, diante do jogo de empurra, o detetive na saída passou discretamente o dinheiro à mulher, justificando-o como uma espécie de taxa de periculosidade.

No enterro de Gaveta, Trent entregou a outra parte da recompensa ao seu filho mais velho, "não vai pagar a perda, mas pode ajudar a família". Cerca de duzentas pessoas estiveram no cemitério do Caju para se despedir do antigo mestre-sala, figura querida que dedicara sua mocidade independente ao Carnaval carioca. Todas as escolas de samba enviaram representantes e a cerimônia ganhou majestade com os bumbos da bateria marcando o ritmo no féretro. Durante as despedidas, um rapaz esguio de olhos grandes, jeitão de negro americano, se apresentou a Trent. Era Patrick, sobrinho do finado, o tal aprendiz de artesão raptado por Arruela para dar os retoques finais no falso dedo do Cristo. Perguntou baixinho ao detetive:

— Meu tio chegou a passar o bilhete para o senhor?

Trent limitou-se a afirmar com a cabeça e o rapaz continuou:

— Ouvi esse nome nas conversas do Arruela pelo celular. Acho que é assim que se escreve: CAT!

O detetive sorriu e tocou carinhoso as costas do rapaz:

— Creio que está certo. Não é assim que se escreve gato em inglês?

Capítulo 31

O DETETIVE PAROU o carro na porta do Anjo Azul, velho casarão de dois andares situado em uma área pobre e encardida do centro de Angra dos Reis. Tinha ido atrás de alguma informação sobre a ex-cafetina Georgette, que, ao se casar com um dos chineses, lhe abriu uma chance de retomar o rastro do grupo. Havia apanhado com Robson o endereço do puteiro e o nome da moça — Suely — a quem deveria procurar. Ainda na estrada ligou para Laura, que se disse saudosa e feliz na companhia do filho, com quem se divertia naquele instante cumprindo um roteiro sentimental pelo interior da França. Ninguém falou em Cristo Redentor.

Ao entrar no casarão o detetive teve a impressão de estar sendo envolvido por aquela espessa neblina que cobre o alto do Corcovado em dias nublados. Um ambiente esfumaçado combinado com os acordes de um antigo bolero lhe transmitiram a imediata sensação de uma irredutível decadência. Uma senhora gorducha de fartos seios que, represados no sutiã, pareciam querer saltar sobre o decote veio ao seu encontro. Trent perguntou pela moça e ouviu da cafetina que ela estava trabalhando:

— Se quiser esperar... — e apontou para a única mesa vazia. — Caso o senhor tenha pressa, a Mara, aquela ali, substitui muito bem a Suely.

Trent pediu uma cerveja, observou os furos de cigarro na toalha plastificada da mesa e rodou o olhar em um movimento próprio de quem quer saber onde pisa. Pela movimentação dos casais não era difícil perceber que as "oficinas de trabalho" das moças ficavam no andar de cima. No piso inferior, um longo balcão de bar obrigava o único empregado a correr, cheio de trejeitos, de um lado para o outro, com a função dupla de *barman* e Dj. As mesas, dispostas em círculo, bordejavam uma pequena pista de dança com um piso quadriculado em preto e branco iluminado por um lustre esférico e espelhado que girava monótono sobre as cabeças dançantes. Distribuídas pelas mesas e debruçadas sobre o balcão, as mulheres da dita vida fácil se expunham em diferentes estilos de roupa e representação, como ocorre desde que suas ancestrais da Antiguidade inauguraram a profissão mais antiga do mundo. Havia a loura seminua, com um vestido que lhe cobria apenas o umbigo; a branca recatada, abotoada até o pescoço como se recém-saída de um convento; a negra de unhas cintilantes e sandálias de tiras enroscadas nas pernas; a mulata com uma piteira entre os dedos e coxas de fora. Há que se diversificar cores e gêneros para agradar a todos os paladares.

Suely desceu na frente de um careca com pinta de técnico em contabilidade e entregou uma grana à cafetina. Em seguida atravessou o salão e foi ter com o detetive. Tinha um olhar cansado, uma carinha de índia, meiga e ingênua, que em qualquer outro ambiente a faria passar por colegial. Trent sentiu-se tentado a subir para as "oficinas de trabalho", mas logo se compenetrou de que não era hora de brincar em serviço. Cumprimentou-a educadamente e citou Robson Formiga.

— Encontrei com ele outro dia no comércio — comentou a jovem, sentando-se e colando a coxa no detetive.

— Estou à procura da Georgette — disse ele circunspecto, como se falasse a um padre no confessionário.

A moça percebeu que não se tratava de um freguês, afastou a coxa e a cadeira.

— Ela não trabalha mais aqui. Casou com um estrangeiro e...

— Mudou-se para a China?

— Ela não abandonaria a mãe de jeito nenhum. Parece que foi morar lá para os lados de Paraty. Tem um lugar chamado Bom Bocado?

— Bom Bocado que eu saiba é um doce.

A moça gritou para o rapaz atrás do balcão:

— André! Você conhece um lugar chamado Bom Bocado?

— Conheço Mambucaba.

Trent pagou a consumação, pagou à moça — como se tivesse usado seus serviços — e retirou-se às pressas, prometendo voltar outro dia para conhecer seu trabalho. Já tinha visto o nome Mambucaba no mapa da região.

Manhã seguinte Trent se fez ao mar no saveiro do capitão Ernesto a pretexto de pretender adquirir um imóvel na região. O lugarejo ficava a uns 30 quilômetros de Angra na direção sul. Navegando lentamente pelos contornos da costa, o detetive verificou, pelo tamanho das oito mansões espalhadas pela praia de Mambucaba, que se tratava de um local exclusivo, para pessoas de fino trato. Os *jets-skis* e as lanchas, atracadas ou recolhidas em garagens secas, não permitiam dúvida quanto ao poder aquisitivo daquela seleta população. O capitão matraqueava sem parar sobre as belezas do local, e Trent precisou aproveitar uma pausa para perguntar, como quem não quer nada, se ele lembrava da lancha da Petrobras em que viu os chineses cruzando a baía de Angra.

— Claro. Era uma Carbrasmar Cobra de 33 pés, meio antiga. A empresa está renovando a frota, mas ainda tem muitas delas. — Percorreu o olhar pelas mansões. — É igual àquela ali! Tá vendo? Igualzinha!

A lancha repousava na vaga seca, ao lado de dois *jetsskis*, sob o telhado tosco de um barracão distante uns 100 metros da casa principal instalada na encosta de um morro, no canto da praia. Trent voltou a se conduzir como um possível comprador.

— Bela casa! — comentou enquanto observava a área.

— Gostou? É de um empresário paulista, dono de uma fábrica de bicicletas. Ouvi dizer que ele estava querendo vender. Quando voltarmos, posso levá-lo a uma corretora e...

— Deixa eu pensar um pouco — cortou Trent antes que o verborrágico Ernesto começasse a discorrer sobre o mercado imobiliário da região.

O detetive marcou a casa e a noite retornou pelas mãos de Robson Formiga pilotando sua traineira com a habilidade de um motoqueiro no trânsito do Rio. A pedido de Trent, o rapaz atracou na extremidade oposta da praia, uma área pedregosa, sem construções por perto. Era um dia útil e os casarões fechados — os proprietários só apareciam nos fins de semana — permitiram a Trent e Formiga seguir caminhando à beira-mar protegidos pela escuridão. Quando entraram no barracão, o detetive acendeu a lanterna, foi direto à lancha, agachou e deslizou os dedos delicadamente pelo casco, como se afagasse a embarcação.

— Qual é a sua, Sherlock? — indagou o rapaz de pé, observando os movimentos do detetive.

Trent permaneceu calado, concentrado na ação, até que seus dedos tocaram em uma suave depressão na proa do casco. Ele desceu a mão na vertical, acompanhando as bordas da reentrância, e exclamou:

— Veja isso!!!

Robson Formiga olhou e não viu nada. O detetive pegou a mão do rapaz, conduziu-a pelos caminhos que acabara de percorrer e perguntou:

— Sentiu o contorno? É de uma letra!

— Parece um "P"!

Trent deslocou a mão para a direita e, correndo os dedos pelas concavidades, identificou a letra "E".

— Agora vai você! — sugeriu. — Veja se a próxima letra não é um "T"?

— Na mosca, Sherlock! Mas o que significa isso?

Trent explicou que, se ele continuasse movendo a mão para a direita, chegaria à palavra "Petrobras".

— E daí?

— Aqui havia um decalque, que foi retirado, com o nome Petrobras. Foi nesta lancha que os chineses circularam por Angra a pretexto das filmagens sobre os naufrágios.

Trent experimentava a sensação de estar avançando em marcha acelerada. O rapaz olhou na direção do morro e notou uma luz tênue no andar superior da casa, a indicar a presença de gente no seu interior.

— Vamos lá pegar os caras! — Robson queria ação.

— Calma. Deixa o dia clarear. Precisamos observar a movimentação da casa. Saber quantas pessoas tem lá dentro! — ponderou o detetive, lamentando a ausência de um binóculo.

Aos primeiros raios da manhã, um empregado entrou no depósito e Trent caiu sobre ele, imprensando-o com seu corpanzil contra a parede.

— Fica quietinho que não vai lhe acontecer nada — rosnou o detetive. — Quantas pessoas moram na casa?

O empregado tossiu, engasgou e respondeu que apenas o casal, dr. Jorge e a esposa, e mais um segurança.

— Dona Georgette?

— Dona Georgette! — confirmou o empregado. — A cozinheira e o motorista vão chegar daqui a pouco.

— O dr. Jorge é chinês? — Trent buscava mais detalhes.

— Sei não, senhor. Ele está sempre de óculos escuros, mas pode ser. Toda vez que faço alguma coisa errada ele me corrige dizendo "na China as pessoas fazem assim".

Trent pediu a Robson para amarrar o empregado e lhe enfiar um pano na boca.

O sol se erguia sobre um límpido fundo azul e a manhã prometia uma temperatura acima dos 30 graus. Trent e seu assistente aguardaram um bom par de horas aproveitando para rever, à luz do dia, as marcas das letras no casco da lancha. Avistaram a chegada da cozinheira e, pouco depois, de um modesto carro, modelo nacional. Mais alguns minutos e surgiu dona Georgette por uma passagem lateral da casa, de óculos de gatinho e um lenço amarrado na cabeça. O motorista abriu-lhe a porta, enquanto no barracão Trent retirava o pano da boca do empregado, deitado no chão, perguntando-lhe se sabia para onde se dirigia a mulher do chinês.

— Toda quarta-feira ela vai visitar a mãe e as crianças de um orfanato que ela ajuda em Laranjeiras.

— Demora?

— Só chega para o almoço.

— Sherlock! Venha ver! — chamou Robson.

O detetive voltou com o pano à boca do empregado e deu-lhe um tapinha amistoso, anunciando que logo seria solto. Em seguida viu o dr. Jorge aboletar-se em uma *chaise longue* no deque, calção, óculos escuros, boné de golfista, roupão curto e um jornal debaixo do braço. Não demorou e apareceu um sujeito que, pelo tamanho — pouco maior que Trent —, deveria ser o segurança. No momento agia como garçom, deixando uma bandeja com o café da manhã ao lado da espreguiçadeira. Trocou algumas palavras com o patrão e retornou ao interior da casa.

Trent e Robson deram a volta pelos fundos da propriedade, resguardando-se entre as árvores do pomar, e entraram pela porta aberta da cozinha. A cozinheira e o segurança nem chegaram a se coçar. Robson agarrou a senhora, tapando-lhe a boca, e o detetive encostou um revólver 38 no nariz do homem. Em seguida desacordou-o com uma coronhada na cabeça, arrastou-o para um quartinho anexo à cozinha, vestiu sua roupa e amarrou-o, junto com a serviçal. Antes de seguir para o deque entregou uma das armas ao assistente.

— Caso a mulher chegue mais cedo, você bota ela e o motorista junto dos outros e fica de olho neles.

— Deixa comigo, Sherlock! Se escutar um tiro é porque já apaguei um!

Robson entrou no quartinho e Trent dirigiu-se ao deque. Parou ao lado do dr. Jorge que, percebendo o vulto e sem tirar os olhos do jornal, reclamou da demora da laranjada.

— É que fomos colher as laranjas no pé — e enfatizou, —, dr. Chong Miao!

O chinês girou a cabeça num gesto instintivo e parou no sorriso cínico do detetive:

— Quem é você? — perguntou encolhendo-se na espreguiçadeira.
— Sou seu novo secretário, dr. Jorge! Pode começar a falar que eu vou anotar!
— Falar o quê? Como é que entrou aqui? — e deu uma baforada no seu cigarro de *ginseng*.
— Basta saber que estou atrás dos chineses que roubaram o Cristo — disse Trent sem elevar a voz.
— Não sei do que você está falando. — E berrou: — Magno! Magno!

O detetive inclinou-se sobre ele e sussurrou-lhe no ouvido:
— Não adianta gritar, meu caro. Estamos a sós e tenho todo o tempo do mundo para você. — E emendou: — Para um chinês, você fala muito bem português.
— Eu sou português! Quer ver meus documentos?

Trent deu uma gargalhada:
— Ora, seus documentos. Não deve ter uma vírgula de verdade neles. Devem ser tão falsos quanto o dedo do Cristo... Se você é português, eu sou japonês!

Trent fez um movimento rápido, retirou-lhe os óculos e disfarçou a surpresa ao encontrar um par de olhos ocidentais.
— Que plástica horrível, Chong Miao. Essa pálpebra está meio caída.
— Quem é você, afinal?

Trent respondeu agarrando o chinês pela gola do roupão, suspendendo-o da espreguiçadeira e deixando-o com as pernas balançando no ar.
— Vamos, cara, desembucha logo! Ou desembucha ou seus miolos vão alimentar os peixes da enseada. Vamos! Pode pular a parte em que você planejou o falso sequestro e me dizer onde está o Cristo Redentor.

Chong Miao resmungou contrariado:

— Eu não sei!

Trent levou o chinês para a beirada do deque e encostou o revólver na nuca dele:

— Olha bem para esse marzão que você não vai ver novamente — engatilhou a arma.

— Juro que não sei! — repetiu Miao aos berros, jogando o boné no chão.

— Fala então o que você sabe, porra! — ordenou Trent, agressivo.

O chinês acalmou-se, repôs o boné, amarrou o roupão e começou a desfiar o novelo enquanto os dois caminhavam de volta à mesa.

— Eu nunca soube do destino do Cristo. Quem cuidou do seu transporte foi a Máfia russa. A Sun Yee On ficou encarregada de serrar o monumento e depois cortá-lo em blocos no fundo do mar. Só mesmo a paciência chinesa permitiria esse trabalho, porque separar o Cristo do pedestal nos custou incontáveis madrugadas sem dormir. O planejamento ficou com a 'Ndrangheta, a Máfia calabresa, e a logística com a Máfia japonesa.

— Olha só! — admirou-se Trent. — Um consórcio de Máfias!

— As grandes empresas não se associam para grandes projetos? — emendou Miao.

— Quem está no topo da pirâmide?

— Não faço a menor ideia. Sei que foi feita uma reunião na Itália com representantes de todas as Máfias para planejar o roubo e dividir as tarefas, mas nunca soube quem bancou a operação nem o destino do monumento.

— Os russos devem saber, se foram eles que transportaram...

— Aí você vai ter que perguntar a eles. Posso lhe dizer que, uma noite em que estive no navio que carregava os blocos para o aeroporto clandestino, ouvi de um russo algo sobre o México.

— Você entende russo?

— México é México em qualquer língua.

Trent serviu-se de água mineral e encheu o copo do chinês.

— Vi sua ficha no hotel de Angra. Você veio de Guangzhou para coordenar a participação chinesa?

— Eu vivia em São Paulo. Era gerente da facção brasileira da Sun Yee On. De vez em quando viajava a Guangzhou para ver a família. Quando surgiu o projeto, os *capos* da Máfia chinesa me transferiram para o Rio e me botaram à frente da participação chinesa, porque sou engenheiro calculista e porque — como você já percebeu — falo um português para ninguém botar defeito. Meu avô nasceu em Macau, minha avó era filha de portugueses e fui criado pelos dois.

Trent franziu o cenho: não tinha ideia de onde ficava essa tal de Macau, exótica terra onde se misturavam chineses e portugueses, mas entendeu que não era hora de aprender geografia.

— Onde estão os outros "documentaristas"?

— Voltaram todos para a China. Eu devia ter retornado também, assumi esse compromisso com os homens da Sun Yee On em Guangzhou. Mas aí me apaixonei por uma brasileira, joguei tudo para o alto, Máfia, família, minha cidade natal, e resolvi recomeçar a vida nesse país maravilhoso.

Chong Miao se prolongou em elogios ao Brasil, um país, segundo ele, reconhecido por todos os fora da lei do mundo e do submundo como o lugar ideal para se viver em paz. Sorriu, pediu a Trent para mudar a posição da cadeira, que o sol batia em sua cara, e a conversa entre os dois ganhou um tom mais amistoso. O detetive perguntou se Miao não se sentia muito exposto em Angra:

— Se era para permanecer incógnito no Brasil — continuou —, por que não foi morar na Amazônia?

— Georgette não quis ficar longe da mãe. Mas também não faz diferença: para a Sun Yee On não há distância. Em algum momento eles vão me encontrar e... — não concluiu a frase.

Trent enterneceu o olhar ao sentir a resignação do chinês, ciente de que mais cedo ou mais tarde iria curtir este país maravilhoso de outro ângulo, ou seja, debaixo da terra.

— Aquele falso sequestro foi uma furada! — comentou.

— É verdade. Não tinha nada que me meter com traficantes. São muito primários. Mas deu para levantar uma grana. O prefeito pagou o sinal e com o dinheiro comprei esta casa. Planejei o sequestro para compensar o dinheiro que não recebi da Sun Yee On. Eles só me deram a metade do que haviam prometido, mas com a Máfia não adianta reclamar.

— Não queria estar na sua pele.

— Nem eu! — respirou fundo. — Vai me entregar à polícia?

— Você não é o peixe graúdo que eu imaginava.

O chinês deu uma risadinha amarela:

— Na verdade sou uma sardinha.

— Já vi que você não é homem de aguentar tortura. Se entregar você, a polícia vai fazê-lo abrir o bico e o mundo inteiro irá atrás de suas informações para tentar descobrir o Cristo. Vou deixá-lo contando seus dias em liberdade...

Miao escorregou pela espreguiçadeira e, agradecido, pôs-se de joelhos diante do detetive. Trent o ergueu, segurando-o pelo braço, e perguntou pelo melhor caminho para seguir na pista do Cristo.

— Você pode procurar por Boris Kórsakov, o russo que coordenou a área de transportes, ou ir atrás do calabrês que conduziu a reunião na Itália. Advirto, porém, que em qualquer situação vai bater de frente com uma poderosa organização.

Trent se viu em uma sinuca de bico, como diria seu pai. Levantou-se lentamente da cadeira, sentindo o corpo pesado, e fitou o chinês:

— Só para matar minha curiosidade: como é que o monumento foi removido do alto do Corcovado?

— Por um helicóptero russo, o Górki T-09, um guindaste aéreo capaz de içar o Maracanã. Serramos a base do monumento com umas maquitas a *laser* trazidas de Hong Kong. Depois os russos carregaram a estátua para Angra no escuro e a soltaram no mar com uma precisão cirúrgica, exatamente no ponto combinado, onde havia profundidade suficiente para mantê-la submersa. A decolagem do Cristo foi um momento de grande tensão. Chovia a cântaros, as correntes de ferro custaram a encaixar, o monumento balançou e quase rolou morro abaixo! Mas, quando o Cristo se desprendeu do pedestal e desapareceu entre as nuvens, tivemos a sensação de estar diante de uma cena bíblica. Incrível! Ele parecia voar! Aí entramos nós novamente, disfarçados de documentaristas, para cortá-lo em blocos.

Trent balançou a cabeça, impressionado com a descrição. Em seguida apertou a mão do chinês desejando-lhe "vida longa", embora apostasse que mais umas semanas e o corpo de Miao seria encontrado em algum matagal às margens da estrada. Antes de partir inclinou-se em uma reverência de mordomo e acrescentou, irônico:

— Sua laranjada já está vindo — e desapareceu pela área de serviço.

Capítulo 32

A CAMPANHA PARA a Prefeitura esquentava e os candidatos se entregavam às mais ardilosas manobras para crescer na preferência do eleitor. A determinação da Justiça em proibir qualquer referência ao sumiço do Cristo nos programas gratuitos ficou entalada na garganta dos políticos, que viam na decisão um retorno às velhas práticas de censura à liberdade de expressão. Os advogados do deputado Maicon, no entanto, logo encontraram uma brecha — sempre há uma brecha — na resolução do tribunal, omissa quanto à presença do Cristo em comícios, carreatas e outras manifestações públicas.

Rapidamente Maicon mandou imprimir a silhueta do Cristo nos brindes para os eleitores. Cheio de esperteza, reproduziu umas poucas peças com imagens do Pão de Açúcar para confundir os adversários e evitar recursos à Justiça Eleitoral. Em suas caminhadas pelos subúrbios do Rio, o deputado carregava um artista de rua, desses que imitam estátua, rosto coberto de purpurina e vestido com um manto como o Cristo Redentor. O ator permanecia imóvel durante horas sobre pernas de pau — para lhe dar altura —, olhos fechados e braços abertos em cima de um rolimã puxado por assessores do candidato. Vez por outra Maicon fazia uma parada para permitir à criançada tirar fotos ao lado da grosseira reprodução do monumento.

Não demorou e começaram a aparecer réplicas humanas do Cristo por toda a cidade. Alguns candidatos, longe dos fiscais, estendiam uma faixa com seus nomes, prendendo-as nas mãos da "estátua". Na carroceria dos caminhões, os "artistas" eram amarrados pela cintura para evitar que um solavanco os levasse a dobrar o corpo e sair da posição do monumento. Nem todos, porém, cumpriam seu papel com seriedade, e um jornal publicou a foto de um desses artistas sorrindo e mandando beijinhos para o público como se estivesse sobre um carro alegórico no Carnaval. Soube-se de um "Cristo" assaltado em Bangu.

Fagundes também entrou na onda, mas, à diferença dos outros candidatos, suas caminhadas e carreatas não eram recebidas com simpatia. Toda vez que botava a cara nas ruas, os eleitores o cercavam cobrando um novo Cristo. Ele prometia construí-lo — no primeiro ato de seu novo governo —, e aproveitava para queimar a candidatura do deputado Maicon que, "se eleito for, pretende botar no Corcovado a estátua do Padim Ciço".

Para aplacar a ira da população, Fagundes realizou um ato público em que prestou contas dos valores das doações, prometendo devolver cada tostão acrescido de juros de mercado caso o Cristo original fosse encontrado. O gesto lhe conferiu uns pontinhos a mais nas pesquisas, insuficientes, porém, para ameaçar a liderança de Maicon Moura.

*

A longa marcha de Trent o conduzira a um beco sem saída, e ele se sentia sem forças para prosseguir. Não queria mais ouvir falar de Cristo Redentor. Talvez por influência do enfado de Laura; talvez pela decepção — do tamanho da China — que lhe causara o encontro com Chong Miao; talvez pela constatação de que sozinho não poderia correr atrás de uma corporação de mafiosos, o fato é que o detetive cansara e decidira definitivamente abandonar as buscas, ainda que da conversa com o chinês sobrasse uma dúvida a lhe martelar o crânio. Se haviam levado o Cristo para o exterior, era razoável pensar que pretendiam plantá-lo em algum outro ponto do planeta. Mas onde?

O tempo das caravelas já vai longe, e hoje não há um palmo de terra sequer que escape aos olhos dos satélites. Para expor o Cristo ao mundo, só submetendo-O a uma "plástica" que alterasse sua aparência, fazendo-O ressurgir de barba feita, braços curvados, outra cor, outras vestes, outra religião. Mas com que objetivo? O último suspiro de imaginação de Trent o levou ao extremo de pensar que os ladrões iriam cortar o monumento em pedacinhos e vendê-lo como pedras com poderes milagrosos. Um absurdo!

Para qualquer lado que o detetive dirigisse suas ilações, seu raciocínio não fechava com lógica e coerência. Ou o propósito do roubo se encontrava além de sua inteligência ou alguma coisa estava fora de lugar. Experimentando um profundo desânimo, ele não manifestava a menor disposição para queimar seus preciosos neurônios à procura de respostas. Melhor faria se voltasse os olhos para a modernização do seu escritório, que atraía cada vez mais clientes.

*

Trent estava a um canto da sala desembalando dois novos computadores quando tocou a campainha. Uma bela e fogosa morena metida numa calça jeans toda puída — como impunha a moda — apresentou-se ao Gordo:

— Sou Glória Maria. Prazer. Foi com o senhor que falei no telefone?

— Sim, claro. Estava aguardando a senhora. Por favor — fez um gesto para que entrasse, e às suas costas trocou um olhar malicioso com Trent, que se tivesse legenda diria: "Que mulheraça!!"

O detetive manteve a cara enfiada nos pacotes, sem pretender participar daquele atendimento. O Gordo percebeu, deixou-o de lado e concentrou-se na mulher.

— Bem — disse ela, nervosa —, vim procurá-lo porque desconfio que meu marido está me traindo.

Lourival puxou a pergunta pronta há 30 anos na sua garganta:

— O que a faz suspeitar da infidelidade de seu marido?

— Seu comportamento mudou muito de uns tempos para cá. Tem chegado tarde em casa, o celular vive desligado, anda dormindo demais, está sempre com dor de cabeça — fez uma pausa, escolhendo as palavras. — Ele não me procura mais, se é que o senhor me entende...

Lourival pensou, mas não disse, que considerava um pecado alguém desprezar um "avião" daqueles!

— Há quanto tempo ele deixou de... procurá-la?

— Tem umas quatro semanas.

— Um mês não é muito. Talvez ele esteja com problemas no trabalho. O estresse é uma das principais causas de inapetência sexual. Qual é a atividade dele?

— É astrônomo do Observatório Nacional.

— Os astrônomos estão sempre no mundo da Lua — Lourival não resistiu à piada. — Posso examinar seu caso, dona Glória, mas preciso de mais informações. Por enquanto as evidências não dizem muito.

— Tem uma coisa que me encuca — ela fez uma expressão chorosa. — Nas últimas vezes em que saímos no seu carro, o banco do carona estava fora do lugar.

— Como assim?

— Mais para a frente! Como se uma pessoa muito menor do que eu tivesse sentado ao seu lado.

Lourival franziu a testa:

— Essa é uma informação interessante. A senhora examinou o banco? Notou a presença de alguma mancha, alguma nódoa?

— Encontrei pelos no encosto...

— Pelos? — o Gordo surpreendeu-se. — Bem, eliminando-se a hipótese de que alguém faça depilação num banco de carro, pode-se supor que seja pelo de algum animal.

— É possível. Por duas vezes, ao abraçá-lo, senti cheiro de cachorro.

O Gordo sorriu, superior:

— As coisas começam a fazer sentido. Já observou em seu marido alguma tendência para a prática da zoofilia? — a moça não entendeu e o detetive foi mais claro. — Sexo com animais?

— Não! Absolutamente! Quer dizer, não sei. Ele mudou tanto...

— Se quiser podemos iniciar uma ação de seguimento ao seu marido, mas, nas circunstâncias, aconselho a senhora a se certificar antes se ele a está traindo com uma mulher ou...

— Ele está me traindo com uma mulher! — a moça explodiu. — Antes fosse com uma cadela! Outro dia cheguei em casa, ele estava no banheiro, o celular tocou no quarto, e eu peguei a mensagem de uma mulher gritando desesperada para que ele fosse a sua casa.

— Ela deixou o nome?

— Uma tal Rita de Cássia!

Trent deixou cair a caixa da torre do computador. O barulho interrompeu a conversa do Gordo e, quando o detetive se virou para pedir desculpas, a mulher o reconheceu:

— O senhor não é o detetive Jaime Trent? — ele assentiu com a cabeça. — Poxa! Não pensei que fosse tão alto. Muito prazer! Eu queria falar com o senhor, mas disseram que estava viajando...

— Acabei de chegar — mentiu Trent, que havia voltado de Angra fazia uma semana.

Glória Maria largou o Gordo falando sozinho e aproximou-se de Trent rebolando os quadris e fazendo biquinho:

— O senhor vai resolver esse caso para mim? Por favor! Resolve? Pago o que for preciso! Este é o telefone da mulher! — e entregou-lhe um bilhete.

Trent recusou o papel e montou uma encenação de improviso: tocou as laterais da fronte com ambas as mãos, simulou concentração por alguns segundos e, respirando fundo, repetiu o número do celular escrito no bilhete.

— É este? — disse ele, buscando confirmação.

A mulher o fitou, boquiaberta, olhos arregalados.

— Que loucura! O homem também é vidente! Como é que o senhor sabe o número do telefone?

— Algumas pessoas dizem que tenho poderes mediúnicos — Trent brincava com a situação. — Não sei explicar. É estranho. Sinto uma pontada na cabeça, seguida por uma perturbação visual de forte luminosidade que me deixa cego, e então surge um número na minha frente!

A mulher permaneceu paralisada, sem palavras. Trent a conduziu até a porta, prometendo estudar o caso, e a moça saiu pelo corredor, cambaleante diante da cena de premonição que acabara de presenciar. "Não é à toa que ele tem toda essa fama", murmurou baixinho enquanto descia as escadas do sobrado.

— Quer fazer o favor de me explicar? — pediu Lourival, abestalhado.

— Este é o telefone lá de casa! — reagiu Trent às gargalhadas.

— Não brinca! Quer dizer que a Rita de Cássia é a sua Rita? Não posso acreditar!

— Minha ex-Rita! No momento ela está envolvida com o marido dessa beldade que acaba de nos deixar.

— Você havia me dito que o cara é um horror de feio!

— E daí? Meu pai dizia: quem ama o feio, ama de verdade!

— Como é que você sacou?

— Porra! O cara que ela descreveu é astrônomo e cheira a cachorro! Quando ela falou o nome da Rita, fechei a fatura! Só podia ser! — fez uma pausa. — Mas nós vamos recusar o caso!

— Não podemos fazer isso, Jaime. Recusar por quê? É só pegar um flagrante! É moleza...

— Não vou meter a mão nessa cumbuca, Gordo. Isso pode acabar em crime passional. Rita está apaixonada por aquele lobisomem. Vi a felicidade nos olhos dela! Se o cara recuar e quiser se reconciliar com a mulher, a pobre da Rita vai sofrer. Já imaginou se ela vier a saber que fomos nós que conduzimos as investigações? Vai achar que eu quis ferrar com a vida dela. Vai querer me matar! Não, Gordo! Amanhã você liga para a dona Glória e diz que não temos condições de aceitar o caso. Deixa a vida levar essa história...

Lourival soltou um muxoxo e se afastou, contrafeito, enquanto Trent conferia a caixa que despencara de suas mãos.

— Já aluguei a sala do lado — disse ele, puxando as fitas adesivas. — Vamos mudar tudo neste escritório. Só vou deixar o pôster de Charlie Chan para agradar o velho. Vai ser a maior agência de detetives do Rio de Janeiro!

— Isso aí, mermão! É assim que se fala! Vamos nessa!

O celular tocou, Trent atendeu e limitou-se a uma sequência de interjeições e exclamações entremeadas por pausas:

— O quê? Como? Quem? Tá! Tá! Vou providenciar! Claro que vou! Tá! Outro! — Desligou e dirigiu-se ao colega. — Você vai ter que providenciar a reforma do escritório sozinho, meu caro Gordo — reagiu o detetive, pegando a jaqueta e saindo apressado.

— Peraí! Aonde é que você vai?

— Vou a Paris! Quer alguma coisa?

Capítulo 33

O ENCONTRO DE Laura e Trent no desembarque do Charles de Gaulle lembrou um desses comerciais de televisão em que o casal corre — em *slow motion* — um na direção do outro e se abraça e se beija como dois pombinhos apaixonados. Permaneceram abraçados um bom tempo, Trent a apertou contra seu corpo e percebeu uma vigorosa movimentação no baixo-ventre. Perguntou, entre afagos, se o hotel que ela lhe havia reservado se encontrava próximo ao aeroporto. Laura, percebendo as intenções do detetive, afastou-se, afirmando, brejeira, que se eles fossem para o hotel não deixariam o quarto tão cedo. Havia uma agenda a ser cumprida.

Por todo o percurso do ônibus que os levou até o terminal dos Inválidos, a moça não deu chance a Trent de abrir a boca. Estava visivelmente acelerada, e parecia saudosa de falar português, já que sua mãe francesa não dominava o idioma e o filho insistia em aprimorar seu francês. O detetive mantinha um sorriso pendurado nos lábios, encantado com a animação de Laura, que tropeçava nas palavras, emendando um assunto no outro, sem fazer nenhuma menção ao telefonema apressado que motivara sua viagem. De algum modo aguçava a curiosidade de Trent, reservando a conversa sobre o Cristo para depois que a adrenalina baixasse na tranquilidade de um café de Paris.

O detetive deixou a mala no armário do terminal, os dois caminharam algumas quadras e sentaram-se a uma mesa na calçada do *boulevard* de La Tour Maubourg, de onde era possível avistar a Torre Eiffel. A moça a apontou para o detetive anunciando:

— É o nosso Cristo! — A impaciência de Trent aproveitou a "deixa" para entrar no assunto que o levou a atravessar o Atlântico.

— No telefone você me falou de uma moça que teria informações sensacionais sobre o Cristo...

— É Justine, amiga de minha prima Brigitte. Ela trabalha na Fundação Michel Podowsky.

— Michel o quê? Nunca ouvi falar...

— Nem eu! Fiquei sabendo através de conversas com o pessoal da tevê. Podowsky foi o escultor que concebeu a imagem do Cristo a pedido da Arquidiocese do Rio de Janeiro. Ao morrer em meados do século passado, deixou uma fundação que leva seu nome. Foi ele quem pessoalmente esculpiu em seu ateliê a cabeça e as mãos do monumento que depois foram enviadas prontas para o Rio. Como você pode ver, o Cristo é meio francês...

— Diz logo aonde você quer chegar, Laura. A fundação está envolvida no caso?

— Calma. Não seja impaciente, toma seu café que vai esfriar. A fundação não está envolvida. Quem estava envolvido era um de seus diretores, Pierre, amante de Justine.

— Estava? Não está mais?

— Nem poderia. Seu corpo foi encontrado dentro de um saco, boiando no Sena. Justine sabe de muita coisa mas está com medo de falar. Acredito que você, com sua experiência, possa convencê-la...

Lisonjeado pelo crédito de confiança, Trent ergueu-se de súbito:

— Sou mestre na arte da persuasão — brincou. — Vamos a Justine!

— Antes quero levá-lo a um advogado especialista em direitos autorais.

— Direitos autorais? O que tem a ver com o sumiço do Cristo?

— Você vai saber.

O escritório do dr. Efrain Marais ficava em um dos prédios modernosos que cercam o Arco da Defesa, no *quartier* do mesmo nome, um bairro metido a futurista afastado do centro de Paris. Dr. Efrain, um tipo aristocrático, foi casado com uma brasileira que desembarcou na França junto com o pai de Laura, ambos exilados políticos nos tempos do regime militar. Falava um português perfeito, aprimorado pelos anos que viveu em São Paulo trabalhando para uma empresa francesa.

— Conta para ele, dr. Efrain — pediu Laura —, que eu não soube explicar essa questão dos direitos autorais.

— Falou de Michel Podowsky?

— Disse apenas que ele foi o criador do Cristo Redentor.

— Pois bem, a partir desse dado, a Fundação Podowsky vem reivindicando há tempos o pagamento de *royalties* pela exploração comercial da imagem do Cristo. Já foram enviados vários ofícios ao Brasil, sem merecer nenhuma resposta do seu país.

Trent se lembrou de suas pesquisas na internet:

— Não tem outro cara nessa história?

— O engenheiro! Mas ele apenas executou a obra. Sua participação foi puramente técnica, não criativa. Havia ainda um terceiro personagem, um artista plástico autor do primeiro croqui do monumento, que não foi aprovado. Podowsky foi o único autor, e desse modo tanto a fundação como a família dispõem de todos os direitos inalienáveis e irrenunciáveis sobre a obra.

Trent evidenciou sua ignorância mexendo-se na cadeira:

— O senhor me desculpa. Não entendo nada do assunto... Essa questão da exploração comercial...

— A exploração comercial se dá a partir da confecção de produtos que levam a imagem do Cristo, camisetas, cartões-postais, pôsteres, cinzeiros, miniaturas... Produtos que objetivam o lucro. Por lei, o autor deve receber um percentual sobre o valor das vendas. Isso nunca foi pago à fundação!

— Mas todo mundo desenha, pinta, filma, fotografa o Cristo!

— É diferente. A lei permite a representação das obras de arte, desde que não envolva interesses econômicos. Caso contrário, o pagamento dos direitos é obrigatório e só se extingue 70 anos depois da morte do autor. Está na lei! Na lei brasileira! Não é invenção dos franceses!

Laura fez a pergunta que estava na ponta da língua de Trent:

— A família do criador da Torre Eiffel recebe pela reprodução comercial?

— A Torre já caiu em domínio público, mas — o advogado levantou-se e foi à janela envidraçada — venha cá. Veja! Ali está o Arco da Defesa. Quem quiser fazer camisetas com o Arco ou, digamos, com a Pirâmide do Louvre terá de pedir autorização aos criadores e pagar direitos autorais!

O dr. Efrain voltou a sentar-se e Trent permaneceu de pé, recostado na janela:

— Pelo que sei, doutor, o Cristo é de propriedade da Arquidiocese do Rio. Foi ela quem tomou a iniciativa da construção, aprovou o projeto, recolheu contribuições...

— É verdade! — Laura interveio. — Se a Igreja Católica é dona do monumento, a fundação não tem do que reclamar. Podowsky fez o projeto, recebeu por ele e ponto final! Acabou!

O advogado Efrain tornou a levantar-se e caminhou pela sala feito um pavão arrastando sua vaidade pela cauda.

— Desafortunadamente, os leigos confundem tudo. Está vendo este quadro? — Efrain aproximou-se da tela. — É um Ian Anül que arrematei em um leilão por alguns milhares de euros. Mas não sou seu proprietário. Tenho sobre ele apenas dois direitos, o de posse e de usufruto. Ele não me pertence. Se quiser fazer cópias e multiplicá-lo em pôsteres para ganhar dinheiro, terei de pagar ao autor. O Cristo pode ser propriedade de quem quer que seja, mas isso não invalida o direito do autor. O interesse do artista não pode ser anulado pelo interesse público.

— Isso tudo é uma grande novidade para mim — comentou o detetive.

— Não me surpreende. Na sua terra há uma ignorância e um desrespeito absolutos pelo direito autoral.

Trent se viu tomado por um incômodo patriótico diante da afirmação daquele francês metido a besta que parecia querer reduzir o Brasil a uma república das bananas. Controlou-se, contudo:

— Diante do exposto deduzo que a fundação foi buscar seu Cristo de volta por falta de pagamento...

— A fundação? — Efrain abriu uma risadinha de menosprezo. — A fundação é uma instituição idônea, seriíssima, que se mostra profundamente preocupada com o ocorrido. Boto minha mão no fogo e minha cabeça na guilhotina por ela!

O advogado falava com a segurança dos que não convivem com dúvidas, esgrimindo tantos conhecimentos que o detetive humildemente decidiu perguntar se ele tinha ideia de quem havia desaparecido com o monumento.

— *Sapiens nihi affirmat quod non probet* (o sábio não afirma o que não prova) — respondeu Efrain, do alto de sua presunção. — Faltam-me elementos para formar um juízo. O sumiço foi algo impensável, imprevisível que chocou a todos os franceses. De minha parte, desconfio, apenas desconfio, que tenha sido obra de fundamentalistas islâmicos num revide ao menosprezo do papa por Maomé.

— Eles teriam destruído o Cristo?

— Possivelmente — fechou o paletó jaquetão e pediu licença para retornar ao trabalho.

Trent agradeceu a aula particular com uma ponta de ironia e retirou-se de mãos dadas com Laura. Na rua, brincando de fofocar, os dois demoliram a empáfia do dr. Efrain com uma frase da moça:

— Ele é daqueles que pensam que no dia em que morrer o mundo não será mais o mesmo.

A considerar as suposições do advogado sobre o desaparecimento do Cristo, os franceses estavam mais frios do que o corpo de Pierre ao ser encontrado no Sena.

*

Laura ligou para Justine e marcaram um encontro para depois do expediente na fundação, instalada em Boulogne-

Billancourt, uma das áreas mais populosas do Alto Sena, a um pulo de Paris (12 quilômetros). Foi dali que Louis Renault partiu para ganhar o mundo com seus automóveis. Ao aflorar a boca do metrô, Laura orientou-se pelas placas que indicavam o caminho para a Fundação Podowsky, um prédio de seis andares, bem conservado, paredes envidraçadas, que chama a atenção pelas linhas elegantes e volumosas, características do *design* francês.

Na entrada uma surpresa aguardava pelos dois: a maquete original do Cristo Redentor de pouco mais de metro e meio de altura, elevada sobre um pedestal reinava absoluta no centro do saguão. A visão do monumento reduzido provocou no detetive a estranha sensação de estar olhando para o Cristo quando garoto, ainda pequeno.

Enquanto aguardava Justine o casal permaneceu vagando pelo andar térreo, admirando a quantidade de cartazes de shows, oficinas, palestras e espetáculos a indicar uma intensa atividade cultural na fundação. A moça passeava entre os anúncios, interessada nos eventos, mas o cansaço de Trent superava (em muito) sua curiosidade e ele jogou-se em uma poltrona abatido pela noite insone no avião.

Justine surgiu por uma porta lateral — saída dos funcionários da Administração —, olhou à volta e caminhou a passos rápidos e curtos na direção de Laura. Trent a observou a distância: uma mulher miúda, magra, branquela, cabelos castanhos encaracolados, pisando duro e com um jeito agitado que lhe lembrava Rita. A moça conduziu o casal para o jardim do museu e os três se instalaram em um jogo de cadeiras de ferro ao lado da escultura do escritor Montaigne, uma entre as várias obras de Podowsky dispersas naquela bucólica área verde.

Laura havia conhecido a funcionária da fundação em um almoço promovido pela prima Brigitte para que as duas trocassem informações sobre o Cristo, mas Justine, ainda apavorada com o assassinato do amante, não abriu a guarda e suas palavras se perderam em reticências. Nos jardins, Laura aguardou que a francesa fosse buscar um cinzeiro e apresentou Trent como um detetive carioca que investigava o desaparecimento do Cristo. Justine acendeu um cigarro e murmurou:

— Não vou poder ajudar muito. Não sei para onde Ele foi levado.

— Qualquer coisa que diga vai nos ajudar — ponderou Trent enquanto Laura traduzia. — Mas fique à vontade. Se achar melhor silenciar, eu compreenderei...

A francesinha deu uma tragada nervosa:

— Meu silêncio está pesando uma tonelada, creia. Estou desesperada para tirar esse peso de dentro de mim. Mas morro de medo. A polícia desconfia que os assassinos de Pierre são da Máfia e continuam soltos. Se meu nome aparecer ligado ao de Pierre, meu corpo será o próximo a boiar no Sena.

— Esquece os assassinos, Justine. Não vim a Paris procurar pelos matadores de Pierre. Não vou mexer nesse vespeiro. — Trent falava com a calma dos terapeutas. — Só quero saber do Cristo...

— Fica tranquila, querida — intrometeu-se Laura. — Trent é um dos maiores detetives brasileiros. Foi ele quem desvendou o falso sequestro do Cristo.

Justine acendeu um segundo cigarro na brasa do primeiro, olhou para os dois como se dissesse "vê lá onde vocês vão me meter!" e começou a descarregar o peso da alma, fazendo as pausas necessárias para a tradução de Laura.

— Essa história vem de longe. Alguns meses depois da destruição das Torres Gêmeas em Nova Iorque, a fundação recebeu um e-mail de uma empresa americana interessada em um projeto de construção de um Cristo semelhante ao criado por Michel Podowsky para o Rio de Janeiro. Nessa época eu ainda não trabalhava na fundação e muito menos conhecia Pierre. Quando nos aproximamos, ele me contou que, pouco depois de a fundação iniciar os estudos do projeto, a empresa americana cancelou o pedido, pagou pelo que já havia sido feito e nunca mais deu sinal de vida.

— Quando vim trabalhar aqui — prosseguiu ela —, ninguém falava dos *royalties* que a Fundação Podowsky teria a receber pela exploração comercial do Cristo Redentor. Foi a sociedade francesa de direitos autorais quem levantou a questão e tentou convencer a fundação a entrar com uma ação na Justiça. Foram feitas várias reuniões, várias petições, mas a ideia não prosperou. Pierre me dizia que era uma causa ganha, porque não havia como contestar que Michel Podowsky era o único criador do monumento!

Nesse ponto Trent a interrompeu:

— Não estou entendendo a relação entre o cancelamento do projeto por parte da empresa americana e a exploração comercial do Cristo!

— Vai entender. Espera! — Justine esmagou o cigarro no cinzeiro. — Vocês não querem saber como a estátua sumiu?

— Estou aqui para isso — brincou Trent.

— Através de um plano diabólico de Pierre. — A francesa acendia um cigarro atrás do outro. — Ele retomou o contato com os advogados da empresa americana sem o conhecimento da fundação — mas falando em nome dela —

e propôs a venda do Cristo. Não de um novo monumento, mas do próprio Cristo Redentor do Rio de Janeiro!

— Propôs a venda do Cristo? Como? — Laura estava chocada. — Assim como se fosse um suvenir?

— Por que a surpresa? — reagiu Trent. — Os gringos já quiseram comprar a Amazônia...

— Para convencer os americanos de que se tratava de um negócio lícito, Pierre enviou uma farta documentação provando que o Brasil perdera os direitos sobre o monumento por nunca ter pagado os *royalties* reclamados pela fundação. Vendeu o Cristo por 230 milhões de euros.

— Só? — reagiu Laura.

— Pierre pediu mais. Alegou a valorização do Cristo depois que se tornou uma das Sete Maravilhas do Mundo, mas os americanos argumentaram que ainda teriam outras despesas para transportar o monumento...

— Onde está esse dinheiro? — indagou Trent.

— Nem desconfio. Provavelmente em algum paraíso fiscal. Mais adiante Pierre descobriu que tinha um câncer e usou a doença como pretexto para deixar a fundação. Saiu limpo e ainda recebeu uma baita indenização. Tempos depois ligo a televisão e fico sabendo que o Cristo tinha desaparecido do alto do Corcovado! Duas semanas depois o corpo de Pierre apareceu no Sena.

— Alguma dúvida sobre quem levou o monumento? — emendou Laura, olhando para os dois.

— Foi um planejamento de alto nível — ponderou o detetive. — A empresa americana contratou um consórcio de Máfias para fazer o serviço que na verdade foi um roubo. Sejam lá quais tenham sido as razões que justificassem a venda, o monumento não poderia ser retirado na calada da noite, na mão grande...

— Os americanos preferiram retirá-lo antes e discutir depois — asseverou Justine. — Estavam convencidos de que ganhariam a posse do Cristo em qualquer instância judicial do mundo.

— Claro — concordou Trent. — De outro modo não teriam comprado o monumento.

— Resta saber para onde ele foi levado! — questionou Laura.

— Esta é a pergunta que não quer calar — acrescentou o detetive.

Justine meneou a cabeça:

— Pierre nunca me falou a respeito. Desconfio que não tinha conhecimento do destino do Cristo.

— Ele não deixou nada escrito, gravado, documentado que pudesse oferecer uma pista? — insistiu Trent.

— Não esqueça que Pierre agia às escondidas. Não podia deixar rastros. Nunca usou o computador da fundação nos seus contatos com os advogados americanos. Seu *notebook*, encontrado no fundo do rio, também não forneceu nenhum indício as autoridades policiais.

— Você tem ideia de por que mataram Pierre? — o detetive mudou a linha de raciocínio. — Terá sido uma queima de arquivo?

— Só vejo essa possibilidade. Nada foi roubado. Um criminoso comum não iria enfiá-lo dentro de um saco — Justine fez uma expressão consternada. — Pierre era um homem bom, tranquilo, generoso. Não tinha inimigos nem ficha na polícia. Planejou um crime perfeito, mas...

— Cometeu algum erro no meio do caminho — completou o detetive. — Com certeza os americanos descobriram que ele não representava a fundação e havia trapaceado na venda do Cristo.

— Já pensei nessa hipótese. Mas não creio que uma empresa daquele porte, capaz de desembolsar 230 milhões de euros, iria encomendar um assassinato à Máfia.

— O mundo mudou, Justine. As grandes corporações perderam a noção de limite — advertiu Trent. — Pierre lhe falou sobre a empresa que comprou o monumento?

— Nunca! Pelo que sei, o nome da empresa nunca apareceu nas negociações. Mas lembro de Pierre ter me dito que o advogado que conduziu a operação comentara com ele das dificuldades de trabalhar para um velho excêntrico e rabugento.

Trent caminhou pensativo entre as aleias do jardim:

— É curioso como recolhemos todas as peças e não conseguimos encaixá-las — comentou. — Se ao menos descobríssemos o nome do escritório de advocacia, poderíamos chegar à empresa americana...

— E o caso estaria resolvido — completou Laura.

Antes de encerrar a conversa, o detetive indagou de Justine se ela tinha meios de saber, através de algum diretor do departamento jurídico da fundação, o nome da banca de Nova Iorque.

— Não acabei de dizer que a fundação não tinha conhecimento dos contatos de Pierre? — reagiu ela com azedume, amassando o maço de cigarros vazio.

*

Laura havia reservado um hotel em Montparnasse, não muito distante do terminal, e convidou Trent para caminharem pela Avenida dos Inválidos, que emenda com o *boulevard* Montparnasse. O detetive respirou fundo, como se quisesse inalar todo o ar de Paris, jogou o braço sobre o ombro da moça, que o enlaçou pela cintura, e os dois seguiram agarradinhos no mesmo passo. Laura discorria sobre seu fascínio pelo bairro que abrigou alguns dos maiores artistas e escritores na primeira metade do século passado. O próprio nome — Montparnasse — surgiu de Parnaso, morada simbólica dos poetas na Grécia antiga, explicou a moça para um Trent que fingia interesse enquanto seus miolos ferviam à procura de um caminho que lhe assegurasse o rumo certo para sua marcha.

Desde o metrô, na volta ao centro da cidade, Trent vinha formando a convicção de que precisava entrar na fundação e interrogar seus funcionários. Embora ninguém soubesse do golpe tramado por Pierre — como assegurou Justine —, o detetive se lembrou de um punhado de situações em que seu ídolo elucidou os crimes através de conversas com pessoas que não tinham nada a ver diretamente com o caso. Sempre surge um detalhe lateral que pode ser útil às investigações.

Fosse no Brasil, já estaria dentro da fundação, mas em Paris, sem falar a língua, teria de recorrer aos bons serviços de um tradutor. A pessoa ideal seria Justine, que conhecia o caminho das pedras, mas ela não falava português e sua ligação amorosa com Pierre era um segredo bem guardado. Por que diabos iria se expor, desenterrando a conduta funcional do amante? Laura o acompanharia e Justine permaneceria por trás do pano, apenas indicando as pessoas a serem procuradas. Restava saber se tais pessoas iriam colaborar com um detetive brasileiro que se intrometia nos intestinos de uma instituição francesa.

— Por que não? — reagiu Laura. — Se você fosse um detetive colombiano ou ucraniano, poderia causar estranheza. Mas sendo brasileiro, tem tudo a ver. O Cristo é brasileiro!

— Como Deus! — acrescentou Trent, na galhofa.

— Vou falar com Justine para nos fornecer uma lista das pessoas que você deve interrogar na fundação.

— Legal! Faça isso logo amanhã de manhã.

Laura acompanhou Trent até a recepção do hotel para facilitar os procedimentos do *check-in* e combinou que viria buscá-lo dentro de duas horas para jantarem ali perto, no La Coupole, que "serve uma sopa de frutas vermelhas com sorvete de leite de se tomar de joelhos!". Você vai adorar, acrescentou ela, ao observar a expressão do detetive ouvindo a descrição do prato. Sorvete de leite com sopa de frutas para os simplórios critérios alimentares de Trent soava como um prato de ficção científica.

— Lá tem pizza? — perguntou, antes de subir.

— A sopa é sobremesa, Jaime!

O detetive nem inspecionou o quarto, como fazia de rotina. Tirou o paletó e desabou na cama. Estava no maior bagaço, não pregara os olhos durante a viagem, sofrendo para acomodar sua massa corporal em uma poltrona que parecia desenhada para passageiros liliputianos. A diferença de fusos horários o ajudou a dormir feito um querubim.

Laura chegou à hora marcada e reagiu ao ver Trent abrir-lhe a porta estremunhado e descabelado.

— Você ainda não se arrumou?

— Tomo um banho e me visto em um minuto!

— Vou esperá-lo na recepção.

Trent a puxou pelo braço, fechando a porta com um chute, e arrastou-a para a cama. Ela não ofereceu resistência. Deixou cair a bolsa no chão e descalçou os sapatos com os pés enquanto seus braços se fechavam no corpo do detetive, que lhe cobria de carícias. Fosse cinema à moda antiga, a câmera subiria para as cortinas esvoaçantes da janela e daria um *fade*, deixando o que viria a seguir por conta da imaginação do público. Na literatura, porém, a cena seguinte deve conter uma descrição detalhada dos corpos nus afogados nas carícias preliminares. Onde será melhor transar, no cinema ou na literatura? No cinema o público — um *voyeur* — desfruta das imagens prontas e acabadas; na literatura, é a palavra que vai determinar a intensidade do prazer.

A agitação nos porões de Trent ao encontrar Laura no aeroporto voltou com a fúria de um tornado. Arquejante, abriu as pernas da moça num gesto brusco, aprumou-se sobre ela e, no justo instante da penetração, foi atingido por um petardo vindo de seu encontro com Justine.

— A carta! — gritou.

— Ahn? O quê?

Trent ergueu-se nos joelhos em arco por cima de Laura deitada como uma lutadora imobilizada.

— A carta! — repetiu Trent dando um tapa na própria testa. — Por que não pensei nisso antes?

Laura esforçou-se para acompanhar a reviravolta na cabeça do detetive:

— Que houve, amor? Que carta é essa?

— A carta! A carta que os americanos mandaram para a fundação pedindo o projeto de construção de outro Cristo!

— Eles não desistiram da ideia?

— Mas a carta ficou lá! Deve estar arquivada em algum lugar.

— E daí? Deve ser uma carta formal, igual a tantas outras.

— Alguém assinou a carta! Foi uma carta oficial, dirigida à fundação, bem antes de Pierre arquitetar seu plano. Ela deve ter um timbre da empresa, endereço, *e-mail*, telefone, essas coisas... Dá uma ligada para Justine!!

— Agora?

— Agora! Pede a ela para procurar amanhã nos arquivos da fundação.

— Pierre não terá desaparecido com ela?

— Não sei. Ele pode ter esquecido. Houve um longo lapso de tempo. Não custa tentar. É nossa chance de chegar ao Cristo. Vai! Liga!

Capítulo 34

TRENT E LAURA pegaram o primeiro voo para Nova Iorque no dia seguinte, deixando a mesa posta e o *cassoulet* no fogo na casa de dona Lili, mãe da moça. O almoço programado para apresentar o detetive à família ficava para outra oportunidade. Trent tinha pressa: faltavam poucos dias para as eleições no Rio e Suelen informara ao irmão que a confortável vantagem de Maicon nas pesquisas havia diminuído drasticamente depois que Fagundes conseguira o apoio do governador. Inimigos públicos declarados, os dois apareceram na mídia abraçados e sorridentes como "unha e carne". Suelen já não tinha tanta certeza se deveria mandar fazer o vestido da posse e implorou ao irmão que retornasse ao Brasil em tempo de votar, "porque a eleição pode ser decidida por um voto!", exagerou dramática.

    A carta, encontrada por Justine nos arquivos da fundação, não trouxe a pista definitiva esperada por Trent. Havia sido enviada pelo escritório de advocacia de Shaw, Bishop & Mazinni, que certamente representava os interesses da empresa americana, mas os anos trataram de apagar qualquer informação animadora que pudesse colocar o Cristo no radar do detetive. Laura bem que tentou contatar o telefone e o *e-mail* impressos na barra do ofício: o telefone caía numa *delicatessen* e o *e-mail* retornava por desconhecimento do destinatário. Restava o endereço, e foi nele que Trent se agarrou para correr a Nova Iorque.

Durante o voo, a mente lúdica do detetive se exercitava levantando alternativas que explicassem por que Laura não conseguira contatar os advogados desde Paris: A) o escritório estaria no mesmo lugar com novos telefones e outro *e-mail*, B) a sociedade de Shaw, Bishop & Mazinni fora desfeita, e o escritório, fechado; C) o escritório saíra da Park Avenue para outro local e trocara seus números e o correio eletrônico. De todo modo, ambos concordaram que, para qualquer das hipóteses, o ponto de partida das investigações seria o mesmo, ou seja, Park Avenue 230 suíte 2525.

O casal chegou ao final da tarde, devolvendo a Trent as horas subtraídas no voo do Rio a Paris. Sem experiência em viagens internacionais, o detetive se mostrava feliz por recuperar um tempo que lhe parecia perdido para sempre. Hospedaram-se em um hotel na rua 44, quase esquina com a Quinta Avenida, que Laura havia reservado pela internet da sala de embarque do Aeroporto Charles de Gaulle, para admiração do detetive, pouco afeito a essas "mágicas" da modernidade.

A moça não guardava boas lembranças da cidade, onde dez anos antes esperara pelo marido que nunca desembarcou da viagem à África. Por dever de ofício, Laura retornou outras vezes à Big Apple e numa delas conheceu Pedro, o ex-amante jornalista, na época correspondente da TV Apolo. Não era uma especialista em Nova Iorque, mas certamente a conhecia melhor do que Trent, que em suas saídas do Rio jamais foi além de Belo Horizonte.

Os dois dividiram o mesmo quarto. Trent inspecionou o espaço do cômodo, olhou atrás das cortinas, dentro dos armários, e ofereceu a Laura a escolha do lado da cama. Era visível o desvelo com que se movimentavam, abrindo malas, repartindo cabides, separando seus objetos pessoais na bancada do banheiro. Laura teve o cuidado de não botar a escova de dente no mesmo copo de Trent.

Compartilhar quarto de hotel com um companheiro de hábitos desconhecidos é um teste definitivo para a sobrevivência da relação. A intimidade de cada um se expõe mais do que um sol de verão. Lavar as cuecas e deixá-las penduradas no boxe podem ser uma decepção irrecuperável. Um ronco noturno pode reduzir a taxa de interesse. Ruídos estranhos que escapam sem controle por outros orifícios podem botar tudo a perder. A entrada no banho às vezes se transforma numa sucessão de salamaleques:

— Pode ir você!
— Não. Vai você!
— Vai você primeiro.
— Pode ir. Eu vou depois.
— Vai. Vai agora que eu me demoro no banho.
— Eu também. Pode ir na frente.

Até que ela usa de um argumento irrespondível:
— Vou lavar a cabeça!

Trent deitou-se enrolado no roupão, ligou a televisão num movimento automático e logo tirou os olhos da telinha ao ouvir a água caindo do chuveiro. Imaginou Laura se ensaboando, as mãos percorrendo as curvas de seu corpo, passeando pelos seios — mulher adora ensaboar os seios —, descendo pela barriguinha até chegar às partes mais reclusas da sua feminidade. Teve ímpetos de invadir o banheiro, mas foi seguro pelo seu lado racional, temeroso de que o tesão não se sustentasse numa acrobática transa em pé dentro do boxe. Isso é coisa de filme pornô, resmungou, desviando sua atenção para Shaw, Bishop & Mazinni. Trent não era um sedutor — apesar de favorecido pelo biotipo alto e atlético — e sua timidez, aliada à tendência para análises, sempre o deixavam hesitante nas escaramuças com o sexo oposto. A moça saiu do banho com uma toalha enrolada na cabeça e, para decepção de Trent, não esboçou nenhum gesto de aproximação. Laura tinha uma qualidade rara e fundamental neste mundo oferecido: um apurado senso de medida. Sabia não ser de mais nem de menos.

No início do outono, as temperaturas em Nova Iorque começam a cair para encontrar o inverno mais à frente. Trent e Laura foram comer a duas quadras do hotel, um restaurante que ela conhecia de outras viagens; circularam aconchegados sob os luminosos feéricos do Times Square e, sem planos para estender a noite, retornaram ao quarto aquecido. O detetive carregava com ele a sensação de que dessa vez, em condições normais de temperatura e pressão, não haveria falha humana capaz de levá-lo ao desastre. Ainda assim, encaminhou as coisas do seu modo e sugeriu que assistissem a um filme, de preferência em um canal espanhol em que poderia entender duas ou três palavras. O filme era apenas um pretexto para acalmar as emoções e tornar menos óbvio o caminho para o sexo. Laura aceitou o *script* sugerido — mas não dito —, e os dois foram se chegando como que por acaso, se encostando, se roçando, se tocando, e não souberam como terminou o filme. O detetive ouviu o som das harpas celestiais, Laura desfrutou do apito do trem que passou sobre ela e os dois dormiram abraçadinhos sem desfazer o encaixe perfeito. Nem pareceu a primeira vez.

*

A Park Avenue abriga alguns dos imóveis mais caros do mundo. O número 230 é uma referência da cidade, um prédio *art déco* construído em 1929 — quando a Park se chamava Quarta Avenida — que mantém as marcas do velho estilo nos relevos de bronze sobre as portas dos elevadores e na lanterna de cobre encarapitada na cúpula. Portão de entrada para a Grand Central Station, terminal de transportes, o edifício de 35 andares reproduz na sua intensa movimentação o que se costuma chamar de formigueiro humano.

Trent e Laura subiram direto ao 25º andar e constataram que a suíte 2525 se tornara uma agência de viagens. A moça perguntou pela banca de advocacia de Shaw, Bishop & Mazinni e a funcionária respondeu com certa aspereza que ignorava tal escritório. Diante da insistência de Laura — "Era aqui!" —, a jovem recorreu a uma senhora de cabelos brancos azulados que se aproximou com cara de poucos amigos e ares de dona da agência.

— Comprei esta sala do sr. Gino Mazinni — disse. — Nunca ouvi falar nesses outros nomes.

Trent e Laura se entreolharam esperançosos.

— A senhora sabe onde podemos encontrar o sr. Mazinni?

— Na Penitenciária Federal!

— Preso??

— Foi preso na época em que nos vendeu a sala. Parece que teve problemas com o Fisco.

A senhora dava sinais de impaciência e tratou de despachar aqueles dois que lhe tomavam tempo com um assunto que não tinha nada a ver com seu *business*. O casal parou no *hall* dos elevadores com uma expressão de "perdidos no espaço".

— E agora? — perguntou Laura.

— Por que não batemos em outras salas? Como dizia meu pai: "Os vizinhos sabem mais que os parentes." Alguém deve saber de alguma coisa.

— Você reparou a cara da mulher da agência, Jaime? Americano detesta jogar conversa fora no horário de trabalho.

— Então vamos perguntar na recepção. Como dizia meu pai: "Os porteiros sabem mais que os vizinhos."

Laura teve de se espremer para abrir um espaço no balcão da portaria onde dois funcionários se multiplicavam para atender a todo tipo de gente atrás de informações. A moça tentava fisgar um dos porteiros que ia e vinha, atendendo três, quatro pessoas ao mesmo tempo, sem dar atenção aos seus apelos. De pé por trás da moça, Trent espichou o olhar para além do balcão e não acreditou no que viu na sala de serviço: Toninho Gaveta, sentado a uma mesa com ares de chefe da portaria.

— Chama aquele senhor ali, Laura — disse, apontando aflito. — Chama! Chama, por favor, que eu devo estar vendo uma miragem!

A moça se demorou alguns segundos para identificar o tal senhor e o detetive adiantou-se com um berro:

— Ô, Gaveta!

O negro olhou na direção do grito, sorriu para Trent — que lhe acenava com os braços erguidos — e caminhou ao seu encontro. A mesma altura, o mesmo corpo magro e longilíneo, o mesmo queixo proeminente, a mesma elegância nos modos, só lhe faltava o andar gingado. Trent nem esperou que ele chegasse ao balcão:

— Você é parente do Toninho Gaveta? — perguntou.

O negro respondeu em português:

— Sou irmão dele. Irmão gêmeo!

Trent segurou a cabeça com as mãos:

— Minha Nossa Senhora! Que loucura! Isso é coisa de telenovela!

O negro ampliou seu sorriso e perguntou se Trent era amigo de Toninho.
— Eu adorava aquele cara! Tínhamos um encontro marcado na hora em que ele foi executado!
— Meu irmão era uma figura!!
— Como é o seu nome? — Laura quis saber.
— Aqui me conhecem como Bastian Drawer, mas podem me chamar de Sebastião. Em que posso ajudá-los?

Trent apresentou-se como detetive particular, disse estar em meio a uma investigação e sugeriu ao conterrâneo um encontro fora daquela agitação, onde pudessem conversar com tranquilidade. Sebastião marcou às 8h da noite na Igreja Batista Absyssinian, rua 138.
— No Harlem? — assustou-se Laura, que conhecera o bairro no passado.
— O Harlem não é mais aquele! — disse ele, voltando a sorrir —, mas vou esperá-los na boca do metrô.

A Absyssinian é uma construção estilo neogótico com vitrais coloridos e fachada revestida de pedra calcária que ganhou fama como trincheira de resistência nas lutas contra a segregação racial. Ali Sebastião prestava serviços comunitários, servia sopa aos sem-teto uma vez por semana e distribuía a eucaristia ao lado de outros senhores da sua idade nos ofícios dominicais. Ele conduziu o casal a uma sala no fundo do prédio, serviu-lhes uma caneca do mais aguado café americano e contou um pouco da sua vida por insistência dos dois, curiosos por conhecerem os caminhos que havia percorrido para proporcionar aquela formidável coincidência.

— Minha história é meio incomum para um negro favelado que nasceu sem horizonte. Vim para os Estados Unidos aos 12 anos de idade, acompanhando mamãe, cozinheira de forno e fogão, trazida pelo seu patrão, nomeado cônsul do Brasil em Nova Iorque. Meu irmão é que deveria ter vindo. Mamãe só poderia trazer um dos filhos, nós tiramos cara ou coroa, ele ganhou, mas como já estava tocando seu tamborim me cedeu o lugar. Ficamos seis anos aqui e, quando o cônsul voltou, mamãe casou com um porto-riquenho e permaneceu em Nova Iorque. Continuei com eles por mais cinco anos, apanhei muito do padrasto e resolvi retornar ao Rio. Casei, separei, tornei a casar, comprei uma casinha, achei que estava com a vida arrumada, mas depois de algum tempo a mulher, bem mais jovem, me largou e eu decidi voltar para Nova Iorque. Por uma dessas ironias do destino, uma das vezes em que fui de férias ao Brasil, tive um filho com essa mesma mulher, já cinquentão. Aqui trabalhei algum tempo no consulado brasileiro, ganhei o *green card* e consegui um emprego no Pan Am Building, como era conhecido o 230 da Park. Cheguei a porteiro-chefe e estou me aposentando. Mais três dias e vocês não teriam me encontrado.

— Esse encontro foi acertado pelo Cristo Redentor! Só pode! — brincou Trent.

Sebastião revelou seu assombro diante do desaparecimento do monumento e comentou a pouca repercussão do fato na mídia americana.

— Os americanos só olham para o próprio umbigo — criticou Laura.

Trent fez um resumo da novela do Cristo, contou da foto da mão submersa, dos falsos sequestradores, do encontro com Toninho Gaveta até chegar ao chinês Chong Miao, graças a uma informação passada pelo sobrinho de Toninho, um jovem aprendiz de artesão.

— É meu filho Patrick!

O coro *gospel* da igreja iniciou seu ensaio na área de culto e os olhos do negro ficaram marejados ao recordar o rapto do rapaz pelos traficantes do bando de Arruela. O suíngue das vozes cadenciadas por um possante órgão fazia vibrar as estruturas do templo e encharcava a salinha de uma indescritível sonoridade. Era impossível permanecer indiferente, e Trent e Laura acompanhavam o ritmo com os pés enquanto Sebastião se recompunha e prosseguia com seu relato. O negro conhecia bem os advogados Shaw, Bishop e Mazinni, que, a despeito da aparência de gângsteres dos anos 50, eram educados, atenciosos e sempre davam gordas gratificações aos funcionários do prédio na época de Natal.

— Fiquei surpreso quando eles desfizeram uma sociedade de mais de 20 anos — continuou. — Recordo um fim de tarde em que o dr. Mazinni parou na portaria e me "alugou" por quase meia hora com perguntas sobre o Brasil. Tinha ideia de comprar terras em Mato Grosso e ficar por lá criando gado. Poucos dias depois dessa conversa, a polícia apareceu procurando por ele e o levou algemado na frente de todo mundo. Tive muita pena do doutor. Em todos os meus anos de portaria, nunca ninguém havia saído desse jeito do nosso edifício. O dr. Mazinni já havia vendido o escritório e pedira um prazo aos novos proprietários para fazer a mudança. Acabou se mudando para a cadeia!

— Você sabe por que o doutor foi preso? — a pergunta de Trent era inevitável.

— Na ocasião da sua prisão correu muito boato pelo prédio. Diziam que foi por sonegação de impostos. Uns falavam de suas ligações com a Máfia, outros comentavam que havia passado a perna em um cliente numa transação milionária. Francamente, eu nunca soube a verdadeira razão.

— Sabe quem era esse cliente? — indagou Laura.

— Não faço a menor ideia. O escritório deles atendia muita gente.

Trent lançou no ar a única informação de que dispunha:

— Não seria um velho rabugento?

Sebastião pensou um pouco, parecendo ouvir o coral, e se lembrou de um senhor, "meio pirado", que armou o maior barraco na portaria porque dois dos elevadores estavam quebrados, a fila era enorme e ele tinha urgência em subir ao escritório.

— Ficou berrando, amaldiçoando a humanidade, sacudindo a bengala e anunciando que ia comprar o prédio e demitir todos os funcionários. Quando relatei o ocorrido ao dr. Mazinni, ele me disse que o velho era um dos homens mais ricos dos Estados Unidos, que passava a vida rezando, recluso em um buraco lá no Novo México.

Trent iluminou-se ao lembrar de Chong Miao ter lhe dito que escutara de um russo algo sobre o México durante o transporte dos blocos do monumento em Dois Rios. Seria por obra do acaso que um chinês em Angra dos Reis e um negro brasileiro em Nova Iorque teriam feito referências a um mesmo lugar?

O detetive enlaçou Sebastião num demorado e afetuoso abraço e desapareceu com Laura dentro de um táxi, ouvindo o coral louvar o Senhor — *Halleluiah! Halleluiah! Halleluiah!*

Capítulo 35

Trent e Laura desceram na esquina da Times Square, misturando-se às pessoas que àquela hora deixavam os teatros da Broadway. Sentaram-se em uma loja Starbucks e o detetive esfregou as mãos, num gesto de satisfação ao constatar que tomaria um café de verdade:

— Aquele café da igreja estava horrível. Não sei como os americanos tomam esse chafé.

— Foi um gosto adquirido — pontificou Laura. — Quando os Estados Unidos se tornaram independentes da Inglaterra, os ingleses cortaram-lhes o suprimento de chá que vinha da Índia. Os americanos então passaram a importar café do Haiti, preparando-o de modo a parecer com chá.

O detetive sorriu, admirado:

— Nada como andar de braços dados com uma enciclopédia! — e segurou as mãos da moça, carinhoso.

Laura fez uma expressão enternecida, Trent sorveu um gole de prazer e comentou animado:

— O que temos então? — ele mesmo respondeu. — Um velho pirado e rabugento que pagou 230 milhões de euros pelo nosso Cristo Redentor e mora dentro de um buraco. Vamos achar esse buraco!

— É um tiro no escuro!

— Nem tão escuro assim! Já sabemos que ele vive no Novo México. Você fala espanhol?

— Dá para me fazer entender — disse ela, modesta.

— Vamos procurar um mapa para sabermos onde atravessar a fronteira.

— Que fronteira, Jaime? O Novo México é um estado americano! Já pertenceu aos mexicanos, mas foi anexado pelos Estados Unidos depois de uma guerra no século XIX. Não vamos precisar atravessar fronteiras.

O detetive baixou os olhos, encabulado, e permaneceu algum tempo girando a colherinha dentro da xícara. De repente se expandiu:

— Peraí! Novo México! — justificou-se. — Acho que já ouvi Rita falar em Novo México. Se não me engano ela esteve por lá, há alguns anos, participando de um encontro de ufologia.

Laura indicou-lhe o celular com um gesto cortês e Trent chamou Rita.

— Roswell! R-O-S-W-E-L-L — soletrou ela. — Foi onde caiu um disco voador no século passado! Já lhe contei isso. É a capital mundial dos Ets! Mas para que você quer saber? Você não acredita nessas coisas!

— Estou atrás de um fugitivo da lei — mentiu Trent. — Você conhece alguém em Roswell?

— Muita gente. Procura pela diretora do UFO Museu. Ela pertence à minha confederação galáctica internacional. Já esteve no Brasil várias vezes. Pode falar no meu nome.

A solicitude e a boa vontade da ex-mulher encorajaram Trent a prolongar a conversa e ele perguntou por Lola e pelo namorado, nessa ordem.

— Estão ótimos! Eu também estou, ainda que não lhe interesse saber! Mudei para o apartamento de Arlindo, na

Tijuca, e vamos nos casar depois da missa do trigésimo dia da mulher dele!

Trent não se surpreendeu com a notícia do casamento, mas empalideceu ao saber da morte daquele mulherão que circulou pelo seu escritório.

— Eu nem sabia que ele era casado! — disfarçou.

— Foi um acidente de carro. Arlindo escapou por milagre. Ela estava espremida no banco do carona e bateu com a cabeça no para-brisa. Avisa quando voltar porque precisamos assinar os papéis da venda do apartamento.

— Pode deixar. Como é mesmo o nome de sua amiga? — fez um gesto para que Laura anotasse.

— Sarah Parker. Todo mundo conhece ela na cidade.

*

Rita não exagerou ao qualificar Roswell como a capital mundial dos alienígenas. Tudo na cidade remete os recém-chegados a outros mundos, a começar pelos lampiões nas calçadas, que reproduzem o suposto rosto dos extraterrestres. Da janela do táxi Trent e Laura observavam, perplexos, a decoração das ruas, que parecia anunciar um Carnaval cósmico. *Souvenirs* e bugigangas sobre o tema transbordavam por todos os cantos, desde as lojas para turistas até o supermercado Walmart, que ao se instalar na cidade tratou de entrar no clima e pintou um disco voador na entrada principal. Uma tabuleta no seu interior dizia: "Não vendemos produtos de outros planetas."

O pacato e pequeno condado explora com a habilidade dos grandes marqueteiros o episódio ocorrido em julho de 1947, quando um fazendeiro teria encontrado em suas terras destroços de um óvni ao lado de cinco ETs. Eles eram pequenos, de cabeça grande e pele alaranjada, segundo o motorista do caminhão que levou os corpos. Na época, o exército americano se envolveu na história, que ganhou repercussão internacional e se tornou o mais famoso, controvertido e pesquisado caso de objetos voadores não identificados no planeta Terra.

O casal não teve dificuldade para chegar ao museu, um antigo cinema reformado e transformado em uma espécie de posto avançado da ufologia local. Foram recebidos na recepção por uma simpática senhora de cabelos ruivos, enfiada em um macacão prateado combinando com uma capa prateada e sapatos prateados que na certa seguiam a linha de algum modelito de outra galáxia. Ao seu lado um extraterrestre da altura dos anões terráqueos segurava uma placa de boas-vindas. Mais adiante, outros dois ETs baixinhos guardavam o *hall* de entrada, todos bonecos, todos iguais aos supostamente encontrados no rancho Brazel: carecas, magrinhos, alaranjados, de rosto oval e duas ameixas pretas encravadas no lugar dos olhos.

A sra. Parker atendeu o casal em sua salinha decorada com elementos da vida extraterrena. O cabide vertical — tipo arara — era um ET com vários braços; sobre a mesa, um pequeno pedaço do suposto disco voador servia de peso para papel. No teto, pintado em azul-marinho, um céu noturno com planetas, estrelas cintilantes e naves espaciais em movimento. Trent citou Rita, Sarah sorriu como um ET, perguntou pela amiga e logo entregou cópias dos exemplares do jornal *Roswell Daily Record* do dia em que — dizia a manchete — a Força Aérea havia abatido o disco voador no tal rancho. O jornal, um cartão de visitas, atestava a idoneidade de Roswell.

A senhora levantou-se, passou a mão nas chaves do carro e, num espanhol sofrível, propôs levá-los pessoalmente ao local da queda, que botou a cidade no mapa.

— Vamos? — disse, convicta.

Trent e Laura se entreolharam e esboçaram um riso desbotado enquanto pensavam na melhor maneira de decepcionar a entusiasmada sra. Parker, que não podia imaginar outra razão, que não o caso Roswell, para tê-los na cidade.

— Infelizmente vamos ter que declinar do amável convite — antecipou-se Laura, que incorporou as inverdades de Trent e disse estar à procura de um bilionário americano interessado nos poços de petróleo do pré-sal brasileiro.

— Precisamos encontrá-lo. Estávamos em Nova Iorque cobrindo a assembleia da ONU, e o jornal nos pediu uma entrevista exclusiva — prosseguiu Trent. — Sabemos apenas que se trata de um excêntrico cidadão que vive aqui no Novo México.

— Só pode ser Jason Loogan! — respondeu a sra. Parker sem pestanejar — É o único bilionário que temos no estado, um estado pobre onde a metade da população é de hispânicos. Ele é dono de hotéis, cassinos, fazendas, empresas de petróleo e de mineração, explora o turismo, tem dinheiro metido em tudo quanto é tipo de negócio. O pai dele foi quem cedeu o terreno para o governo americano fazer o primeiro teste com a bomba atômica em Alamogordo.

— É lá que ele vive?

— Ele mora no deserto de Chihuahua, perto da cidade de Carlsbad. É um tipo muito estranho!

— Disseram-nos que ele vive dentro de um buraco! — comentou Laura, reticente.

A sra. Parker sorriu:

— De certo modo, sim. Contam por aí que ele passa dias dentro das cavernas das montanhas Guadalupe, que explora turisticamente. Não sei se vocês vão conseguir entrevistá-lo. É um misantropo que não recebe ninguém.

— Não custa tentar — disse Laura, sem graça. — Carlsbad fica longe daqui?

— Umas 60 milhas ao norte. É uma cidadezinha no meio do nada!

Antes de conduzi-los à saída do museu, a sra. Parker os levou até um mapa-múndi no saguão de entrada onde os visitantes eram convidados a fixar alfinetes coloridos nas suas cidades de origem. No Brasil havia dois alfinetes, um em Belém, outro em Curitiba. Trent e Laura espetaram seus alfinetes sobre a Cidade Maravilhosa, enquanto um senhor se aproximava indagando se eles estavam interessados em ouvir, por dez dólares, sua fantástica experiência em um jogo de pôquer com alienígenas.

A sra. Parker apontou a locadora de carros — Locadora Órion —, mandou um abraço para Rita e sugeriu que da próxima vez viessem preparados "para conhecer o maior fenômeno cósmico do planeta". Mal o casal alcançou a rua, um cidadão com barba de profeta lhes entregou um panfleto em que se lia que todos aqueles ETs e aliens que circulavam pela cidade eram filhos do demônio. Enfim alguém que não parecia feliz em conviver com discos voadores!

O casal saiu caminhando na direção da locadora, Trent puxou Laura contra seu corpo e a beijou com uma disposição extraterrestre. O detetive transpirava entusiasmo depois que a sra. Parker afinal revelou a identidade do velho rabugento e ainda lhe apontou o caminho para chegar à peça que faltava em seu quebra-cabeça. Algum dia ele teria que agradecer a Rita seu engajamento cosmológico. Passaram no hotelzinho onde haviam largado as malas, pagaram meia-pensão e partiram na direção de Carlsbad.

No carro, Laura abriu seu *notebook* e entrou no Google à procura de Jason Loogan. Encontrou o pai, Joshua Loogan, que, nascido no interior do Texas, ficou conhecido como o "rei da sonda" depois que enriqueceu fabricando ferramentas e equipamentos de prospecção de petróleo. Sua história vinha detalhada e repetida em inúmeros *sites* de pesquisas. Sobre o filho, apenas uma matéria da revista *Forbes* o apontando como o oitavo homem mais rico dos Estados Unidos e relacionando uma longa lista de empresas das quais era dono ou sócio. Além disso, só a curta declaração de um antigo mordomo que prometia escrever um livro sobre o ex-patrão e não queria fazer revelações antecipadas. Dizia apenas que o velho era um ermitão, taciturno, católico fervoroso, de sentimentos indefinidos, personalidade ambígua, que vivia perseguido pela ideia de redenção da humanidade. Nada que pudesse acrescentar importância ao que já era sabido.

Por associação de ideias, o detetive relacionou o panfleto recebido na porta do museu aos distribuídos nas campanhas eleitorais, e pediu a Laura que buscasse por notícias da corrida para a Prefeitura no Rio de Janeiro. A moça levou um susto ao constatar que faltavam quatro dias para as eleições.

— Nem me dei conta!

— Nem eu! — confirmou Trent, acrescentando um inevitável lugar-comum: — Poxa! Como o tempo passa depressa!

As informações colhidas nos *sites* anunciavam que as campanhas pegavam fogo na reta de chegada. O último debate entre os aspirantes à Prefeitura teve de ser interrompido e tirado do ar depois da troca de ofensas entre Fagundes e um candidato que resolveu se manter o tempo todo de braços abertos, reproduzindo a posição do Cristo Redentor. Outra nota acusava Fagundes de ter feito contato, às escondidas, com o serviço secreto israelense — o Mossad — num último esforço para tentar encontrar o monumento. O prefeito — pelo que se lia — estava sob artilharia pesada, e não faltavam as tradicionais denúncias de que punha a máquina pública a serviço de sua candidatura.

O deputado Maicon também deveria estar sem dormir ao ver retornar às folhas a questão do princípio da moralidade nas eleições. Seu nome era o primeiro de uma longa lista de fichas-sujas sob investigação do Ministério Público, acusado de enriquecimento ilícito. Outra notícia dava conta de que o prefeito pedira a impugnação da candidatura do deputado que escreveu um artigo sobre o Cristo em um jornalzinho da Zona Oeste. No desespero de final de campanha, os adversários atiravam para todos os lados na esperança de que uma bala perdida atingisse os votos de Maicon. Laura pinçou também uma denúncia de que o deputado guardava em um galpão várias caixas contendo dentaduras para serem distribuídas nas bocas das urnas no dia das eleições. Mesmo sob fogo cerrado, Maicon parecia protegido por um colete à prova de balas e mantinha cinco pontos de vantagem sobre o segundo colocado, o prefeito Fagundes.

— Incrível como o carioca não sabe votar! — resmungou Laura, contrariada. — É capaz de o seu cunhado ganhar a eleição!

— Eu tenho certeza! — retrucou Trent.

— Certeza de quê? De que os cariocas não sabem votar ou de que o deputado vai ganhar as eleições?

— Das duas coisas!

O detetive se manteve na rodovia que margeia o Rio Pecos e logo chegou a Carlsbad, cidadezinha perdida nas bordas do deserto de Chihuahua, o mais extenso da América do Norte, que sobrevive do turismo à volta das inacreditáveis cavernas naturais, as maiores do mundo ocidental.

Calrsbad repete o monótono padrão urbanístico das pequenas localidades americanas com uma única rua central — a tal da *main street* — onde se enfileiram, lado a lado, uma incontável quantidade de hotéis e motéis à disposição dos visitantes que procuram as cavernas. Trent diminuiu a marcha para que Laura pudesse reconhecer o hotel indicado pela sra. Parker. Àquela hora da noite, não havia vivalma nas calçadas e o único sinal de vida vinha dos coloridos luminosos dos motéis que piscavam incessantes disputando a atenção dos forasteiros.

O detetive preencheu a ficha qualificando-se como jornalista e Laura perguntou com estudado desinteresse como poderia encontrar o sr. Jason Loogan. O funcionário do hotel, um mexicano com bigode à Pancho Villa, sorriu debochado:

— Não pode encontrar! Não vai encontrar! — deu uma olhada na ficha de Trent. — Todo mês aparecem jornalistas por aqui querendo falar com o sr. Loogan. Não conheci nenhum que tivesse êxito. O velho detesta se expor. Voltam todos de mãos e gravadores vazios.

Laura ponderou que eles tinham vindo do Brasil e...

— Brasileiros? — cortou o mexicano com entusiasmo. — Eu adoro o Brasil! Meu sonho é conhecer o Rio de Janeiro, Copacabana, Corcovado, Maracanã... Adoro o futebol brasileiro. Fui com meu pai assistir à final da Copa de 1970 no Estádio Asteca, Pelé, Tostão, Jairzinho...

O casal teve de aguardar o mexicano concluir sua longa declaração de amor ao Brasil — que não deixou de fora as *"chicas muy guapas"* — para voltar ao sr. Loogan.

— Talvez ele se comova com nossa longa viagem — continuou Laura — e nos conceda uma entrevista.

— Aquele velho ficar comovido? — o cucaracho ampliou o sorriso. — Duvido muito! Em todo caso, como vocês já vieram até aqui, não custa tentar. O rancho dele fica a umas 30 milhas na direção sul. Seguindo pela rodovia 25, depois de uns quarenta minutos vocês vão ver à esquerda uma construção que lembra um castelo medieval plantado no meio do deserto. Não tem erro.

— É só chegar e perguntar por ele? — indagou Laura, achando tudo muito fácil.

— Vocês não vão nem chegar perto! É uma vasta área delimitada por cercas eletrificadas e protegida por vigilantes armados. Se forem até a porteira, os guardas vão enxotá-los como cães vadios. O melhor a fazer é parar no acostamento da estrada fingindo problemas com o carro e ficar de olho na caminhonete dos seguranças, que transporta o velho. Vão atrás dela e tentem um contato nas cavernas. Cuidado, porém, porque os caras têm o mau hábito de atirar antes e perguntar depois.

Trent agradeceu a boa vontade do mexicano e rabiscou seu telefone em um pedaço de papel para quando ele fosse ao Rio, enquanto a curiosidade de Laura produzia mais uma pergunta:

— Por que há tanta caverna por aqui?

O mexicano coçou o cocuruto:

— Isso vem de longe, senhorita. Já ouviu falar do período Permiano, há 250 milhões de anos? Vem de lá!

Capítulo 36

O DIA AINDA amanhecia quando Trent e Laura se puseram a caminho do rancho Loogan. No meio do trajeto foram contemplados com um espetáculo da natureza local: uma formidável nuvem negra formada por milhares de morcegos que ondulava no ar e desaparecia pelos buracos das montanhas depois de passar a noite caçando insetos no deserto. Um show que se repetia todos os dias, como se integrasse a programação turística da região.

Do outro lado da estrada a paisagem parecia tingida de sépia pelo pincel do sol se erguendo sobre um deserto a perder de vista. O casal avistou o castelo, uma arquitetura renascentista que de longe lembrou a Laura o castelo de Amboise, no Vale do Loire. Não foi preciso aguardar muito tempo para que a caminhonete deixasse a propriedade arrastando uma nuvem de poeira. O detetive gostou do que viu e deu um carinhoso tapa na coxa de Laura exclamando: — Vamos nessa, amor! — Loogan passou por eles, Trent aguardou uns minutos, arriou o capô do carro, manobrou no meio da rodovia e o seguiu a distancia.

A caminhonete do velho contornou o estacionamento e abrigou-se entre os pinhais por trás da entrada principal do parque das montanhas Guadalupe. Trent parou o carro ao lado de um micro-ônibus que despejava um bando de orientais sobraçando câmaras e equipamentos e os dois permaneceram observando a movimentação enquanto aguardavam o parque ser franqueado ao público. As portas foram abertas e Laura lançou sua pergunta característica:

— E agora?

— Agora vamos descer e comprar o ingresso como simples turistas.

— Sim! Isso eu sei! — reagiu ela, ríspida. — Quero saber é o que faremos quando encontrarmos o velho!

— Vamos entrevistá-lo. Não somos jornalistas? — gozou o detetive.

— Vamos perguntar pelo Cristo?

— Com certeza. Viemos aqui pra quê?

— E se ele disser que não sabe de nada?

— Ele não vai poder mentir. Temos um punhado de indícios nas mãos e vou espremê-lo até ele abrir o bico.

— Não estamos em condições de espremer o velho, Jaime.

— Laura, meu amor, confie nos meus métodos de persuasão.

— É no velho que não confio! Lembre-se do Pierre! Ele pode nos matar e desaparecer com nossos corpos. Não sabemos o que nos espera aí dentro. Ele pode nos atirar em um poço cheio de jacarés!

— Você anda vendo muito filme de aventuras, querida. Já viu o mocinho ser morto nessas histórias?

— Não brinca, Jaime. Eu estou com medo!

— Se morrermos, será por uma causa justa, justíssima. Vamos!

Na bilheteria do Visitors Center, Laura pegou o folheto junto com o mapa das trilhas e estancou o passo ao começar a lê-lo, deixando o detetive caminhar sozinho por alguns metros. Ela, que se julgava uma mulher bem informada, surpreendeu-se ao tomar conhecimento da gigantesca proporção das cavernas no interior das montanhas, que desciam a uma profundidade de 228 metros e se estendiam por 48 quilômetros. Pelo que dizia o folheto, ainda havia muitas áreas inexploradas naqueles labirintos pré-históricos de formação calcária.

Trent e Laura dispensaram os elevadores e seguiram a pé — como a maioria dos visitantes —, orientando-se pelos grupos com guia e confrontando o mapa com as visões estonteantes dos salões, câmaras, riachos e composições rochosas de todas as cores e formas. O impacto do inusitado era algo acima de qualquer descrição, verbal ou escrita. Ou, como disse Laura: "Às vezes sinto que faltam palavras para traduzir nossas sensações."

Os dois se deram as mãos para melhor suportar o peso do insólito, e seguiram em frente carregando um olhar de perplexidade diante das impressionantes abóbadas que se sucediam exibindo uma profusão de rochas multicoloridas realçadas pela iluminação que propunha um jogo de luz e sombra. Na entrada de cada caverna um cartazete indicava seu nome: Sala do Grande Lago, Câmara da Rainha, Caverna dos Morcegos e, entre muitas outras, o Palácio do Rei que serviu de cenário para o filme *Viagem ao centro da Terra*. Nos seus interiores, esculturas tão estranhas quanto bizarras de estalagmites e estalactites, esculpidas pacientemente por gotas d'água impregnadas de minerais que ali pingavam havia milênios. Uma paisagem de tirar o fôlego, a confirmar nos visitantes a sensação de que caminhavam pelas entranhas do planeta.

O casal acompanhou o rebanho de turistas por cerca de três quilômetros até deparar com uma trilha lateral bloqueada por um cavalete onde se lia: "Proibida a Entrada." Se a passagem estava interditada, era por ali mesmo que Trent deveria prosseguir, ou acabaria se limitando ao circuito oficial. Usou de um velho recurso, fingindo amarrar o cadarço do tênis, deixou os grupos seguirem — como havia feito no *tour* pela Cidade do Samba — e, quando se sentiu seguro, conduziu Laura pelo corredor mal iluminado. O mapa indicava o caminho do Grande Salão, uma câmara monumental com 249 metros de extensão — informava o folheto —, 185 metros de largura e uma abóbada de altura equivalente a um prédio de 20 andares. Uma impensável caverna subterrânea!

Trent e Laura continuaram avançando sem certezas, tendo de se abaixar, rastejar, escalar pequenas rochas, até que chegaram a um salão sem nenhuma passagem, um fim de linha. Os dois dividiram um suspiro de desânimo e preparavam-se para retornar no instante em que Trent notou uma enorme pedra arredondada encostada no fundo da caverna. Aproximou-se, acariciou-a e percebeu que sua superfície lisa e sua coloração escura destoavam do resto do ambiente, sugerindo que havia sido deslocada de outra posição. Ele contornou o obstáculo e encontrou uma estreita abertura junto ao paredão, por onde os dois se esgueiraram, saindo do outro lado com as roupas rasgadas pelo roçar nas pedras. Por pouco não foram trespassados por uma lança de estalagmite.

Seguiram a claridade difusa que brotava no final de um largo corredor e, ao dobrá-lo, o mundo se abriu na forma de um salão colossal. No centro da câmara, iluminado por uma tênue luz azul, lá estava ele, o Cristo Redentor! Uma visão fantástica que juntou os dois em um abraço, fazendo a emoção transbordar no choro de Laura. Trent experimentou a sensação de reencontrar um velho amigo em cativeiro. Pegou a moça pela mão e avançaram alguns metros, parando protegidos atrás de uma mureta. Forçando a vista na penumbra, o detetive identificou dois andaimes ao lado do monumento. Num segundo olhar não acreditou no que viu: o Cristo estava sem os braços!

— Que coisa horrível! — no susto Laura elevou a voz.

Trent fez um gesto para que baixasse o tom e apontou:

— Veja! Estão ali no chão! Suponho que vão colocá-los depois que o tirarem daqui. O monumento tem 28 metros de envergadura. Não deve passar por todas as bocas das cavernas.

— E agora? O que faremos?

Laura não obteve resposta. Dois *rangers* se aproximaram de arma em punho pelas costas do casal. O mais alto se apressou em perguntar o que faziam ali enquanto o mais baixo completava anunciando que "isso é uma área restrita!".

— Nós nos perdemos do grupo — reagiu Laura de improviso.

— Vamos levá-los de volta. Levantem-se! — ordenou o mais baixo cutucando Trent com a ponta do fuzil de repetição. — Vamos! Rápido!

O detetive não correspondeu à rapidez exigida. Movendo-se lentamente sentiu que voltar dali seria como entregar os pontos no derradeiro passo de sua longa marcha. De repente passou-lhe pela cabeça, tal um cineminha, todos os meses de caminhada, seu esforço, concessões, pistas falsas, risco de vida e decidiu resistir às ordens dos seguranças. Se fosse morto ali, Cristo por testemunha lhe garantiria um lugar no céu. Resolveu apostar alto:

— Queremos falar com o senhor Jason Loogan — pediu num portunhol arrevesado.

— O sr. Loogan não atende turistas!

Trent girou os olhos, inconformado, e percebeu duas câmeras discretamente incrustadas no alto do paredão. Deu um passo à frente para entrar em foco e falou com firmeza:

— Somos jornalistas brasileiros! Viemos do Rio de Janeiro para ouvir o que o sr. Loogan tem a dizer sobre o Cristo Redentor!

— Vou lhe mostrar o que o sr. Loogan tem a dizer — retrucou o mais baixo, engatilhando a arma e apontando-a para o detetive.

Laura deu um safanão no braço do segurança, Trent pulou em cima dele, o outro *ranger* disparou uma sirene ensurdecedora e quando tentava mirar no detetive embolado no chão com o baixinho, ouviu tocar seu radiotransmissor. Atendeu:

— Sim senhor [pausa]. Sim, senhor [pausa longa]. Sim, senhor [pausa e desliga] — e gritando para Trent, que imobilizara seu companheiro. — O sr. Loogan vai recebê-los!

A sirene levou ao salão um batalhão de *rangers* armados até os dentes. Trent levantou-se, bateu a poeira da roupa e, com um ar debochado que não lhe era próprio, passou em revista as "tropas", batendo continência para o que seria o comandante. James Bond não faria melhor.

O casal foi conduzido a uma sala (caverna) de reuniões, contígua ao Grande Salão, e orientado a sentar-se — frente a frente — na extremidade de uma mesa que, pela extensão, poderia servir de pista de boliche. Deixados a sós, ali permaneceram num silêncio embebido de expectativas, encolhendo-se a cada voo rasante dos morcegos e ouvindo o ruído contínuo das gotas que escorriam pelas estalactites. Muitos minutos se passaram até o sr. Loogan descer do teto em um monta-cargas, sob o foco de refletores, ao som de *Deus salve a América*, entronizado em sua cadeira de rodas a motor. Trent se aprumou no assento enquanto Laura acompanhava, perplexa, a vagarosa descida da engenhoca.

O velho chegou ao solo e permaneceu observando os dois como se estivesse diante de espécimes raros enquanto manuseava nervosamente um rosário de 165 contas. Deu a partida na cadeira de rodas, aproximou-a do detetive e, fitando-o a um palmo do nariz, resmungou que nunca havia visto um brasileiro de perto.
— Que língua vocês falam? — perguntou em espanhol.
— Português! — antecipou-se Laura.
— O senhor é católico? — Trent assentiu com a cabeça.
— Então reza o pai-nosso que quero ouvi-lo em português.
— Pai nosso que estais no céu... — e parou.
— Continua!
— Não sei o resto!
O sr. Loogan coçou a careca, irritado:
— É por isso que nossa religião vai desaparecer. Ninguém mais conversa com Deus. Os muçulmanos rezam cinco vezes por dia! Cinco! Sabe ao menos fazer o sinal da cruz, meu filho?

O velho sugeriu que os três rezassem juntos. Depois, meteu a mão no bolso, retirou um punhado de medalhas da Virgem Santíssima, como se fossem moedas, e entregou uma delas a Laura. O sr. Loogan tanto podia ter 70 como 140 anos de idade, conservado em um corpinho de jóquei, magro e miúdo, longos cabelos brancos nas laterais, nariz vermelho e afilado, lábios enrugados e um rosto cavado coberto por uma pele translúcida parecendo prestes a descarnar. Seus olhos amarelados brilhavam como um par de topázios incandescentes.

— Sei pouco sobre o Brasil — disse. — Sei que é o maior país católico do mundo. Deve ser reconfortante viver em uma terra consagrada pelo Criador. Eu poderia morar em qualquer lugar, mas escolhi o Novo México porque é o único estado americano de maioria católica. É a última fronteira do catolicismo no país. Estamos perdendo terreno para outras crenças e, se nada for feito, ao final do século teremos sumido do mapa como o antigo Império Romano, com uma diferença: teremos sido nossos próprios bárbaros! Não há mais ética nem solidariedade, estamos engolindo e defecando nossos valores num processo autofágico de destruição. O dinheiro se tornou a medida de todas as coisas, e nada parece fazer sentido para além da ganância e do oportunismo. As pessoas me chamam de louco porque prefiro a companhia dos meus morcegos. Louco é este planeta de violência, corrupção e libertinagem. As pessoas não me acrescentam nada ao espírito, fúteis e materialistas. Talvez vocês, que vivem abaixo do equador, na cidade que proclamou o Cristo, possam dizer algo que me reconforte a alma. Como é viver sob o olhar permanente do Redentor? Acordar todos os dias e vê-lo zelando por suas vidas? Poder voltar-se para Ele, nas ruas, no trabalho, no ponto de ônibus, e pedir perdão por suas tentações? Imagino que o Cristo lhes ensinou a cartilha da paz, permitindo-lhes um convívio fraternal de muito amor e respeito entre os homens de boa vontade. Suponho que o Rio seja uma cidade sem pecado. Vocês já estão com o caminho da salvação traçado e não necessitam mais da presença do Cristo para guiá-los pelas veredas da vida eterna. É preciso permitir as mesmas graças a outros povos. Por isso mandei buscá-lo, autorizado por seus criadores. A história recente do nosso país implora por um protetor. Os Estados Unidos gritam desesperadamente por um Salvador que mantenha os braços abertos sobre nós, que escute de perto nossas preces e que nos aponte a luz no meio das trevas através de sua força e energia. Deus salve a América!

O velho abaixou a cabeça, murmurou uma oração inaudível e em seguida enxugou as lágrimas. Trent e Laura se entreolharam sem saber o que pensar, pasmos diante da naturalidade com que o sr. Loogan se apresentou como responsável pelo desaparecimento do Cristo. Sem dúvida trata-se de um vilão original, exibindo um comportamento que nem de longe lembra os clássicos e mal-encarados inimigos da lei que se batem contra heróis elegantes que não transpiram debaixo do braço. Trent aproveitou o silêncio e, com a mesma naturalidade do velho, perguntou-lhe se pretendia instalar o Cristo no alto das montanhas Guadalupe.

— Isto aqui é um deserto, meu filho. Ninguém vai vê-lo a não ser um bando de turistas ávidos por filmá-lo, fotografá-lo sem nenhum arrependimento, como se fosse uma pirâmide do Egito. Vou doá-lo à cidade de Nova Iorque. O Cristo vai ficar onde antes estavam as Torres Gêmeas. É ali que a Igreja Católica renascerá sobre as cinzas de nossos pecados. Os franceses nos presentearam com a Estátua da Liberdade. Mais razões tenho eu para presentear meu país com o Cristo Redentor. A América precisa mais de fé que de liberdade.

As palavras do sr. Loogan desfizeram enfim o nó do enigma que perseguia o detetive desde que o Cristo sumiu do alto do Corcovado. As mais absurdas hipóteses circularam pelo cérebro de Trent, mas em nenhuma ocasião ele imaginou que o monumento tivesse sido levado para ficar exposto sem a menor cerimônia em plena Ilha de Manhattan. Restava-lhe procurar entender os detalhes dessa nebulosa transação que, nas palavras do sr. Loogan, pareciam soar como um justo e correto acerto comercial. Dispondo de várias linhas de abordagem, Trent preferiu começar por um dado incontestável: a Fundação Podowsky não podia ter autorizado a transferência do Cristo, simplesmente porque nunca teve ciência do fato.

— Como assim? O que você quer dizer com isso? — o velho girou na cadeira. — Meus advogados negociaram durante dois meses. Tenho todos os documentos. Quer ver? Todos em papel timbrado da fundação!

O sr. Loogan chamou um secretário para pegar a pasta dos documentos.

— Não precisa — adiantou-se Trent. — Acredito que os documentos estão em ordem. Só que foram todos assinados pela mesma pessoa... o sr. Pierre Santeil.

O velho respondeu sem vacilar:

— Pelo que sei, ele é o diretor da fundação responsável pelos contratos.

— É verdade. Por isso mesmo conseguiu negociar o Cristo por conta própria. Ele deu um golpe na fundação.

O sr. Loogan sorriu, remexendo as contas do terço:

— Você está delirando, meu filho. Ele não poderia dar um golpe na fundação que meus advogados logo saberiam...

Trent apoiou os cotovelos na mesa, avançou o corpo e disparou:

— Digamos que o sr. Pierre contou com um cúmplice no seu escritório de advocacia.

O velho acariciou um morcego pousado em seu ombro:

— Essa hipótese está descartada, filho. É fantasiosa! Todos os meus três advogados eram homens probos, de minha inteira confiança.

— As pessoas são de confiança até o momento em que deixam de ser — filosofou o detetive. — Quem negociou o contrato?

— O dr. Mazinni. Gino Mazzini. Foi quem cuidou de tudo. Inclusive esteve na Europa reunido com a fundação. Foi ele quem planejou e coordenou a remoção e o transporte do Cristo.

— Consideremos então o dr. Mazinni como o principal suspeito.

O sr. Loogan girou a cadeira de rodas e ficou de costas para o detetive.

— Fora de questão! — bradou. — Mazinni trouxe o Cristo até mim com admirável eficiência. O que ele ganharia com o golpe?

— Talvez alguns milhões de euros previamente acertados com o sr. Pierre. Os dois estavam mancomunados. Pierre sabendo do seu interesse pelo Cristo, aproveitou-se do imbróglio dos direitos autorais, das supostas dívidas do Rio de Janeiro com a fundação e forjou uma venda aparentemente legal. Tudo se encaixou, tudo fazia sentido. Só que em alguma etapa do processo Mazinni descobriu a fraude de Pierre e ameaçou denunciá-lo. Pierre comprou seu silêncio por alguns milhões. Mais adiante, para não ter que passar o resto da vida comendo na mão de Pierre, Mazinni mandou matá-lo, de dentro da penitenciária onde está encarcerado. O senhor sabia da prisão de Mazinni?

— Sim, mas não foi preso por assassinato. Ele teve problemas com o Fisco americano.

— Aliás — acrescentou Laura —, os mesmos problemas que botaram Al Capone na prisão.

— Problemas com certeza decorrentes do dinheiro que recebeu do francês e não declarou... — acrescentou Trent.

— Como é que você tem conhecimento de tudo isso, filho?

— Pura dedução, senhor. Como Sherlock Holmes, persigo os mínimos pormenores, ordeno-os através de raciocínios lógicos e desse modo chego a elucidações conclusivas. O senhor sabia das ligações de Mazinni com a Máfia?

— Shaw e Bishop haviam me alertado — respondeu o velho, revelando abatimento —, mas nunca me preocupei com isso. Mazinni era um advogado leal e competente que sempre ganhou minhas causas.

— Talvez o senhor vá precisar novamente dos seus serviços.

— Como? Por quê? Eu não participei desse golpe. Pelo contrário, sou uma vítima. Para mim, tudo foi feito estritamente dentro da lei. Não roubei o monumento. Não sou ladrão. Não preciso roubar. Tenho dinheiro para construir dez Cristos.

— Receio que precise explicar isso na Justiça. O senhor será processado criminalmente por todos os lados: pela fundação, pela Prefeitura do Rio, pelo governo brasileiro — Trent resolveu assustá-lo —, e com certeza será excomungado pela Igreja Católica!

— Não! Não posso ser excomungado. Não posso acabar meus dias afastado de Deus. Estou velho demais para morrer como um herege, um maldito esconjurado dentro de uma cela. Amanhã mesmo darei ordens para enviá-lo a Paris!

Trent raciocinou rápido:

— Paris não! O senhor tem de devolvê-lo ao Rio de Janeiro!

— Por quê? Se o Rio nunca pagou pela exploração comercial do monumento, até prova em contrário, ele ainda pertence à fundação francesa. Quem sabe ela não me reembolsa parte do dinheiro que paguei pelo Cristo?

— Duvido muito! A fundação, como já lhe disse, entrou nessa história como Pilatos no Credo. Mande o Cristo de volta ao Rio! A Prefeitura da cidade está com os cofres abarrotados das doações que recebeu da população. O prefeito é candidato à reeleição e fará qualquer negócio para ter o Cristo de volta. Garanto que ele bancará os custos da viagem do monumento e o senhor não terá mais despesas...

Sovina como todo milionário, Loogan esboçou um sorriso:

— Vou consultar meus advogados...

— Consulte Deus, senhor. Ele sabe o lugar do Cristo!

Na saída, escoltados por quatro *rangers*, Trent e Laura ainda ouviram o velho gritar:

— Atrás da porta tem uma pia com água benta. Não esqueçam de se benzer.

*

Na estrada para a cidade de Albuquerque, onde entregariam o carro alugado e pegariam o voo para Nova Iorque, Laura comentou a conclusão do caso:

— Coitado do velho, entrou de gaiato. De qualquer modo, o desfecho foi mais simples do que eu podia imaginar. Na verdade, tudo terminou em um anticlímax.

— Você esperava o quê? Lutas, tiros, explosões, como nos filmes? Acreditava mesmo que poderíamos ser atirados em um poço cheio de jacarés famintos?

Laura sorriu, inclinou-se no banco, deu um beijo na bochecha de Trent e abriu seu *notebook*:

— Deixa eu enviar a notícia logo para Paris — disse, excitada. — Vai causar um impacto do tamanho de uma bomba atômica quando a televisão francesa anunciar que o Cristo Redentor foi encontrado em uma caverna do Novo México! Pena que não tiramos umas fotos...

Laura falava sem parar, como sempre acontecia quando entrava em um estado de extrema agitação. Trent não compartilhava o seu frenesi, limitando-se a dirigir submerso em um preocupado silêncio. Sua cabeça já seguia muito além das recentes emoções, deixando para trás o velho Loogan e seus morcegos e voltando-se para as consequências da descoberta do Cristo. De repente interrompeu Laura:

— Você precisa divulgar a notícia agora?

— Por que não?

— Se você divulgar a notícia agora, vai entregar a eleição no colo do prefeito!

A moça congelou:

— Você está me sugerindo esperar pela realização das eleições para anunciar ao mundo a descoberta do Cristo Redentor? É isso?

— A não ser que você esteja apoiando Fagundes — respondeu Trent, sem tirar os olhos da estrada.

— Jaime, pelo amor de Deus! Vou fingir que não ouvi. O que você está me pedindo é uma rematada loucura!

— Pode parecer agora, mas depois...

— Não posso, Jaime! Não posso fazer isso! Não posso sonegar uma notícia aguardada por todo o planeta. Você está pensando pequeno. O Cristo não pertence apenas ao Rio de Janeiro. É uma maravilha do mundo! O que você está me propondo é um absurdo! Uma fraude que me bota no mesmo plano de Pierre e Mazinni.

— Laura, querida, só nos dois sabemos do Cristo. Ninguém vai furar você! Espera mais dois dias! A eleição é depois de amanhã. Só mais dois dias!

— Você me faz um pedido desses para favorecer aquele canalha do Maicon?

— Não estou preocupado com Maicon. Ele e Fagundes são dois políticos de merda! O que faz a diferença é minha irmã. Espera mais 48 horas! Não vai mudar nada para você! Por favor! Faça isso em nome do nosso amor.

Laura não disse nem "sim" nem "não". Encostou a cabeça no vidro da janela e o casal seguiu viagem como dois estranhos.

Capítulo 37

Laura ainda carregava um indisfarçável amargor na alma quando o casal chegou de volta ao hotel na rua 44 para um único pernoite. O voo para o Brasil sairia às 23h55m do dia seguinte, permitindo ao casal dispor de algum tempo livre para curtir Nova Iorque.

Pela combinação inicial — acertada ao deixarem as montanhas Guadalupe —, os dois aproveitariam a noite na cidade para uma celebração em alto estilo. O charme e o *glamour* da Grande Maçã a fazem sob medida para comemorações românticas. A conversa a caminho de Albuquerque, no entanto, jogou um barril de água gelada no ânimo da moça, resignada, mas inconsolável diante do pedido de Trent. O detetive procurou minimizar o mal-estar cobrindo-a de atenções.

— Por que não vamos a um teatro? — perguntou, retirando uma camisa do cabide. — Dá tempo?

— Dá — respondeu ela, seca

— Se importa de assistirmos a um musical? Se tiver muito texto não vou entender nada!

— Tá!

— Depois podemos jantar e...

— Não estou com fome! — cortou Laura.

As palavras de Trent ricocheteavam em um corpo blindado. Mudou o tom e procurou uma abordagem mais sentimental:

— Não fica assim, amor. Não tínhamos combinado de sair para comemorar? Esta é uma noite muito especial.

— Especial para você!

— Para nós dois!

— Para você! Para mim não tem nada de especial!

Trent percebeu que seu enternecimento não amoleceu o coração de Laura e deixou vazar sua irritação:

— Pensei que tivéssemos chegado a um acordo, mas se você insiste em divulgar a notícia, abre logo essa droga de computador e bota a boca no mundo! Vai! Não é isso que você quer? Receber as glórias pela SUA descoberta? Vai em frente! Eu vou aplaudi-la também!

Os dois se encararam como galos de briga e o detetive, sentindo a cabeça esquentar, bateu em retirada. Deu meia-volta e trancou-se no banheiro, sem esperar pela reação de Laura.

— Se não nos apressarmos, vamos chegar atrasados ao teatro! — alertou ela através da porta enquanto o detetive buscava recuperar seu equilíbrio sentado de roupa no vaso sanitário.

As discussões entre casais apaixonados é um jogo de simulação e risco calculado. Nas horas que se seguiram, porém, Laura não abriu a guarda e a expectativa de Trent de terminar a noite ouvindo as harpas celestiais dissipou-se de vez quando os dois se deitaram e a moça deu-lhe as costas, encolhendo-se na posição fetal.

Pela manhã, a nuvem de cizânia permanecia flutuando sobre a cama. Trent preferiu não insistir e respeitar os tempos de Laura. As pessoas reagem de modo diferente às cicatrizações de suas feridas. Tentar aparar as arestas naquele momento poderia produzir um efeito reverso e trazer de volta o clima da véspera. Instalaram-se em uma cafeteria próxima ao hotel e o detetive, pondo-se à disposição, perguntou o que ela gostaria de fazer nas poucas horas antes de seguirem para o aeroporto.

— Vou ao Moma e depois vou dar um pulo no Guggenheim.

— ???

— São dois museus!

— Museus? — reagiu Trent com a incredulidade dos incultos.

— Diz você então. Que quer fazer?

— Quero conhecer a Estátua da Liberdade e o Empire State.

— Então vamos fazer o seguinte: você vai para o seu lado, eu vou para o meu e ao meio-dia nos encontramos no hotel.

Trent fixou-a com ternura e propôs que saíssem juntos. Laura recusou o convite:

— Vai, Jaime! É melhor assim! Preciso ficar um tempo só comigo.

*

O casal chegou ao aeroporto com larga antecedência. Laura adiantara o *check out* no hotel preocupada com o trânsito de Manhattan. No táxi o detetive relatava os detalhes do seu passeio com a jovialidade de um garoto contando suas aventuras. Estava radiante por ter verificado com os próprios olhos que a Estátua da Liberdade não chegava aos pés do Cristo Redentor. Conseguiu ainda — veja só! — comprar dois pôsteres antigos de filmes de Charlie Chan para pendurar no escritório reformado e um superbinóculo Raptor 07 com câmera digital numa loja de artigos para detetives.

— Incrível, Laura! Uma loja só para detetives! — Trent desconhecia que em Nova Iorque, o umbigo do mundo, é possível encontrar qualquer coisa, à exceção de goiabada.

As poucas horas de separação haviam abrandado os espíritos, e a moça ouvia as revelações do companheiro com um sorriso desbotado nos lábios. Laura recuperara a paz percorrendo as galerias de arte contemporânea do Moma e revendo obras dos seus impressionistas preferidos em exposição permanente no Guggenheim. Sentados na sala de embarque, Trent atravessou o braço sobre o encosto da poltrona de Laura, que suavemente repousou a cabeça no seu ombro. O amor retomava seu curso.

O placar eletrônico das "Partidas" girou com seus estalidos característicos e o casal conferiu o atraso de duas horas no voo. Laura soltou um muxoxo e Trent manifestou preocupação de não chegar ao Rio a tempo de votar. Observando o intenso vaivém das pessoas e o tamanho das filas, a moça expôs para Trent sua opinião — quase uma tese — sobre os constantes problemas enfrentados pelos grandes aeroportos. Segundo ela, tudo começou com a queda do Muro de Berlim, que liberou uma quantidade razoável de pessoas antes impedidas de viajar. Ilustrou seu comentário com os russos: "no passado só via russo em Nova Iorque dirigindo táxi; hoje você esbarra com turistas russos em qualquer esquina da Quinta Avenida." A segunda onda veio da China depois que o país instituiu o capitalismo comunista, disse ela, achando graça da própria expressão: "os chineses tomaram o planeta de assalto." Trent limitou-se a um ahn-ahn de quem não tem nada a acrescentar. Faltava-lhe vivência de aeroportos e, como não tinha nenhum interesse sociológico na movimentação de passageiros, ouviu tudo com fingida atenção para agradar Laura. A conversa morreu ali e a moça abriu seu *notebook* em busca de notícias sobre as eleições no Rio de Janeiro. Todas as pesquisas de opinião indicavam a vitória de Maicon, e Trent ligou para Suelen.

— Estou em cima de um caminhão na Zona Oeste distribuindo dentaduras — disse ela. — Quando é que você chega? Vê se vem a tempo de votar!

— Maicon não vai precisar do meu voto — brincou ele. — Essa parada está garantida.

— Deus te ouça! Estamos fazendo uma força miserável para ver se ele ganha logo no primeiro turno. Descobriu alguma coisa sobre o Cristo?

— Indícios apenas — mentiu Trent.

— Depois a gente conversa melhor. As pessoas estão subindo no caminhão. Nunca pensei que existisse tanta gente precisando de dentadura. Estou tendo de dividi-las. Dou a arcada superior para um e a inferior para outro. Tchau!

O sol erguia o nariz sobre um manto de nuvens no horizonte do Boeing, os comissários iniciavam o serviço do café da manhã e Trent dormia recostado em Laura, que acabara de retornar do toalete depois de enfrentar a fila dos estremunhados. Uma voz grave ressoou pelo interior do avião:

— Bom dia, senhores e senhoras, aqui quem fala é o comandante para informar aos ilustres passageiros, principalmente aos cariocas, que o nosso Cristo Redentor está de volta ao alto do Corcovado!

Um burburinho percorreu o corredor do avião, seguido de algumas palmas e exclamações. O detetive acordou assustado:

— Que foi que ele disse?

— Que o Cristo voltou ao Corcovado! — respondeu Laura, com a voz embaraçada pelo assombro da notícia.

— Só pode ser piada!

Laura nem ouviu o comentário. Levantou-se num movimento brusco e saiu determinada na direção da cabine de comando. A comissária barrou-lhe os passos informando que a tripulação não dispunha de mais detalhes. A moça voltou e, antes mesmo de sentar, partiu para cima de Trent:

— Tá vendo? Tá vendo o que você me fez? Perdi o maior furo jornalístico da minha vida por sua causa!

O detetive procurava manter a calma:

— Não pode ser, meu amor. Tem alguma coisa errada aí!

— Por que não pode ser? Por quê? — Laura tinha os olhos crispados. — Aquele velho é maluco! Você viu como ficou assustado com a ideia de perder a comunhão. Ele falou que iria devolver o monumento! Desmontou o Cristo, botou dentro de um avião e despachou para o Rio.

— Você fala como se fosse uma encomenda. Não teria dado tempo!

— Como não? Nós deixamos as cavernas anteontem!

— Sim, mas não é só voar do Novo México para o Rio, amor. Eles teriam que desembarcar o Cristo, passar com ele pela alfândega...

— Não brinca, Jaime! — interrompeu ela, quase saltando na jugular do detetive. — Que mania! Estou revoltada com essa história! Não me conformo! Que ódio que me dá! Eu devia ter seguido minha consciência!

Nas horas finais da viagem, a nuvem de cizânia voltou a se instalar sobre os dois, Laura de rosto virado para a janela e Trent de olhos fechados, simulando dormir para evitar mais discussão. Na escala em São Paulo para a troca de avião, enquanto Laura praguejava à beira de um ataque de nervos sem conseguir se comunicar com o ex-amante Pedro, o detetive fazia contato com Lourival, o Gordo.

— Pode crer, amigo! O Cristo está lá em cima! — assegurou. — Ressurgiu da mesma forma que havia desaparecido. Foi um choque! Ninguém sabia de nada!

— Nem o prefeito?

— Nem o prefeito! Ele foi cercado pelos jornalistas na hora de votar e também se disse surpreso. Eu vi na televisão!

Trent se negava a acreditar naquela aparição e por pouco não abriu o jogo para o companheiro, narrando-lhe sua experiência nas montanhas Guadalupe. Lembrou-se, porém, de uma lição contida no capítulo "Métodos investigatórios", do Instituto Baker Street, que dizia: "O detetive deve estimular o interlocutor a dizer tudo o que sabe antes de manifestar sua opinião."

— Deve estar um caos no caminho do Corcovado! — Trent dava corda no colega.

— O prefeito proibiu o acesso por medida de segurança. Mas o boato que corre nas ruas é que ele estava preocupado com sua votação. Se liberasse a passagem, muita gente deixaria de votar!

— Com a volta do Cristo, o prefeito está reeleito! — considerou Trent.

— Sem dúvida. E no primeiro turno!

O detetive estimulou o Gordo a continuar discorrendo sobre a aparição do monumento.

— Tudo indica que Ele foi colocado sobre o pedestal durante a noite. Mas muita gente não descarta a possibilidade de um milagre. Fala-se também que o prefeito já havia encontrado o Cristo e o foi montando por trás dos tapumes para surpreender a cidade no dia da eleição.

— Uma jogada de mestre!

— Há uma boataria infernal pela cidade. Você conhece a imaginação dos cariocas! Mas o que importa é que o Cristo voltou e o Rio respira alegria e felicidade com o retorno de seu protetor. — O Gordo fez uma pausa para controlar a excitação. — Você precisa ver. Chove a cântaros, mas ninguém se preocupa com o aguaceiro. As pessoas estão dançando na chuva.

O Aeroporto Tom Jobim permaneceu fechado por algum tempo, retardando a saída de São Paulo e elevando a aflição do casal. Quando desembarcaram no Rio, Laura se disse com enxaqueca, anunciou que não iria votar e mandou o táxi rumar para sua casa. Despediu-se de Trent num tom mais seco do que o usado para agradecer ao taxista que a ajudou com a bagagem. O detetive seguiu com a mala para sua seção eleitoral, que já fechava as portas. Foi o último eleitor a votar.

Em seu *flat* Trent ligou a tevê e deu de cara com o deputado Maicon exibindo um rosto desfigurado pela indignação. Ele esbravejava contra o prefeito Fagundes — só faltava lhe xingar a mãe —, acusando-o de ter planejado em segredo o retorno do monumento. Outros candidatos lhe faziam coro, afirmando que Fagundes já tinha o Cristo guardado na manga para anunciá-lo no dia das eleições. O detetive desviou o olhar da telinha, abriu a bagagem, retirou seu possante binóculo Raptor 07 e apontou-o para o alto do Corcovado.

Fechadas as urnas, o noticiário pelo resto do dia se estendeu entre especulações sobre a aparição do monumento e o andamento das apurações. À noite Fagundes teve sua vitória confirmada por larga margem de votos, dispensando a realização do segundo turno.

— Quero agradecer ao povo carioca essa demonstração de confiança — disse ele na porta da residência oficial — e afirmar que, a partir de amanhã, envidarei todos os esforços para esclarecer essa misteriosa reaparição do Cristo Redentor, embora admita, pelas manifestações de júbilo expressas nas ruas, que a população esteja mais interessada em festejar e comemorar a volta do nosso símbolo máximo ao alto do Corcovado. Investigar seu retorno, porém, será uma missão muito mais agradável do que foi no passado buscar as razões do seu desaparecimento. Arriscaria dizer que esse aparente milagre foi um desejo de Deus para que minha administração prossiga cuidando da vida desta nossa Cidade Maravilhosa!

No dia seguinte pela manhã, Trent vestiu sua jaqueta de couro, óculos escuros, e apareceu na Prefeitura para ouvir de viva voz a versão de Fagundes sobre o reaparecimento do Cristo. Na sala, uma multidão de acólitos, correligionários, cabos eleitorais, puxa-sacos, pessoas atrás de um cargo, uma nomeação, gente que fazia questão de lembrar ao prefeito sua participação na vitoriosa campanha. O detetive atravessou a massa humana que se espremia no gabinete e encontrou Fagundes impaciente ao telefone com dona Albertina:

— É ele, mãe! Estou lhe dizendo que é ele! É impressão sua! Vou levá-la pessoalmente para vê-lo de perto!

Ao notar a aproximação de Trent, o prefeito desligou o telefone, desvencilhou-se dos abraços e tapinhas nas costas e foi ao seu encontro:

— Detetive Trent, parece que você adivinhou! Quero muito lhe falar! Venha!

Os dois se trancaram, a sós, em uma salinha de reuniões. Fagundes apoiou as mãos sobre os ombros de Trent e de cara perguntou se ele tinha conhecimento de como se dera o retorno do Cristo ao pedestal. O detetive abanou a cabeça negativamente e o prefeito pareceu satisfeito com a resposta, enxugando a testa suada num gesto de alívio.

— Mas se o senhor quiser posso investigar — continuou Trent.

— Não! Não! Não há necessidade. Deixa que cuido disso. Vou acabar descobrindo. Por enquanto quero saborear minha vitória...

— O senhor não assumiu um compromisso público de começar a investigar a partir de hoje?

— Hoje, amanhã, depois, que diferença faz? A população não está preocupada com isso. Agora tudo é festa. Vamos deixar essas investigações para depois da minha posse. — Fagundes levantou-se e estendeu a mão para Trent, dando por encerrado o encontro. — Se precisar de você, faço contato!

O detetive ergueu-se, mas permaneceu parado diante do prefeito, olhando-o no fundo dos olhos, sem fazer menção de deixar a sala. Pela ligeireza da conversa, Trent assegurou-se de que Fagundes pretendia apenas sondá-lo para saber se ele detinha alguma informação confidencial sobre o acontecimento. Incomodado com a encarada do detetive, o prefeito reagiu:

— O que foi? Por que está me olhando desse jeito?

Trent aproximou o rosto a uma distância que Fagundes podia lhe sentir o hálito e disparou no seu ouvido:

— Creio que o senhor não ignora que esse Cristo é tão falso quanto o tal dedo do sequestro!

Fagundes estampou uma expressão apalermada:

— Como? Que absurdo! O que você está me dizendo?

Trent manteve os lábios junto à orelha do prefeito:

— Se quiser empresto meu binóculo para o senhor ver que se trata de uma cópia muito malfeita.

— Uma cópia? Tá brincando! Por que você diz isso?

— Faltam as marcas dos cravos na palma das mãos deste Cristo.

O prefeito empalideceu:

— Não pode ser! Tem certeza? Mas como essa cópia foi parar lá em cima?

— O senhor é quem sabe.

— Eu não sei de nada! Nada! Minha mãe me acordou de madrugada para dizer que o Cristo estava de volta!

Trent esboçou um contido sorriso de canto de boca:

— Não meta sua mãe no meio, prefeito. O senhor sabe, sim! Ninguém chegaria ao alto do Corcovado sem seu conhecimento. O senhor armou essa farsa para vencer as eleições! Sabe por que lhe digo isso? Porque encontrei o Cristo Redentor muito longe daqui. Sabe onde fica o Novo México?

O prefeito acelerou a encenação:

— Novo México? Como ele foi parar lá? Quem levou? Quando? Por quê? Vou mandar buscá-lo! Agora! Imediatamente!

— Mas seja rápido porque, ao sair desta sala, vou anunciar onde está o verdadeiro monumento!

— Peraí! Me dá um tempo para fazer a troca! Dois dias, três dias... Se você anunciar agora, como é que vou ficar?

— Isso é problema seu!

Trent girou nos calcanhares e retirou-se da sala ouvindo o barulho surdo de um corpo tombando às suas costas. No corredor, ligou para Laura:

— Pronto, meu amor. Não disse que havia algo de errado? Pode divulgar sua notícia para o mundo. Você é a única jornalista que sabe onde se encontra o autêntico Cristo Redentor.

— Jura que esse Cristo é falso?

— Por todos os santos!

— Como foi que o prefeito conseguiu?

— Não sei, mas desconfio que no Carnaval o público só vai ver seis maravilhas cariocas na avenida!

Laura correu ao computador e Trent, alcançando a rua, abriu os braços num gesto característico, como se quisesse abraçar a cidade. Passada a chuva o Rio recuperava seu colorido e sua luminosidade sob o delicado sol da primavera.

O detetive meteu a mão no bolso da velha jaqueta, encontrou a caixinha de fósforos do restaurante de Angra dos Reis e experimentou a sensação de ter chegado ao fim da jornada. Concluíra sua longa marcha.

Rio de Janeiro, outono de 2010.

Este livro foi composto na tipologia Minion Pro,
em corpo 11,5/15, e impresso em papel off-white 80g/m²,
no Sistema Cameron da Divisão Gráfica
da Distribuidora Record.